codaシリーズ

デザートにはストロベリィ

マリー・セクストン

一瀬麻利〈訳〉

Strawberries for Dessert

by Marie Sexton

translated by Mari Ichinose

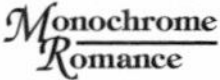

Strawberries for Dessert

◎この物語はフィクションです。実在の人物、団体等とは関係ありません。

デザートにはストロベリィ

STRAWBERRIES FOR DESSERT

written
by
Marie Sexton

イラスト：RURU

謝辞

トロイとジュリーへ。あたたかいサポートと応援をありがとう。スカーレットへ。もし彼が〝転向〟したら、あなたのものよ！　ウェンディへ。ワークショップでずっと、話し相手になってくれてとても助かった。この本は、あなたがいなければ成り立たなかったと思う。刺激的なアイデア出しに力を貸してくれたことにも感謝します！

ショーンへ。いつものことだけれど、尽きることのない愛とサポートをありがとう。そして最後に、とりわけ誰よりもケンドールへ。そのうち、お母さんの書いた本を読んでどぎまぎしちゃうかもしれないけれど、今は、とてもわくわくしてくれていてうれしい。そして、あなたにとってとても大切なことでしょうから、この原稿が10ページにも満たなかったときにあなたが書き加えてくれた言葉をここに載せておくわね。：tim jim lim dim 7975 6781

――愛してる！

フライトは六時間。ありとあらゆる結末を考え抜くための六時間だ。

これまで飛行機には数えきれないほど乗ってきたが、これほどひどい不安に襲われたのは過去に一度。自分の意思で快適な飛行機からわざわざ飛び降りたときだけだ。あのときは、自分がこれから一生もののスリルを体験するのだということがわかっていた——はるか下に広がる地面に叩きつけられ、とんでもない結末を迎えるかもしれないということも。

今も同じような気分だ。

一分一秒が試練に次ぐ試練だった。優先搭乗が始まると、心臓がばくばく言いだした。自分の座席番号を見つけると、手のひらがじっとり汗ばんだ。離陸したときには、もう後戻りはできないのだ——と、ほとんど過呼吸状態になった。機内サービスでは、プレッツェルをひと袋（ピーナッツの提供は禁止になった）と、氷入りスプライトの小さなコップを渡された。そんなものより必要なのはバリアム（※訳注：精神安定剤）だったが、キャビンアテンダントがガタガタ押している小さなカートの中にバリアムなどあるはずがなかった。

これまでしてきたすべての選択が、俺をここに——この飛行機に導いた。俺が世界に望んでいるものはすべて、この信じられないほど恐ろしい長距離フライトの先にある。

もし、すべてがうまくいかなかったら?

飛行機がいよいよ着陸態勢に入ると、手の震えが止まらなくなり、恐怖が胸の内で寄生生物みたいに増殖し始めた。恐ろしさに、ただただ圧倒される。このまま恐怖で身動きがとれなくなってしまいそうだが、そんな自分を支えているものが一つだけあった。

それがあるから、こんな状況に陥っても耐えられる。とても強靱で、純粋なもの。俺を突き動かしてやまないもの。

——それは希望だった。

一八ヵ月前——

送信日時：4月10日
差出人：ジャレド
宛先：コール

コールへ。何週間か前にラスヴェガスへ行ったんだけど、そこで偶然ザックの友だちと会ったよ。フェニックスに住んでいて、きみと会うことにも乗り気だった。イケメンで、いいヤツそうに見えた。まあ、きみが元カレのデートの相手だったら話は別だろうけどね。きみたち二人は気が合うんじゃないかな。名前はジョナサン・ケッチャー。

ジャレド

送信日時：4月11日
差出人：コール
宛先：ジャレド

へイ、スイーツ！　連絡もらえてうれしいよ、たとえ恐ろしく短いメールでもね。ヴェガスで起きようとどこで起きようとそんなことはどうでもいいんだ、ハニー。もっとそそられるような情報をくれてもよかったんじゃない？

で、ジョナサンとかいうヤツを試してみろって？　きみがイケメンと言うなら、そこは信じるよ。なんだかんだ言って男の趣味はいいからね。まあ、きみがいま一緒にいるあのむかつくデカい警官は、僕のタイプじゃないけどさ。

「きみが元カレのデートの相手だったら話は別だろう」だって？　とても興味を引かれるね。こんな謎めいたことを言うからには、それなりの面白い話があるんだろうな。きみはほんと噂話とかしないやつだから（そっちの方面はもっとがんばったほうがいい）。

これから数日ニューヨークに行ってくるけど、戻ったら彼に電話してもいいかも。確かに、フェニックスは最近ひどく干からびちゃってるんだ——あ、もちろん天気の話じゃないからね、シュガー！

コール

ロスからフェニックスまでのフライトは、だいたい一時間。携帯電話の電源を切っておいても真っ当な言い訳が立つ、貴重な一時間だ。

移動時間が楽しみだなんて、いったい俺の仕事はどうなってる？　ロスでちょうど一週間、直近のクライアントであるホテルの会計データをわが社のソフトウエアに移行するため、サポート作業を行っていたところだ。来週は、ラスヴェガスの別のクライアントを相手に同じことをする。この二つの街とフェニックスで、目下さまざまな移行過程にある六つのクライアントをぐるぐる回っているのだが、どのクライアントも四六時中電話をかけてきたがるのだ。

そして、上司も。

電話攻勢は朝六時に始まり、たいてい夜十時まで続く。たいした機能もついていない携帯電話が、最新の航空機器を本当に脅かすのかどうかは疑わしいところだが、飛行中は電源を切るべし、というFAA（連邦航空局）の規則には喜んで従った。だが、フェニックスまではあっけないほど早く、一時間の猶予などすぐ終わってしまう。ゲートから荷物受取所に向かう途中で電話の電源を入れると、四件のボイスメールメッセージが来ていた。一時間に四件も？

腹立たしい気分をこらえる。あと一年か二年、このポジションで耐えれば、昇進に手が届くんだ。ものごとのよい面を見ようじゃないか。だが、四通のメッセージが待っているということはすなわち、フェニックスの自宅に戻ったからといって仕事が終わるわけじゃない、ということだ――たとえ金曜日の午後だとしても。

最初のメッセージを聞くより早く着信音が鳴った。くそ。電話攻勢の再開か。

「ジョナサンです」

「ジョナサン！　一体どこにいる？」マーカス・バリー。上司だ。

「空港です。何か問題でも？」

「クリフトン・インの例の担当が、一時間前から連絡を取りたがってる」

クリフトン・インを出たのはたった四時間前だ。そんなわずかな時間で、急を要することがあったっていうのか？

「フライト中だったものですから」不満が声に出ないよう注意して答える。

マーカスはため息をついた。「まあな、彼女のせいでみんな気が変になりそうだよ。返事がほしいそうだ――今すぐ」

「すぐ電話します」

「よかった」と返ってくるなり電話はぶつっと切れた。まあ別にいいけどな。

手荷物受取所に向かうと、俺のバッグはまだコンベアー上に出てきていなかった。荷物の様子をうかがいながら、クリフトン・インのアカウントマネージャー、サラに電話をかける。彼女のボイスメールにつながった。フェニックスに戻ったので折り返し電話をした、と伝言を残す。通話を終えるより早く電話が振動する。

五件目のボイスメール。素晴らしいね。

バッグが受取口からこぼれ出てくるのが見えたので、人ごみをかき分けてコンベアーのそばに寄り、バッグに手を伸ばした――と、まさにそのとき電話が鳴った。

「ジョナサンです」

ごく短い沈黙。そして聞き覚えのない声がこう告げる。「ずいぶん型どおりなんだね、ダーリン。予想外だったよ。コールだ」軽やかで、からかうような口調。間違いなく男の声だが、とても女性的な響きがする。

「失礼。どなた――くそ！」

最後の「くそ！」はこっちのアクシデントのせいだ。電話に出ているあいだにバッグを取りそびれてしまったのだ。バッグがコンベアー上を一周してくるのを待たないと。

「何かまずいことでも？」

「いや」電話が手の中で振動する。六件目のボイスメール。今度は、少なくとも下品な罵り言葉を漏らさないだけの理性は保てた。

「申し訳ない」迷惑な気持ちが伝わらないよう、恐る恐る話す。「どなたですか？」

「ジャレドの友人だよ。きみの番号を教えてくれたんだ、ダーリン」

ダーリン？　マジか？　「ジョナサンですが」

「うん、さっき聞いた」コールとやらは明らかに面白がっている。

ため息が聞こえないように答えた。「そうじゃなくて――」

「言いたいことはわかる」と、遮られた。彼の声には軽やかで独特なリズムがあって、そのせいなんだろう、さっきも感じたが、わざわざ女性っぽく振る舞っているようにも聞こえる。

「ジャレドの話じゃ、きみが僕からの連絡を待ってるってことだったんだけどな」

「そう、ジャレドが。じゃなくて、私が。待ってた……いや待ってるってことで」

落ち着け、深呼吸だ。こんなふうにペースを乱されるのは大嫌いなのに、電話の相手がいとも簡単にそれをやってのけたことに少しイラつく。腹の中で五まで数える。十まで数えるほうが効果的なんだろうが、相手がそれほど待ってくれないということはよくわかっている。

「確かにジャレドはフェニックスに友人がいると言っていた」よし、少し落ち着きを取り戻してきたぞ。「だが、きみの名前までは教えてくれなかったんでね」

正直に言えば、四週間以上も前にヴェガスの賑やかなカジノでジャレドと言葉を交わしたことさえ、完全に頭から抜け落ちていた。

「じゃ、電話してもいいわけ?」

「もちろん。今はちょっと不意を突かれたものだから」

「空港にいるんだな」

言い当てられて驚く。「どうしてわかる?」

「聞こえるから。空港の喧騒は独特だからね。よく知ってる」

「ああ」間抜けな言葉だとは思ったが、まともな返事を考えている余裕はなかった。バッグがまたこちらに向かってくる。今度こそつかまえないと。

「間が悪かったかな、ダーリン？　飛行機に乗るところ？」

「降りたんだ。ちょうどフェニックスに戻ってきたところで」

「じゃあ完璧なタイミングか。今夜は忙しい？」

「今夜？」びっくりして聞き返すと、バッグはまた目の前を通り過ぎていってしまう。「くそ！」

「夕食を一緒にどう？」こちらの暴言は聞き流してくれたようだ。

「ああ……その、荷解きをしないといけないし……」時間稼ぎのように言葉を濁した。今夜だと？　ブラインドデートに必要な、ゲーム感たっぷりの会話をするエネルギーが残っているだろうか。疲れそうだ。とはいうものの、そのあとに待っていることを考えればもちろん魅力的ではある。ロスではそういう出会いを楽しむ暇もなく、自分の手ですゝるだけだったのだ。実のところかれこれ三週間も、それ以上満足のいくことをしていない。だがまあ、相手が同じように考えている保証はないし、尋ねるのも失礼な気がするし。

　そんな胸の内を読みとったかのように電話の声が言った。「ダーリン、イエスかノーかの質問だよ、それにディナーだけだ。あとは交渉次第――ってことにしておこう」

　また電話が振動する。七件目のボイスメール。

　まったくもう、あとは野となれ、だ。「それはよさそうだな」と答えた。

フェニックスの中心街エリアは、一三〇〇平方キロメートル以上という広大な面積が特長だ。だいたいの都市は摩天楼のように縦へ縦へと伸びていくものだが、フェニックスは横へ横へと広がっている。運のいいことに、コールと俺は街の北側に住んでいた。コールがレストランを指定し、六時にそこで会うことになった。

どんな相手なんだろう。ジャレドの友人らしいが、ジャレドと彼のパートナーのマットは、どちらもよく鍛えた肉体派だ。アメフトのファンで、ビールが好きで、アウトドアを楽しむ連中。コールについてもジャレドたちと似たようなタイプなんだろうと勝手に考えていたが、声を聞いただけで違うとわかった。それに、指定してきたレストラン。行ったことはないけれども、スコッツデール地区では高級な部類に入る店だということは知っている。

仕事のあと、家まで戻って着替える時間はなかったから、約束の時間よりは早いものの、そのままレストランに向かった。スーツは朝の六時からずっと同じものを着ている。せめてもの救いは、四月中旬のフェニックスの最高気温は二十度前半くらいで、それほど暑くはないということか。小さな幸運に感謝だ。

店は小さくて静かで、驚くほど混んでいた。テーブルが空くまで、少なく見ても四十五分はかかると言われた。バーでコールを待つことにする。飲み物を注文しようとしたとき携帯電話が鳴った。コールから「遅くなる」とか「来ない」とかいう電話が来たのかと思ったが、違った。父からだ。父もフェニックスに住んでいる。もともとあまり親しくはなかったけれども、九年前に母を亡くして以来、連絡を取り合うようにはしている。

「やあ、父さん」

「ジョン！　一体全体どこにいる？」

父の第一声はいつもこんな具合だ。俺がしょっちゅう街を離れているのを面白がっているのだ。

「今夜フェニックスに戻ったばかりだよ」

「そりゃよかった！　夕食はどうだ？」

「あいにくだけど、実は……」

続きを言うのをためらった。俺がゲイだということを知らないわけではなかったが、父はそれを手放しで喜ぶ気にはなれないみたいだからだ。「デートがあって」

「デート？」初めて聞いた言葉のように尋ね返してくる。

「そう、デートだよ。知ってるだろ、だれかと食事をして、お酒を飲んで、世間話をして」

——運がよければセックスする。父にはそこまで言わないが。

「ああ」父がそこで言葉を切る。相手は女性なのか？——と尋ねたい衝動と戦っているんだろうか。父にはまだそういうところがある。俺が突然、性的指向が変わったと宣言するのではないか、なんていうサプライズを期待しているのだ。父が口を開く前に話を進めないと。

「そうだ父さん、電話してくれてよかったよ。来週また街を離れるんだ。芝居のチケットがあるんだけど。もしよかったらどうかな」

俺は劇場のシーズン券を持っているのだが、今はほとんど使えずにいる。

「さあどうだろうな」父がのろのろと答える。父は演劇好きではない。野球のほうが好みなのだ。それが俺たちの関係を端的に示しているとも言える。「何の芝居だ?」

「『ウエスト・サイド・ストーリー』」

「いや遠慮するよ、ジョン——」

「気に入るかもしれないよ」

「結末はもう知っている。キャピュレットとロミュランが——」

「キャピュレットは『ロミオとジュリエット』だし——」

「同じ話だろう、音楽が違うだけで」

「——それに、どっちの話にもロミュランは出てこないよ」

「そりゃますます残念だ。出ていれば少しは活気が出ただろうに」(※訳注:ロミュランは、SFドラマ「スタートレック」に出てくる異星民族)

ため息をこらえた。まあ父が芝居を見たがるとは期待していなかったが、チケットが無駄になるのは嫌なのだ。隣に住むジュリアにあげてもいいかもしれない。

電話が手の中で震える。別の着信だ。「父さん、もう切らないと」

「ああそうだな、ジョン。デートの成功を祈るよ」

　それだけのことを言うのに、父がとても努力していることはわかった。「ありがとう、父さん」と通話を終え、次の相手に切り替えた。

　また上司のマーカスからだ。

「ジョナサン、クリフトン・インの件は解決したのか？」

「厳密にはまだです。記録に不備があったんです。クリフトンでは二つのシステムを使っていまして――」

「月曜に現地へ飛んで対処するのがいいんじゃないかな」

「月曜日からはヴェガスですが」まさか忘れたわけじゃないだろうな。「フランクリン・スイートの案件です。ご記憶ですか？」

　マーカスはため息をついた。「そっちは短めに済ませたほうがいいかもしれない。今はクリフトンが最優先だ」

　深呼吸だ。五つ数えろ。

「水曜日にヴェガスを出て、そのままロスに飛べると思います。もしフランクリンが帳簿を整えているのであれば――」

「調べて折り返し電話する」

　電話を切り、時計を確認した。六時ちょうど。コールはまだ現れない。電話をしているあいだに到着したかもしれない。周りに目をやるが、誰かを探しているような人は見当たらなかった。そもそもコールが到着したとしても、どうやって見分ければいいんだ？

　心配する必要はなかった。

　ゲイに関するステレオタイプなイメージは、いま思いつくだけでもさまざまだ——毛むくじゃら（ベア）、おかま（トインク）、革でキメたバイカー、フェアリー。数え上げればきりがない。とはいえ、たいていのゲイはそうそう厳密にカテゴライズされているわけでもない。だが、コールがレストランに入ってきたとき、頭に浮かんできた言葉は、まさにそんなカテゴリーのひとつ——「火を見るよりも明らかな（フレイミング）——いかにもゲイ」だった。身長は一八〇センチほどだろうか、俺より六、七センチは低い。細身で、少し女性的な顔立ちをしている。髪の色は俺とほぼ同じライトブラウン。よく整えてあるが、前髪が長く目にかかっている。服装はまず間違いなく高価で、少し風変わりだ——スエード風のぴったりした黒いパンツに、おそらく絹であろうラベンダー色のぴったりしたサマーセーター、そして首には薄手のスカーフを巻いている。

　女性っぽい男はタイプじゃなかったが、今ここで立ち去るわけにはいかない。それに、一晩だけの相手なら、何もタイプである必要はない。

　コールが店の受付に向かうと、係の女性が気づいたようだった。彼女の顔にすぐさま笑みが浮かぶ。それは心からの笑みに見えた。コールが首を少し傾け、瞳が前髪に隠れる。誘うように微笑んでいる。大げさに目をバチバチさせてるんじゃないだろうか。何を言ったかまでは聞

こえなかったが、受付の女性は笑い、こっちを指差した。

コールが体を揺らしながら歩いてきた。「僕を待っているのはきみかな」

「ああ、たぶん」手を差し出し、握手を交わす。予想では、握力もなく弱々しいのだろうと思っていたが違った。コールの手は細く、信じられないほど柔らかかったけれども、握手は力強かった。

「ジョナサン・ケッチャーだ」

コールがまた首を傾げる。今度は右に。そのせいで長い前髪が反対側に流れ、瞳が見えた。そして微笑みかけてくる。信じられないほど面白いものを見るみたいに。

「コール・フェントン」その声にはどこか皮肉めいた響きがあった。コールが受付の女性のほうを見やると、彼女はメニューを手に待っている。

「じゃ、行こうか。テーブルの用意ができた」

「時間がかかると言われたが……」驚いて聞き返す。

コールはすでに歩き出していて、肩越しにこちらをちらっと見て微笑んだ。「ダーリン、僕は待つ必要がないんだ。決してね」

席に着くと、コールはメニューを開きもせず係の女性に返した。そして椅子に寄りかかり、こっちを見つめてくる。頭を右に傾けたせいで、また瞳が見えた。コールの肌はキャラメル色に近い——白いと言うには濃すぎるが、ほかの色にたとえるには明るすぎる。店の灯りが暗いせいで、瞳の色まではわからない——茶色だろう——が、瞳に浮かんだ感情は見てとれた。茶目っ気たっぷりで、ほとんどふざけているかのようだ。まるで何も真剣に考えていないみたいに。なぜかわからないが、それが気に障った。

「じゃあ、きみがザックの元カレなのか」

それは質問ですらなかった。驚きを取り繕う余裕もない。

ザックとは別れてもう十年以上たつ。その間ずっとザックに愛想をつかされたのだと思ってきた。それでもザックを愛していた。ヴェガスで偶然再会し、恋人時代のいい思い出がすべて蘇った……よくなかったことも。

「ジャレドがそう言ったのか？」

「正確には違うけど、簡単に予想はつくよ、ダーリン」

コールとジャレドに対する苛立ちをこらえた。「ジョナサンだが」

「知ってる。もう四回も聞いた」

「ダーリン」と呼ぶのをやめてほしい——そうはっきり頼めばやめてくれるだろうか。いや、この男はただ笑い流すだけだろう。

「で、きみはジャレドとマットの友だちなのか？　ザックとアンジェロも知っている？」俺は尋ねた。

「マットを友だちだと言ったら、嫌がられるだろうな。本当に知り合いなのはジャレドだけだよ。もう十二年近い付き合いになる。大学時代からの友人だ。ほかのやつらは一、二度会ったことがあるだけだ」

ウェイターがやってきた。「こんばんは、フェントンさん。またお会いできて光栄です。ワインリストをご覧になる必要はないでしょうね」

「また来られてうれしいよ、ヘンリー。きみの言うとおり、リストはもちろん必要ない。何を飲むかはまだわからないけど」コールがこちらを見る。「食事は何にするか決めたかい、ダーリン」

もう一度自分の名前を言いたい気持ちをぐっとこらえる。「ラムチョップを頼もうと思っている」

コールが微笑む。「素晴らしい」そしてウェイターに言った。「私も同じものを。それとテンプラニーリョ・レゼルバを一本」

「承りました」

スペイン産の赤――ザックの好きなワインだ。よりによってコールがそれを選ぶなんて。スペイン産のワインを扱っているレストランは決して多くない。外で食事をするとき、ザックはいつもそのことを嘆いていたものだ。

「何かまずいことでも言ったかな？」突然コールにそう言われ、思考が中断した。どうやらぼんやりテーブルクロスを見つめていたようだ。まずい。

「いや。ただ、きみの選んだワインのせいで——ザックを思い出して」

「ならラムなんか頼むんじゃなかったね、ダーリン」

どう答えるべきなのか、見当もつかなかった。

ウェイターがワインを持ってきた。ワインが注がれているとき、携帯電話が鳴った。静かなダイニングルームではありえないほど大きな音で、周りの客がみなこちらを向く。自分でも赤くなるのがわかった。急いで電話を取り出すと、ボタンを押して呼び出し音を消した。テーブルの向かいでは、コールが少し面白がっている。

「申し訳ない」そう言って電話を指差した。「本当にどうしても——」

「ご自由に」と彼は言い、俺は電話に出た。

「ジョナサンです」

「サラ、かけ直してもいいですか？」

「ジョン、うちで販売しているスパ製品の料金をすべて入力したのだけれど、州税を入力しようとすると——」

「チェックアウトの段階までそれはしないんです」彼女には教えたはずだが、よくある間違いだった。

サラはいらいらして息を吐いた。「こんなの絶対わからないわ！」

「大丈夫ですよ。もう金曜の夜です。帰って少し休んでください。朝まで待って新鮮な目で見れば、もっとうまくいきますから」

「そうかもしれないわね」とは言ったものの、彼女がこちらの忠告を聞くはずがないことはわかっていた。

「今ちょっと忙しいんです、サラ。朝一番に電話してもいいですか?」

彼女はまたため息をついた。「もちろん、わかったわ。じゃあ」

電話を切って、コールに言った。「本当に申し訳ない」

コールは微笑んだ。「仕事の電話か」

「いつものことさ。きみにもわかるだろう」

彼の笑顔が大きくなる。「いや、そうでもない」

「仕事は何を?」

コールの髪型は完璧だった。右に首を傾げれば、前髪が横に流れて視線を合わせることができる。だが下を向いたり、今のように反対側に首を傾げたりすると、髪が目の前に落ちてきて、表情を読み取るのが難しい。

「ありきたりの質問だな、ダーリン。きみこそ仕事は何を?」

「ゲストライン・ソフトウエア社でシニアリエゾン・アカウントディレクターをしている」

コールの口元がほころぶ。「なかなかの肩書きだね。ゲストライン・ソフトウエア社っていうのは、一体何なわけ？」

「大規模なホテルやリゾートのためのソフトウエアを書いている。予約、スパサービス、ルームチャージ、給与計算、人材派遣。すべてを一ヵ所に集めて――」

「僕はホテルのオーナーじゃないよ、ダーリン。セールスは不要だ。ヴェガスには仕事で行って、そこでジャレドに会ったのか」

「ああ。新規のクライアントが三社あるんでね」

「で、シニアリエゾン・アカウントディレクターとは、具体的にどんな仕事をするのかな？」

からかうような響き。イラつく気持ちを抑える。短期間でこの地位を得るまで、大変な努力を要したのだ。「新規クライアントの帳簿関連の記録をわが社に移行するサポートをしている」

「なるほどね。何年勤めているわけ？」

「八年」

「八年か。教えてくれ、ダーリン」コールが反対側に首を傾げ、目が合った。「シニアリエゾン・アカウントディレクターになって幸せ？」

「まあ、ゆくゆくは出張を減らしたいんだが。あと一、二年もすれば、昇進して社内経理をもっと担当できるようになるはず。もっとたてば――」

「目指す地位があるのかな、それともひたすら登り続けるわけ？　登れなくなるまで」

奇妙なことを聞くやつだ。もちろん、昇進は常に目標じゃないか。

「どういう意味だ」

「つまり、今あるものに満足し、腰を落ち着けてくつろげるときは来るのかってこと」

どう答えようか迷ったが、携帯電話が鳴ったので、答えはうやむやになった。またか。そして周りのテーブルの客もまた、みんなこっちを見ていた。なるべく早く済ませよう。

「ジョナサンです」

「ジョナサン！」またマーカス・バリーからだ。「フランクリン・スイーツのほうはライルが担当するよう手配した。きみは日曜の夜、ＬＡ行きの飛行機に乗ってくれ」

「了解です」

「我々が酒に溺れちまう前に片づけよう」

まったくもって同感だ。電話を切りながら、「すまない」とコールに謝る。「新しいクライアントで——」彼は興味なさそうに手を振った。さすがに二度目ともなると、面白がる気はないようだ。「もう電話はかかってこないと思う」

そのとき、食事が運ばれてきた。携帯電話をマナーモードにし、テーブルに置く。しばらくのあいだ、黙って食事をした。ワインがラムチョップの味を素晴らしく引き立てている。沈黙を破って尋ねてみた。

「きみは何の仕事を？」

コールは皿から顔を上げ、また髪が目にかかるように首を傾げた。こっちの質問に苛立っているのだろうか、面白がっているのだろうか——わからない。

「そんなに重要なことかな」

「いや」と答えつつ、コールが答えたくなさそうなそぶりなのが気になった。「ちょっと興味があっただけだ」

「きみが興味津々なのは、僕が何者かってことと、僕が何をしているかってことは深く結びついてるから？」

「まあ……」そうだよな？「そうだ」

「僕が街娼(ハスラー)だと言ったら？」

「そうだな——ええと——」

　言葉に詰まり、黙った。本気で言ってるのか？　ジャレドは街娼に俺の番号を教えたのか？　ここはどう反応するべきなんだ？「もしそうなら、今夜きみには何も払うつもりはないと言いたいね」ようやくそう返す。つまり、デートはこれで打ち切りということだ。

「そうなのか？」俺は尋ねた。

「もちろん違う」コールがニヤリと笑い、自分がホッとしていることに気づいて気持ちが明るくなる。「でも、そうかもしれないと思ったことで、すべてが変わってしまった。だよね？」

　何と返せばいいのかまったくわからなかった。「二〇の質問」みたいに奇妙なゲームに巻き込まれた気分だ。コールはこっちを見て笑っている。苛立たしさをこらえた。

「きみはまだ知りたくてたまらないんだろう？」コールが前髪をかき上げ、尋ねてくる。

そのとおりだった。コールが答えようとしないことに、ますます興味をそそられていた。

「ああ、簡単な質問だろう。きみは何の仕事を？」

コールはワインを飲みながらしばらく考えていたが、やがて口を開いた。

「旅をしている」

「旅を？」と聞き返す。一体何を言っている？　理解しようと懸命に頭を働かせる。「よくわからないんだが」

「きみには馴染みのない言葉だったかな」コールが応じる。その瞳を見れば、コールがどれだけこの会話を面白がっているかがわかった。最初に言葉を交わしてからずっと、静かに笑われているような気がして、よくも悪くも気になってしかたない。

「旅ならもちろんよく知っているが、そこからどうキャリアを積んでいけるのかわからないね」

「キャリアを積んでるなんて言わなかったよ、ダーリン」

「でもさっき――」

「料理も好きだ」

「じゃ、シェフとか？」

「そう言ってもいいかもね。でも、それを生業（なりわい）にしているわけでもない、もしそういう意味なら」

「もちろん、そういう意味だ！」自分の声が、驚くほど怒っているように響いた。近くのテーブルにいた何人かがこちらを見る。自分がまた赤くなるのを感じた。目を閉じて、五つ数える。

「何かきみの気に障ったかい、ダーリン？」

「いいや！」まだ苛立ってはいたものの、気持ちはずいぶん落ち着いてきた。

「些細なことについて謝るには早すぎるね」コールの声が軽く響く。ようやく目を開けると、コールはまだ微笑んでいた。だが、その表情からはさっきまでのからかうような色がずいぶん消えている。

「ザックとはどれくらい付き合ってたの？」

話題が突然変わり、完全に意表を突かれた。こちらはまだ、それまでの会話のせいで混乱し、イラついていた。だがコールの表情には見下したところはなく、率直で誠実な感じがした。

「三年」と答える。

「何年くらい前の話？」

「十年前に終わっている。なぜ聞く？」

コールが申し訳なさそうに微笑みかけてくる。「単に会話をしたいだけだよ。でも、まずい話題を振っちゃったみたいだな。本当に知りたかったのは、きみが誰かと付き合っているかということなんだと思う」

「明らかにノーだ、だからここにいる」

「明らかなの？　恋人がいるかどうかは曖昧にしておきたいって男とたくさん会ってきたけどね」

確かに一理ある。「誰とも付き合ってない、どんな意味でも」

たまにクラブでナンパしたり、バスハウスに行ったりすることはあったが、実際に誰かとデートしたことは何ヵ月もなかった。「きみはどうなんだ？」

「友人は多いけど、縛られるような関係じゃあないね」

それを聞いて思わず少し笑ってしまった。「きみこそ曖昧さを選ぶようじゃないか」

コールがかすかに微笑み返す。「こう言っては何だけど、長い間、誰とも食事を一緒にしていない」

そのとき、「ジョナサン！」という聞き覚えのある声が聞こえ、会話が中断した。顔を上げると、ジュリアがそばに立っていた。隣に住んでいて、俺より何歳か年上だ。夫のビルは不動産業を営んでおり、ジュリアは三人の子どもたちを車であちこち送り迎えするのが日課だった。

「やあ、ジュリア」

ジュリアは意味ありげにコールのほうを向いた。紹介しようとしたら、また携帯が鳴った。少なくとも今回は着信音が鳴っていなかったから、気づいたのはコールとジュリアだけだ。

俺の助けなどなくても、コールはすでに席から立ち上がり、ジュリアの手を握っていた。あまりに親しげで、一瞬、キスでもするんじゃないかと思ったほどだ。電話の相手はまたしてもサラで、今度は別のソフトウエアの不具合についてだった。コールとジュリアが何を話しているのかはわからなかったが、二人から目を離さなかった。コールの態度はとても礼儀正しく、それでいてどこか誘うようで、ジュリアはそれを楽しんで受け入れていた。

電話をちょうど終えたとき、ジュリアの夫が現れた。

「テーブルの準備ができたようだわ」とジュリアは言った。「会えてよかった、コール」それからこちらを鋭い目で見た。「またあとでね、ジョナサン」

ジュリアが去るとコールは座り直し、いたずらっぽい目を向けてくる。

「何だ？」思わず微笑み返しながら尋ねる。

「あとで噂話されるような気がするんだけど」

笑うしかなかった。「多分そうなるだろうね」

「彼女とはどういう知り合い？」

「隣人だ。俺が仕事で留守の間、家のことをやってくれている。魚に餌をやったり、郵便物を保管しておいてくれたり。彼女の兄のトニーとは、数年付き合ったこともある。もうカリフォルニアに引っ越したが」

「きみと彼女は親しいの？」

「そうだと思うが、どうだろう。一緒に白ワインを一本飲空けるくらいには親しい。いや、二本かな」コールがさらに面白そうな顔をしたので、もう一度尋ねる。「何だ？」

「別に何でもないよ、ダーリン――」

「ジョナサンだ」

「――ただ、考えてたんだ、それってすごくありきたりじゃない？　ゲイの男がストレートの女と友だちになるなんてさ」

「ゲイの友人しかいないっていうのも、ありきたりじゃないか？」

コールがこちらを見て笑う。本物の笑顔だ。今夜二度目だが、からかうような感じが消えていた。「言えてる」

テーブルの上で携帯がまた鳴り出した。

「くそ！」

「いつもこうなのかい、ダーリン」コールの声は、今度は明らかに苛立ちを含んでいた。

「いつもじゃない。ただ――」バズ、バズ、バズ。「すまない。本当に大事な案件なんだ」彼は目をそらし、電話に出ればいい、とばかりに手をひらひらとさせる。

「ジョナサンです」

「ジョナサン！」またもマーカスだ。「例のクリフトンの女のせいで俺は死にそうだ。日曜のことは忘れろ。今夜の飛行機で飛んでくれ」

「今夜？　マーカス、帰宅して四時間もたってないんですよ」

「わかっている。だが、彼女が週末に休まないというなら、お前も休めないぞ。現地で作業するのがいい、そのほうがずっと効率的だ」

俺は五つ数えてから言った。「明日の朝六時に出発します。それでいいですよね」おお神よ、どうか今夜だけは自分のベッドで寝かせてください！

彼はため息をついた。「まあそれでもいいだろう」

「ありがとうございます」電話を切ると同時に、コールに「本当にすまない――」と言いかけ、ふと見ると、彼はポケットから財布を取り出しているところだった。

「帰るのか？」驚いて尋ねた。コールは答えず、財布から百ドル札を四枚取り出すと、テーブルのキャンドルホルダーの下に挟んだ。

「そんな――」

きみが俺の夕食代を払う必要はないし、そんなに巨額のチップを残す必要はない――と言おうとしたが、コールに遮られた。

「ねえダーリン、きみはホントにかっこいいよ。でもはっきり言うとね、僕は注目されていたいんだ。特にデートのときは」

「まだ帰らなくても――」

「まあ、機会があればまた」そう言って一枚の名刺を差し出してくる。名前と電話番号以外は真っ白だ。コールは前髪の奥から瞳を瞬かせた。「連絡して。できれば電話を家に置いておける夜にね」

コールが去り、一人で夕食を済ませることになった。

そのあと、携帯電話は一度も鳴らなかった――翌朝五時十三分までは。そのときすでに、俺は空港に戻っていた。

送信日時：4月17日
差出人：コール
宛先：ジャレド

ああスイーツ、きみにはホント文句を言いたいね！　勧められたとおりジョナサンに電話したけど、僕が誰なのかもわかってなかったぞ。僕をハメるつもりだったにせよ、せめてこっちの名前くらいは教えておいてくれなきゃ。でも、きみを許すしかないんだろうな。ひとつ貸しができたから、きっちり埋め合わせしてもらいたいところだけど、そんなこと、きみのあのワルなボーイフレンドが許さないだろうしね。それも残念だ……。

で、ジョナサンと会って食事をしたんだけど、ハニー、大失敗だったよ。ジョナサンは、僕みたいなのはタイプじゃない。彼はひどくかわいいけど、堅苦しくてユーモアのセンスもないし、自分のキャリアにひどく執着してる。念のため言っておくけど、スイーツ、ブラインドデートをセッティングするときは、そういうことを最初に教えておくものなんだよ。デートはうまくいかなかったし、そんなこんなで、フェニックスでのラブライフは今も絶望的に枯れ果てている。彼に電話番号は教えておいたけど、連絡が来るなんてありえないだろうし。僕が金持ちでよかったよ、このままじゃ、誰かと寝るためにパリまで飛んでいかなきゃならないかもしれないから。

その次の週末、父にアリゾナ・ダイヤモンドバックスの試合に連れて行かれた。野球はあまり好きじゃないのだが、年に何回か、一緒に来るようにとしつこく誘ってくるのだ。法外な値段のホットドッグと、大量生産の安物のくせに一杯八ドルもするビールを買った。父が打点やら打線やらの話をするのを、興味があるふりをして聞いていたが、父も俺も、うわべだけの会話をしていることはよくわかっていた。同じように、俺は試合の半分の時間を会社からの電話対応に費やし、父は気にしていないふりをする。馬鹿馬鹿しい取り決めだが、それで平和が保たれていた。

二回表に入って間もなく、上司との電話を終えたところで、父が突然聞いてきた。

「で、どうだったんだ、お前のデートは？」

まだ電話のことが頭から離れておらず――マーカスから月曜にまたロスに発つよう言われたところだった――つい間の抜けた返事をしてしまう。「俺の何？」

親が子どもをたしなめるときの顔で父がこちらを見る。俺が家の雑事をうまくこなさなかったときによく見た目つきだ。「ほら」父は皮肉っぽく言った。「デートだよ。食事をして、お酒を飲んで、世間話をして。ほかの誰かと」

自分が言った言葉で父に揚げ足をとられてしまった。まったく嫌になる。頬が赤くなっているのがわかった。

「うまくいかなかった」

「どうして？」

詳しいことは父に話したくなかった。いつも「仕事に振り回されている」と叱られているからだ。嘘をついてしまおうか。でも、これまでタイミングよく嘘をつけたためしがなかったし、どうせ顔に出てしまうから、覚悟を決めて事実を認めることにする。父の目を見て話すのは無理そうだから、フィールドへと視線をそらす。「あの晩、俺にたくさん電話がかかってきたせいで、相手は気を悪くしてさ。店を出て行っちゃったんだ」

父がすぐに説教を始めるかと思ったが、違った。しばらくの沈黙。振り向くと、悲しそうな顔でこちらを見ている。「悪かった、ジョン」

「どうってことない」平静を装って言った。本当を言うと、コールにあんなふうに見捨てられたことで、まだ少しもやもやしていた。「どうせ俺のタイプじゃなかったし」

「ほかの誰かとは付き合ってないのか？」

「今のところはね」実際は気の遠くなるほどずっと――ない。

　またしばらく沈黙が続いた。そっと目をやると、父が幽霊たちと一緒にいるのが見えた。もちろん文字どおりの幽霊じゃない。映画に出てくるようなものでもない。父の心の中だけに存在している幽霊たち。父が過去に取り憑かれているとき、それを感じることができる。

　俺には姉がいた。姉についての記憶はほとんどなかった――ぼんやりとしたイメージはあったものの、姉の写真を見て、あとから形づくられたものだという気がする。姉が死んだのは六歳のときで、俺はまだ二歳にもなっていなかった。家で母と俺が昼寝をしていたある日のこと、姉は庭のプールで溺れ死んだ。父も家にいたが、空調会社と電話中で姉から目を離していた。

　事件のあと、父はプールを壊して埋め、我が家で誰かが姉の名前を口にするときはいつも囁くような声になった。あれから三十年以上たった今でも、姉の死に対する罪悪感は、父の周りに影のようにつきまとっていた。いつも見えるわけではないけれども、何かをきっかけに、父の目にそれが映るのだ。

　そして母の姿も。父が今でもずっと寂しがっているのは知っている。母は九年前に膵臓（すいぞう）がんで亡くなった。母が亡くなるまでの数年間、父と俺はあまり話さなかった。父は俺のセクシュアリティを快く思っていなかったし、俺は俺でまだ若かったせいで、家族がいつでもそこにいるとは限らないという事実に気づいていなかった。母の死は、大きな衝撃だった。あのとき俺たち親子は悟ったのだ。それまでさほど親密ではなかったかもしれないけれども、お互いがお互いのすべてであったことに。俺がコロラドを離れ、フェニックスに戻ってきたのはそのときだ。

俺は父が話すのをまだ待っていた。父には何か言いたいことがあるのがわかった。ただ、どう言えばいいのか迷っているだけなのだ。「ジョン」ようやく、ためらいながら父が口を開いた。「会社にいい娘がいるんだ」

「いや」

「気持ちはわかるが――」

「じゃあどうしてその話をするわけ？」

「何が問題なんだ、ジョン？　今は誰とも付き合ってないんだろう？　彼女と会ってみたっていいじゃないか。どうなるか試してみればいい」

「いやだ」

「私はただ……」父が言葉を濁す。父の上に幽霊が重くのしかかっているのが見えた。肩が落ち込んでいる。父の顔は悲しげだった。もしかしたら涙をこらえているのかもしれない。

「家族は大きくなっていくべきだよ、ジョン」父が静かに言う。「縮んじゃいけないんだ」

そう、それが問題の核心だった。父は俺がゲイであることを否定していたわけではない。ただ、それ以上のものを求めていたのだ。奪われてしまった家族と、決して腕に抱くことのない孫を。それを責めることはできない。

「わかってるよ、父さん」俺はそっと言った。それから、フィールドに視線を戻した――父が気まずい思いをしないで目を拭えるように。

その後、五回裏に進むまで会話はなかった。試合終了まで見ていたものの、どちらが勝ったのか、まったくわからなかった。

それから二週間、コールの電話番号を持ち歩いた。彼にもう一度会いたい――と自分自身に認めるまで、しばらく時間がかかった。

コールは傲慢で、不愉快で、けばけばしいところがあって、何よりまず間違いなく俺のタイプじゃない。が、賢くて面白くてかわいくて、間違いなく魅力的だ。それに、俺に興味を示してくれたという単純な事実も捨て置けない。今のところほかに付き合うあてはないのだから。

結局、自分にこう言い聞かせた――少なくとも、やつに詫びを入れるくらいの借りはあるよな。

電話をかけると、フランス語が返ってきた。「アロー？」

「やあ、コール。ジョナサンだ」

「ああ、ハロー、シュガー。なんてうれしい驚きだ。どうしてた？」

ほんの一瞬、俺の名前はシュガーじゃないと言い返そうかと思ったが、やめた。ごてごてした呼び名に慣れるしかないような気がしたのだ。

「謝りたかったんだ――」

「気にしないで、シュガー。あの晩は、お互いベストな振る舞いじゃなかった。だろ？　もうすんだことだよ、ほんと」

「もう一度試してみるのはどうかと思って」

「ぜひそう願いたいね。今度は二人きりになれるのかな？」

「携帯を持っていかないわけにはいかない。でも、今はどのクライアントも危機的状況じゃないから、前回ほどひどくはならないはずだ」

「それならそれでまあよしとするか」コールは明らかに楽しげだった。「きみの誘いは今夜ってこと？」

「いや、実は今ロスにいるんだ」

「そうなると、もっと大変になりそうだね。いつ戻ってくる？」

「火曜の午後」

「最悪のタイミングだ、シュガー。水曜日にパリに発つんだ」

「本当に？　休暇で行くのか？」

「いや」素っ気ない口調だったので、好奇心をそそられた。「じゃあ、火曜に会うのはどうだろう？」とコールが続ける。

「いいね」

「飛行機は何時ごろに着く？」

「四時だが、そのまま会社に行って上司に会わなきゃいけない。六時少し前には帰れるはず」

「完璧だよ、シュガー。それじゃ、また」

「え――待てよ、え？」だが遅すぎた。回線はすでに切れていた。かけ直そうかと思ったが、馬鹿みたいなのでやめた。


帰りの飛行機が一時間遅れ、マーカス・バリーとのミーティングに間に合うよう、俺は急いだ。

マーカスは四十代で、友人とまでは言わないものの、公平で一緒に仕事をしやすい上司だ。ただ、六十歳にもならないうちに心臓発作で死んでしまいそうなタイプでもある。太りすぎで働きすぎ。タバコは吸いすぎだし酒も飲みすぎ、主食はファストフード。だがとても成功している。CEOの直属の部下で、年収は五十万ドルを超えており、ポルシェを乗り回していた。彼のようになるのが目標でもあった——トランス脂肪酸と心停止を除いて。

「遅くなってすみません」マーカスのオフィスに駆け込み、ドアを閉めた。

「どこにいたんだ？」

「飛行機が遅れて——」

「ずっと電話していたんだが」

「本当ですか？」携帯電話を取り出し、確認する。「しまった。申し訳ありません。飛行機を降りたとき電源を入れ忘れたようです。急いでいたものですから」

「気にしないでいい。そのままオフにしておけ——我々の邪魔にならないように」

「カリフォルニアの話をお聞きになりたいですか？」

マーカスは興味なさそうに手を振った。「いいや、ジョン。きみは仕事をしっかりやってるからな」

マーカスなりの褒め言葉だ。

「ほかに話したいことがある」

俺は向かいの椅子に座った。「お聞きします」

「モンティが昨日、会議を招集した」

モンゴメリー・ブルーウィントン、ＣＥＯのことだ。マーカスは社内で唯一、彼を名前で呼べる人間なのだ。

「リストラの話が出た」

「リストラ？　どのような？」

「旅費を節約するため、各州にアカウントリエゾンを置きたいと言っている」

「それには納得です。私とどう関係が？」

「ジョン、覚えておいてくれ、これは現時点ではすべて推測だ。まだ何も決定していない。しかし、もし実現した場合」彼は肩をすくめた。「いくつかの可能性がある」

「たとえば？」

「モンティが対処すべきだと考えているのは、大きく分けて七つのエリアだ。アリゾナ、ロス、サンディエゴ、サンフランシスコ、ヴェガス、コロラド、ユタ。問題は、現在その地域を担当しているのが十人だということだ」

「つまり、私たちのうち三人が職を失うということですか？」

突然胸に沸き起こったパニックに抗いながら、そう尋ねていた。

「誰も仕事を失わないさ、ジョン」

「ならどういうことに？」

「その三人はおそらく降格になるだろう」

「何ですって？」

「そんなに動揺しないでくれ。いい知らせもある。きみの業績は十人中五番目だ。三人のうちの一人になることはないだろう」

確かにそれはいい知らせだった。五つ数え、少しリラックスした気分になった。

「いずれにせよ、私はその七つのどこかに異動することになるわけですね？」

「そうだ。私が聞きたいのは、それについてどう思うかだよ」

ちょっと考えさせられた。ここアリゾナに愛着があるわけではない。引っ越しが嫌だと思うのは、単に面倒くさいからだ。それに父はフェニックスに住んでいる。もし引っ越さなければならなくなったら、間違いなく父に会う機会を失う。しかし、ほかに抗う理由はなかった。

「必要とあらば何でもしますよ、マーカス。おわかりだと思いますが」

マーカスは微笑んだ。「よしよし」彼が立ち上がり、ミーティングが終わったことを告げた。俺もそれに従う。「家に帰って少し休め。明日の朝、また会おう」


別の州への異動のこと、そして新ポジションにともなう昇進の可能性で頭がいっぱいになりながら、オフィスを後にした。少しぼんやりとした気持ちで、車で家路につく。何か変だと気づいたのは、玄関に続く私道(ドライブウェイ)にサーブが停まっているのを見たときだ。自宅のドアを開けると、ジュリアがソファに座ってワインを飲んでいた。

「出張はどうだった？」ジュリアが聞いてくる。

「何事もなかったよ」ドアのすぐそばに荷物を置いた。「ここで何してるんだい？」

「あなたのボーイフレンドに入れてほしいって頼まれて――」

「俺の――何だって？」

「――最初はそのつもりじゃなかったのよ。でもどういうわけか説得されちゃって――」

「何を言ってるんだ？」

「――だってすごく素敵じゃない、夕食を作ってあなたを驚かそうだなんて――」

残りを聞くまで待たなかった。リビングルームを横切り、キッチンへと続くスイングドアを押して入った。コールはコンロの前にいた。彼に向かって声を荒げる。

「ここで一体何をしているんだ」

コールは俺のほうを見ようともしなかった。「夕食を作ってるんだ、シュガー。見てわかるだろ？」

「家に押し入って、夕食を作ってるだって？」

「そんな芝居がかったことを言わなくてもいいんじゃないかな」コールがこちらに顔を向ける。

「だいたい押し入ったりしてないし」

コールはこの前と同じような服装だった。濃い色の細身のボトムスに、淡い緑色の薄手のニット。瞳の色を印象的に見せるような色合いだ。瞳は茶色ではなく鳶色（ヘーゼル）だった。彼は裸足で、なぜかその細い足に見入ってしまう。

「ねえ、気を悪くしたらのなら謝るよ。本当に」コールの言葉はこれまでより誠実に響いた。「でも出張先じゃどんな感じか想像がつくからさ。レストランでの食事が続くだろう？　で、家庭料理のほうがきみもうれしいんじゃないかって思ったわけ。そういうことだよ、シュガー。電話したんだけど留守電だったし」

もちろんそうだったろう。五時間前にロスで飛行機に乗ったときから、携帯電話の電源は切ってあったのだから。

「ジュリアに無理やり頼んで家に入ったのは、全然いいやり方じゃないと思う。でも、きみが帰ってくるのを待って料理を始めたら、八時過ぎまで食事ができなくなる。だからいちかばちかやってみることにしたんだ」

正直なところ、怒りは薄れていた。コールの優しさを感じたからだ。だいたい誰かが俺のために何かしてくれたのは、いつ以来だ？　思い出せもしない。ロスでの十日間、朝昼晩と外食が続いたから、家で静かに食事できるのは、混雑したレストランよりはるかに魅力的だ。コールが作っている料理が何にせよ、思わずよだれの出そうな香りが、「コールを許せ」と囁いている。男のハートを落としたいならまずは胃袋を落とせ——とはよく言ったものだ。その瞬間、本当にコールにキスしたいと思っていた。

「ありがとう」俺は静かに言った。コールはすぐさま顔をそむけたが、それでも頬に赤みが差すのが見えた。「何を作っているんだい？」

彼は肩越しに俺をちらっと見てから、すぐまた背を向けた。「ロブスターのソテー・パスタ」

「なんていい匂いだ」

コールが誘いかけるような笑みを浮かべてこちらに向き直る。「そりゃそうでなくちゃ、きみ（ドール）。料理の腕前は一流だからね」

「何か手伝おうか」

「料理を？　いやいい。でもテーブルセッティングはできそうだな。ジュリアが一緒に食べたいなら、たくさんあると言っておいて」

ジュリア！

すっかり忘れていた。さっきのやりとりで、ジュリアは間違いなく俺が怒ったと思ったはずだ。勝手にコールを家に入れたせいで。リビングルームに戻ると、ジュリアは部屋じゅうを行きつ戻りつしていた。

「ジョナサン、ホントにごめんなさい！」俺が部屋に入るなり、ジュリアが言った。「私がいけなかったわ――」

「大丈夫だよ、ジュリア。本当に」

彼女はまだ信じていないようだ。「もうしないって約束する」

「大丈夫だから。不意打ちを食らったけど、問題ない。コールを家に入れてくれてよかった」

「わかった。もしあなたが本当に――」

「本当にそう思ってる。彼はたくさん作ったそうだよ、一緒に食べていく？」

ジュリアが笑顔を見せる。「で、デートをぶち壊すの？　まさか」

「ただの夕食だよ」ジュリアが出ていくのを見て、声をかけた。

「ねえ、ジョン」ジュリアはドアを開けながら言った。「彼は手元に留めておくべきだと思う」

「ただの夕食だ」そう繰り返した。だが、彼女はもう行ってしまったあとだった。


コールは夕食を作ってくれただけでなく、白ワインも一本持ってきていた。「いつもは赤を飲むんだが」彼がグラスにワインを注ぐのを見ながら、俺は言った。

コールが頭を傾け、前髪が目にかかる。うちのリビングルームのライトはこの前のレストランよりも明るいから、髪の色がほんのり赤みがかっているのがわかる。シナモンを連想させる。

コールはシナモンのような香りがするのだろうか――そんなことを考えている自分に気づいた。

「きみってもしかして、メルローはどんな料理にでも合うと思ってる残念な人種のひとりなのかな、シュガー」コールがそっけなく聞き返してくる。

「ええと」と、言いよどんだ。顔が赤くなるのを感じる。「いつもはキャンティを買っている」

コールが訳あり顔で微笑む。「まあ僕を信じて。このヴィオニエはずっといいから」

ワインについてはよくわからないが、彼の「料理の腕が一流」という言葉は決して口先だけじゃなかった。ディナーは素晴らしかった。「どこでこんな料理を覚えたんだ？」食事を終えたとき、俺は尋ねた。

コールは頭を下げて話す癖があるようで、そういうときは長い前髪と睫毛のせいで、瞳がよく見えなくなる。「自由な時間がたくさんあるからね」

「本当に？」穏やかな雰囲気を壊すのはどうかと一瞬ためらったものの、ついに好奇心に負け、尋ねてしまった。「仕事は何を？」

コールが呆れて目を回す。「またそれかい、シュガー？　聞き飽きないのか？」

「きみが本当に答えてくれるなら、もう聞かない」

彼は気まずそうに体を動かし、テーブルの食器をずらした。「実は何もしていないんだ」

「どこかに雇われてはいるんじゃないか」

「なぜそんなことを言うわけ？」

「きみには金が――」

「ある」

「じゃあ、どうやって稼いでいる？」

「稼いでいないよ」

コールが詳しく説明してくれるのを待ったが、彼にはそのつもりがないようだ。

「それじゃ」俺はゆっくり、あからさまな皮肉をこめて言った。「きみは働くとかいう次元じゃないほど裕福だというのか？」

コールが頭を後ろに倒し——そのせいで髪もさっと後ろに流れ——まっすぐこちらを見る。迷っているような、それでも真剣な面持ちで。

「実は、そうなんだ」

自分がどんな答えを期待していたのかわからないが、少なくともこんな答えじゃなかったことは確かだ。「ああ」馬鹿みたいにそう返す。ほかに何を言うべきかわからなかったのだ。

「あまり早い段階でこのことを話すのは好きじゃないんだ、シュガー。まだすごく若かったころに学んだんだよ、僕が金払いがいいっていうだけで、どれだけの人が一緒にいたがるかって」

確かにそうかもしれない——想像に難くなかった。「宝くじでも当たったのか？」

「いや。相続したんだ。くじみたいな場当たり的なことじゃない。父はとんでもない額の金を持っていた。一族の金もあれば、自分で稼いだ金もある。父は何度か結婚したけど、子どもはいなかった。五十五歳を過ぎたとき、父は自分の行く末——死について考えるようになった。

そして、跡継ぎが必要だと考え、妻を見つけた。二十二歳で美しかったけど、頭はあまりよくなかった」

「トロフィーワイフ?」と尋ねると、コールは微笑んだ。

「まさに。もちろん婚前契約書にサインさせたし、相続人が生まれると、たっぷり金を払って彼女を解放した。今、マンハッタンに住んでいる」

「じゃあきみが後継者?」

「もちろんだ、シュガー」コールが立ち上がったので、テーブルを離れるのかと思った。俺も椅子を押しやって立ったが、彼はそのままこちらを見ているだけだったので、座り直した。

「十五歳のときに父が亡くなった。金はすべて信託財産として残されていた。僕はいくつかの要件を満たす必要があった」

「どんな?」

コールがゆっくりとテーブルのこちら側まで回ってくる。

「少なくともGPA評価がB以上の大学を卒業しないといけなかった。愛すべき母を支え続けることに同意しないといけなかった」

コールの口調から、「愛すべき母」などではないことが伝わってくる。

「正確にはいくら持っているんだ?」

そう尋ねたとき、コールは俺の椅子まで来ていた。失礼な質問だとは思ったが、彼は気にしないだろうという気がした。

「正確にはわからない。チェスターが全部やってくれている。でも、彼は引退すると脅し続けていて、そうなったらどうしたらいいのか見当もつかない」

「いくら持ってるか、わかってないのか？」

「そういうわけでもないよ。今の生活を続けるのに十分な財産があって、おまけに相続人にも十分な金を残してやれる――相続人なんて決してできるわけないけどね」

コールが俺の膝をまたいで腿の上に座る。こちら向きで。コールの指が俺のシャツのボタンをはずし、細い指で俺の胸毛をなぞる。突然、会話の内容などどうでもいいことに思えた。コールは美しく豊かな唇をしていて、そこから目を離すことができなかった。

「ねえシュガー。きみは僕の信託基金について一晩中議論したいわけ？」

コールの髪が後ろに流れて瞳があらわになる。邪悪で淫らな笑みを浮かべ――俺の股間を刺激する。「それともデザートの準備はできてる？」

コールが唇にキスされるのがあまり好きでないことはすぐにわかった。そんなことはどうでもよかった。彼の体には、ほかにキスされたがっている部分がたくさんあったから、そっちに集中した。二人は服を次々と脱ぎ捨てながら、ダイニングテーブルからベッドルームまで向かった。コンドームを見つけ、コールに差し出す。

「好みはあるか？　俺は何でもいける」

コールがコンドームを押し戻してくる。「僕は絶対トップはとらないよ、シュガー。いかにも僕みたいなタイプっぽいだろ」

俺は微笑んだ。「構わないよ」

コールの体はスリムで美しかった。数センチ背が低いだけなのに、組み敷いた体はもっと小さく儚げに思えた。だがそう思ったのも一瞬で、彼がそういうタイプじゃないことがすぐにわかった。むしろひどく情熱的だった。

体毛は腕の下だけ。股間さえきれいに剃ってある。髪は絹のように柔らかいが、シナモンのような匂いはまったくしない（もちろんだ）。その代わりイチゴみたいな香りがした。首の後ろ、ちょうど真ん中あたりに少し濃いめの小さな痣があった。三角形をしていて、蝶を連想させた。唇が、何度も何度もその痣に引き寄せられてしまう。

ことが済むと、コールは俺の腕の中で寝ることも、俺に寄り添おうともしなかった。ベッドの反対側に移動し、気だるげに伸びをした——俺に触れることなく。

「まさか、夜中にわざわざ僕を車で帰らせるつもりじゃないよね、シュガー？」

「ああ。いてくれていい」

「やっぱりきみが好きだな」とコールは言った。そのあとで彼が何か言ったとしても、聞こえなかった。もう、熟睡していた。

翌朝、俺がランニングに出かけたときコールはまだ寝ていたが、家に戻るとキッチンにいて、ベーコンエッグを作っていた。服は全部着ていたものの、まだ裸足だった。コールはこちらを見もせずに、シンクにたまっている汚れた皿の山を指差した。

「僕は皿洗いはしない。けど、ダーリン、もしきみがやりたくないなら、誰かに来てもらって片づけさせることはできるよ」

「本気で言ってるのか？」

「当然。よその家を散らかしたりしたときは、ローザに金を払って頼んでる」

「よくあることなんだな？」

コールの顔には笑みが浮かんでいたが、まだこちらを見ようとしない。コンロでジュージューと音を立てているベーコンエッグに視線を落としている。「きみが思うほど頻繁にはないよ」

「食事の前にシャワーを浴びる時間はあるかな」

「早くしてくれたらね」

出勤の準備が整うころには、朝食がテーブルに並んでいた。「こういうことのあと、いつも朝食を作るのか？」俺は尋ねた。

「場合によるね」

「ジャレドにも料理を作った?」彼とジャレドが恋人同士だったかどうかなど、もちろん実際には知らなかったが、興味はあった。

コールが微笑んだ。「もしジャレドの家で料理をする機会があったら、作ってたかもね。あいつはポップタルトとビールだけで生きてるんだから」

食事を終えると、コールがこちらをじっと見ているのにに気づいた。

「失礼なことはしたくないんだが」申し訳ない気持ちで彼に言った。「今日は仕事を休めない。本当に行く必要がある」

「僕のためにスーツを着てくれたとは思ってなかったよ、ダーリン。今すぐ出ていって、キッチンの片づけはきみに任せてもいいし、ローザを待って、彼女が出るときに鍵をかけてもらってもいい。きみしだいだ」

「きみを急かすつもりはない。悪く思わないでくれるといいんだが」

「わかった」

「今日パリに発つのか?」

「二時のフライトだ」

「あっちにはどのくらい?」

コールは肩をすくめる。「まだわからないな、ダーリン。家に帰りたくなるまで、かな」

「よく行くんだ?」

「年に数回」

「休暇で？」

「あっちにマンションを持ってる」

「本当に？」

畏敬の念と羨望が声に滲むのを抑えきれず、聞き返した。

コールは明らかに面白がって首を傾げた。「ああ。ベイルにもあるし、あとはハンプトンの家——ハンプトン基準ではただのコテージだけど——それにカポホにも家がある」

「うわ」

コールが微笑んだ。「まあね。で、ダーリン、ローザを呼ぶ？　どうする？」

「きみの金で誰かに家を掃除してもらうなんて馬鹿げてる気がする」

「どうして？」

「子どもっぽいじゃないか」

コールは肩をすくめた。「お好きにどうぞ」それからしばらく皿に目を落としていたが、顔を上げたとき、その表情には探るような何かがあった。

「聞いてもいいかな。きみはこれを一度だけのことにしたい？　それともほかの選択肢を検討したい？」

「ほかの選択肢というと？」

「僕みたいなライフスタイルには、一対一の恋人関係は馴染まない。でも、見知らぬ赤の他人とのセックスに興味をそそられたこともない。その中間がいいんだ」

「ジャレドとのこともそうなのか？」

コールが眉を上げ、面白そうな顔をする。「まさに。楽しくて気軽で、まったく複雑じゃなかった」

「それがきみの提案なんだな？」

「興味があるなら」そう言って、誘いかけるように微笑む。自分のタイプかどうかは別として、コールは本当に、信じられないほどキュートだ。それにベッドルームでの時間はとても楽しいものだった。そもそも楽しくないセックスなんてない。しかも二人の関係は自然で簡単だった。コールの提案に興味が持てないはずないじゃないか。

「完璧だな」俺は言った。

「よかった。じゃあ、フェニックスに戻ったら電話するよ」

送信日時：5月3日
差出人：コール

宛先：ジャレド

ダーリン、地球温暖化は神話に過ぎないって話、聞いたことある？ 先週のあの地獄のような寒さは、それしか説明がつかないね。あと、言わせてくれ――やった！ 干からびた季節がようやく終わりを告げ、しばらくはハッピーな状態が続きそうだよ。今、パリにいるんだけど、フェニックスに帰ればお楽しみが待っている。きみのおかげだよ、スイーツ。キスしたいくらいだ。きみのあのデカくてワルなボーイフレンドが許してくれるならね。

その日の晩、案の定ジュリアが訪ねてきた。

「それで」ジュリアを招き入れると、からかうように尋ねられた。「ディナーはどうだった？」

「本当によかったよ。コールは素晴らしい料理人だ。「一緒に食べればよかったのに」

「そうね」と言いながら、ジュリアがソファに座る。

「トニーはどうしてる？」と聞いてみた。彼女の兄のトニーがどうしているかなんて正直どうでもいいことで、ジュリアにもそれがわかっていた。話題を変えられるかと思ってちょっと試してみただけだ。もちろんジュリアは食いつかなかった。

「コールとは続きそうなのね！」

「そんなんじゃない。食事とセックスって意味ならイエスだけど、付き合うのとは違う」

「ええと」ジュリアは俺の言葉を無視して言った。「彼は料理をするでしょ。思いやり深いでしょ」ひとつひとつ指を折りながら続ける。「それに超キュート」

「いや本当に俺のタイプじゃないんだ」

「おまけにリッチよ」

「どうしてわかった？」

「ただの推測」ジュリアの言葉に、はいはい、という顔で返す。「三拍子そろっていて、そのうえボーナスがついてるようなものじゃない？」

「それが？」

「彼を逃がしたら馬鹿だってこと」


コールが街を離れていたことは、結果的にはたいした問題ではなかった。その後数週間はとても忙しく、彼が街にいたとしても、会う時間はとれなかっただろう。自分のベッドで過ごせたのはわずか数晩だけ。それ以外の時間はラスヴェガスに赴き、大手カジノのシステムを当社のソフトウエアに変換するという作業にかかりきりだった。ヴェガスにマンションがあるので、モーテルの部屋よりはまあくつろげる。でも、やっぱり家とは違う。

コールから連絡があったのは、ほとんど一ヵ月たってからのことだった。朝の七時、また長い一日が始まるというとき、ヴェガスのマンションから出ようとしたところで電話がかかってきた。

「やあ、マフィン。元気だった?」

思わず笑ってしまう。「マフィン?」

コールは構わず続けた。「きみに会いたい。今週はいつ空いてる?」

ため息が出た。「いやそれが今ヴェガスにいて、身動きがとれないんだ」

「仕事してるの? 週末なのに?」

「ホテル業界には週末なんてないんだよ」

「殺伐としてるな。あとどのくらいそっちにいる?」

「最低でも数日。フェニックスに戻ってるのか?」

「実はそう。でも、きみがいないんじゃ、ひどく退屈になるだろうな」

「こっちもかなりつまらないよ」

コールはしばらく黙っていたが、それから言った。「僕なら変えられるよ」

「会計データの移行をもっと効率的にできるって?」

「まさか。そっちのほうはまったくもって全然ムリ。でも、少なくともきみの夜を有意義なものにすることはできる」

「きみが言ってるのは俺が考えていることと同じかな?」

「それはわからないな、マフィン。同じ部屋にいたってきみの心は読めない。二百マイル離れたところにいたらなおさらだね」

「ヴェガスに来てもいいって言ってくれてるんだろう?」

「うん。邪魔にならなければ」

「日中は仕事をする」

「それはもうわかってる。大丈夫、きみが自由になるまでの間、僕は僕で充分に楽しめるから」

　自分が笑みを浮かべていることに気づいた。あと数日ヴェガスで過ごすということに、急にさびしさを感じなくなった。「一緒に過ごせるやつがいると、うれしいものだな」

「よかった」彼の声にも笑みが滲む。「夕食に間に合うように行くよ」

　数時間後、飛行機が着いたころに電話があったので、マンションの住所と入室に必要なキーコードを教えた。カジノから出られたのは六時過ぎだった。マンションに戻るとコールが待っていた。裸足に、細身の黒っぽいボトムス。ゆったりとした白いシャツが肌の色を引き立てている。彼はテーブルに料理を並べているところだった。

「料理をする時間がなかったから、寿司を注文した」

混雑したレストランに行かなくてもいいんだと思うと、ものすごくほっとする。「ほんと愛してるよ」

コールがウインクする。「愛さないわけないよね」

「寿司の出前ができることさえ知らなかった」

「ちょっと、ここはヴェガスだよ、ハニー。それに僕くらい金持ちだったら、何でも持ってきてもらえるし」料理をテーブルに並べ終えると、コールが俺を見上げた。そして動きを止める。コールの視線がゆっくりと俺の体を這い上り、気さくな笑みが淫らな熱を帯びてくる。

「何?」

コールはまだ微笑み、首を振っている。「スーツを着た男って、何かそそられるよね」

「そんなに執着するなよ。もう脱ごうと思ってるところなんだから」

コールは目を細め、長い前髪の向こうでウインクした。「そのほうがなおいい」

食事にありついたのは八時過ぎだった。ベッドでは、二人はとても緊密だったが、いったんベッドを離れるとコールに距離を置かれた。誘うようなことを言ったりはするけれど、意味もなく触れてきたり、自分からキスをしてきたりはしない。気軽な付き合いそのものといったところだ。親しさはあってもまだまだぎこちない瞬間もあり、ベタベタしたところは一切なかった。

夕食後、二人でソファに座った。俺はノートパソコンを持って片側に落ち着き、ニュースを見たり、仕事の遅れを取り戻したりした。コールはといえば、毛布にくるまってもう一方の端で丸くなり、本を読んでいた。タイトルは見えなかったがフランス語であることは確かだ。テレビを消すころには、コールはぐっすり眠ってしまっていた。彼を起こすと、一緒に寝室に入ってきた。だがさっきと同じで、恋人のように寄り添ってくる感じでもなかった。何も言わずにベッドの自分の側で体を伸ばし、そのまま寝てしまった。

翌朝、目が覚めたとき、コールはまだ寝ていた。フェニックスの自宅にいるときは毎朝ジョギングをしていたが、ラスヴェガスでジョギングをするのは嫌だった。ヴェガス特有の退廃的な雰囲気の中で運動するのは、何か馬鹿馬鹿しい気がしたのだ。その代わり、ビルのフィットネスルームにあるルームランナーで走った。シャワーを浴びにマンションへ戻り、タオルを腰に巻いて濡れたままバスルームから出る。コールはまだベッドにいたが、目は覚ましていた。

「時間はどのくらいある？」ベッドの縁に腰かけ、コールが聞いてくる。

「四十分後にはここを出ないと」

コールが手を伸ばしてきて腰のタオルをつかむと、そのまま俺を引き寄せた。そしてタオルを床に落とす。俺のものが一気に堅くなる。コールの唇が腹をかすめた。「口でやるか朝食をとるか、どっちかはできるけど、両方は無理だね」コールの舌先がゆっくりと俺を這いのぼる。ぞくぞくと震えがきた。

「誰が朝食なんか選ぶ？」なんとかそう返したが、声はかすれ、息が上がっている。

コールがこちらを見上げて微笑んだ。「いい選択だ、シュガー」

送信日時：6月8日
差出人：コール
宛先：ジャレド

僕がどこにいるかわかる？　ジョナサンとヴェガスにいるんだ。奇妙なセレンディピティだろ？　ベッドでの様子を詳しく教えてあげたいけど、きみだって教えてくれたことなかったよね。想像力を働かせてみてよ。

その夜、帰宅してコールがキッチンにいるのを見ても驚かなかった。テーブルはもうセッティングがすんでいた。

「料理しなきゃいけない、とか義務みたいに思わないでほしい」コールが大きなボウルに入ったエトゥフェをテーブルに置いているのを見ながら声をかけた。「ラヴ、僕は何をするときでも義務なんて感じない。きみもたまにはそうしてみるといいのに」

それができたら素晴らしいんだろうが、まあ俺には無理だ。

「今日は何をしてた?」

「読書。昼寝。あとはぶらぶらしてた」

「カジノには?」

「行った。でも買い物のためだけ。ギャンブルは嫌いだから」

「それならなぜヴェガスに?」

「さあ、なんでだろうね? ラヴ」コールが茶目っ気のある笑みを浮かべる。「きっとベーコン食べ放題のせいだ」それを聞いて俺は笑った。「よくここに来るの?」彼が尋ねる。

「マンションを買うくらいにはね」

コールのシナモン色の前髪が顔を覆い、瞳が見えなくなる。「それで、いつもはここにいるときどんなふうに過ごしてるわけ?」

「クラブで誰かを見つけるか、バスハウスに行くか」

コールがドラマチックに震えて見せるので、また笑ってしまう。「そんなにひどいかな」

「バスハウスは数回しか試したことないけど、あんまりいい出会いはなかったな」

「じゃあ旅先では何をするんだ？」

コールは髪がかからないように顔を傾け、「友だちがいる」と笑みを浮かべた。

「俺のような友人ということか」

「そう」

「港、港に女がいるってやつだな」

「もちろん女じゃないけどね」

「で、パリには誰がいるんだ？」

「アルマンとジョリ。アルマンのほうが断然楽しいんだけど、ついたり離れたりっていう感じの関係かな」

「そいつとついたときは、とことんまで行くってことか」

「もちろんだよラヴ。彼との関係は長続きしないけど、僕のほうから関係を切ることはないね」

「ジョリは？」

「ジョリは今まで会ったなかで一番美しい男だよ」そう言ったところで、陰謀めいたウインクをしてよこす。「もちろん今の相手は除いて、ってことだけど」

「当然だな」と笑ったが、俺はごく平均的なルックスだ。ジョリより自分のほうがかっこいいなどとはつゆとも思っていない。

「でも、ジョリはほとんど『クローゼットの中』状態なんだ」コールが続けた。「二年前に奥さんと離婚したばかりでさ、僕たちはずっと人前に出てない。すっごく退屈だよ」

「ハワイは？」

「ヒロにクラブがあるんだけど、そういうのに参加する元気はない。ひどくかったるいんだよね。どうせ大学生がほとんどだし。それにわかるだろ？　そういう子たちとは年々歳が離れていく」

「そのようだな」

「でも、ルディっていうバーテンダーがいる。まあアドニスみたいな美青年ってわけじゃないけど、楽しいやつだしベッドじゃなかなかいいんだ」

「ベイルは？」

彼がぐるりと目を回す。「ベイルはあんまり面白くなくなったな。ジャレドがあのデカくて怒りっぽい警官と付き合い始めてから」

「ハンプトンは？」

「選択肢はいくつかあるけど、たいていはうちの庭師のラウルと過ごしてる」

「うちの庭師？」

「まあ、うちだけの庭師じゃないけど。近所の何軒かのために働いている」

「そりゃまたやけにありそうな設定だな」

コールがニヤリとする。「そうかもしれないけどさ、ハニー、ラウルに会ったらきみも納得するよ」

俺も笑う。「わかった。じゃあフェニックスは？」

「たまに会うやつが何人かいる。でも、実はこの一、二年、フェニックスでの生活はひどく退屈だったんだ。きみはちょうどいいときに来たよ」

「お役に立てて光栄だ」

「僕もだよ、ラヴ」コールは完璧な真顔で言った。「夕食がすんだら、お礼に何かできないか考えてみるよ」


続く二晩も同じだった。どちらの夜もコールが夕食を作ったが、これまでと同じくとても美味(うま)かった。食後は俺が皿洗いをするようになった。それくらいは自分がやらないと、と思ったのだ。だが四日目の夜、部屋に戻ると食卓に料理はなく、信じられないほど食欲をそそる匂いも漂ってはいなかった。寝室から出てきたコールは、細身の黒いボトムス以外何も身につけていない。

「今夜は料理してなくてごめん、スイーツ。うっかり時間が過ぎちゃって」

「謝る必要なんかない」失望が声に出ないよう気をつけて言った。「俺が料理したいところだが、レパートリーはものすごく限られてるし」

コールが微笑む。「どれくらい？」もちろんからかって聞いているのだ。

「タコス、スロッピージョー、冷凍ピザ、スパゲッティ。プレゴの瓶がどこかにあるはずだ」

そしてコールに微笑み返す。「どれかそそられるものは？」

コールは笑った。話すときと同じで笑い声も少し女性っぽいが、とても穏やかだった。「ちっともない」

コールが近づいてくる。その眼差しが、からかうようなものから徐々に別のものへと変化していく——そう、俺がとても速く理解できるようになった何かへと。

「外出したいか？」と尋ねたが、コールの瞳の奥に灯った炎のせいで、ついほかのことを考えてしまう。脈拍が速くなり、声がかすれる。

「実はそう」コールが言った。目の前で、うなだれるように頭を下げている。髪しか見えない。それは少し湿っていて、彼の使ったシャンプーの匂いがした。

「ウィンに素晴らしいレストランがあるんだ。予約しておいたよ」

「それはいいね」

「でもその前に」コールが俺の肩をぐいと押し、ジャケットを脱がせにかかる。俺はされるがままになる。ぱさりと上着が床に落ちた。「手伝わせてよ、このスーツを剝がすのを」

ようやく着替えをすませ、ウィンに向かった。俺のマンションは中心街からそれほど離れていなかったから、歩いて行くことにした。最初のあの失敗デートを除けば、これまで二人で一緒に過ごしたのは、俺の家かマンションで、ごくプライベートな空間だった。そのあいだ、コールの第一印象をすっかり忘れていたのだが——今、はっきり思い出した。

コールはとにかく——派手なのだ。それ以外にうまい言葉が見つからない。まずは歩き方。軽すぎるし、腰も大きく振りすぎる。そして片方の腰を突き出すようにして立つ姿。話し方、身振り。髪の間からこちらを見るときの頭の傾け具合。どういうわけか、二人きりだったときには、あまり気にしていなかった。そんなに仰々(ぎょうぎょう)しくなかったし、不愉快ということでもなかった。確かにコールは始終誘うような言葉を使ったし、思わせぶりに目をぱちぱちさせたり(あくまでも冗談という感じで)、しょっちゅうシュガーとかダーリンとか呼びかけてきた。だが二人でいるときは、なぜか作りものめいた振る舞いが消えていたのだ。それが人前に出たとたん、真正面から直撃されたような感じだ。大げさで、わざとそう振る舞っているように見えた。今まで一緒に過ごし、ベッドを共にしてきた男が突然いなくなり、代わりに見ず知らずの男がいるような気さえした。ラスヴェガスのような、何でもありの街でも、すれ違いざまにコールのほうを振り返り、「へえ」とばかりに笑みをこぼす連中もいた。コールと一緒にいるところを見られるのが少し恥ずかしくなり、そんな自分が嫌になる。落ち着かないような、ちょっと居心地の悪い気分になってしまう。

テーブルの用意ができるのを待っていると、コールが話しかけてくる。「大丈夫？」

「もちろん」俺は笑顔を作った。

「ふうん」と言いながら、コールの瞳がじっと見つめてくる。自分の頬が徐々に赤くなるのを感じた。

「何も問題ない」

「僕に嘘をつく必要はないよ」コールが悲しげな笑みを浮かべる。「きみを困らせてるのはわかってる」

「いや、全然そんなことないね！」ちょっと強く反論しすぎたかもしれない。

コールはまだ微笑んでいる。「慣れてるからさ、ラヴ。慌てふためくやつもいれば、気分を悪くするやつもいる。面白がるやつもいる」彼は肩をすくめた。「感情を隠すことないよ」

「そんなんじゃないんだ」言い返しながら、嘘じゃなければいいのに——と思っていた。「いや本当に——」

「気にしないで」コールが背を向ける。「そのうち慣れるか、まあ僕はベッドでそんなにいい相手じゃないかもって思うようになるかのどっちかだから」

もっと否定すべきなんだろうか、それとも謝るべき？　いや、ただ放っておけばいいのか？　わからなかった。その場に立ち尽くし、心のなかで自分に毒づいた——俺はとんだクソ野郎だ。しかも、コールに気づかれている。これまで、ほかの男と一緒にいるのを見られても、気にしたことなんかなかった。なぜ、コールは違うんだ？

席につくと、ようやくいつもの自分を取り戻した。今もまだ公の場ではあるが、小さなテーブルで一緒に座っていると、また二人きりになったような気がした。コールの誘ってくるような視線や、歌うみたいでからかうような喋り方はまだ残っていた。だがそれはいつものコールでもあった。さっきまでの仰々しさはほとんどなくなっていて、ほっと肩の力が抜ける。

「本当にすまない」コールにそう言ったものの、目を合わせる勇気はなかった。

「謝らないでよラヴ」とコール。「ただ、僕が謝ることも期待しないでね」

そのあと、コールがしばらく気まずい思いをしていたのか、それとも俺だけだったのかはわからない。夕食を注文してから、ワインを注文する。冗談半分でキャンティにしようかと提案したら、呆れた白い目で見られた——サーモンを注文していたせいだろう。

「料理はどう？」食事の途中で聞かれた。

「おいしいよ」そう言いつつウインクする。「でもきみの料理のほうがうまい」

コールがすぐさま皿に視線を落とす。赤くなった頬を見せたくないのだろう。

「きみはとてもいいやつだ」コールが言った。その瞳は見えなかったが、微笑んでいるのはわかった。「昔付き合った誰かが、きみをとてもよく訓練したんだな」

俺はほんの少し笑った。「そのとおり」ザックを思い浮かべながら認める。「そして振られた」

食事がすみ、ウェイターが会計票を持ってくると、二人同時に手を伸ばすという——映画の中だけでしか見たことがないような——おかしな状況が起きた。伝票が入った小さなフェイクレザーのフォルダーに、二人とも手を置いたが、そのまま動きが止まった。

「僕が払うってことでいいよね」とコール。

「そう言うだろうと思った」と俺。「でも、そうしてほしくない」

「それ本気？」コールが面白そうに聞いてくる。「僕が選んだレストランだし。僕が払うのが筋だと思うんだけど」

「この前もきみが払っただろ」しかも払い過ぎなくらいだったが、それについては言わないでおく。「今度は俺が払いたい」

「スウィーティー、自慢するつもりはないけどさ、知ってるよね、僕があり得ないくらいお金を持っていて——」

「そういう問題じゃないんだ」俺はまた頬が赤くなるのを感じながら言った。

「本当に？」コールは今度は純粋に、面白いというよりむしろ驚いているようだった。

もちろんコールは俺より金を持っている。俺よりずっと——控えめに言ってもずっと多くの金を。だが、俺だって一文無しというわけじゃない。むしろ収入はかなりいいし、出費も少ない。自分のことは、いつも中流階級の幸運な端くれだと思っている。コールはまあ、言葉どおり何百万ドルも持っているんだろう。高級レストランのディナー代なんてバケツの水の一滴ぶんに過ぎない。それでも彼に全部払わせると思うと、もやもやしてしまう。プライドが許さないのだ。

「馬鹿げてると思うかもしれないが、ここに来てもらうだけでも飛行機代を出させてる。それに毎晩料理してくれた。これくらいの借りはある」

コールはまだ面白そうに、そして少し戸惑っているように見えた。「それってきみには大事なことなんだね」質問ではなかったが、彼がよくわかっていないのも確かだった。なんとか理解しようとはしていたが。

「そうだ」と俺は答えた。コールがじっと見つめてくる。何かを待っているかのように——こっちが考えを変えるべきなのか、別の説明が必要なのかわからなかった。それからゆっくりと、コールが伝票から手を離した。

レストランを出るころには遅い時間になっていた。マンションに戻っても、コールはずっと黙っていた。そのまま会話もせずにベッドの準備をし、お互い反対側からベッドに入った。コールは何も言い出さなかったし、こちらも押し付けがましくなりたくなかった。ベッドの半分でコールが丸くなり、俺は仰向けになって体を伸ばした。

眠りかけていたとき、突然、ほっそりとしたコールの重みを体に感じた。目を開けると、コールがこちらを見下ろしていた。部屋の明かりをつけていなかったから、表情までは読み取ることができなかった。

「ずっと考えていたんだけど」コールが静かに口を開く。「全然思い出せないんだ。誰かに何かお金を払ってもらったのって、いつ以来だろう」

驚いた。「何もないのか？」

コールが首を横に振る。「ディナーをご馳走になったことすらない」

俺が夕食を奢ることにこだわったのは、プライド以外の何ものでもなかった。コールにとってそれが意味を持つとは思ってもみなかった。だが今、話を聞いて、意味があることなんだとわかった。「じゃあクリスマスは？」俺は尋ねた。

コールがまた首を振る。「いや」

そのとき初めて気づいた。コールがどんなに孤独な人生を歩んできたかということに。父親は亡くなり、母親とは疎遠になっているようだ。兄弟はおらず、いるのは、パリからハワイまで世界中に散らばっている、気軽な関係の恋人たちだけ。

とっさに抱きしめたいと思った――「すまない」と言って気持ちをなだめたかった――だが、コールはそれを許さないだろう。だから絹のような柔らかい髪に指を挿し入れ、そっとつぶやくだけにした。
「また奢るよ」

6月28日
差出人：コール
宛先：ジャレド

やあスイーツ、このあいだ送ったメールに興味をそそられるんじゃないかと思ってたよ。そこがいちばん聞きたかったところなんだろ？　でも正直いうと、きみをからかっただけだ。特別なことじゃない。ジョナサンは仕事でヴェガスに行っていて、僕はそこに乗っかっただけ。もちろんあっちの意味で言ってるからね、ハニー。

コールはラスヴェガスでさらに二晩過ごし、帰っていった。数日後、街に戻ってから彼に電話した。

「もしもし?」声からするとどうやら起こしてしまったようだ。

「ジョナサンだ。フェニックスに戻ってきたって知らせたくて」

「それは魅力的だね、ダーリン。でも僕はいない」

「今どこ?」

「トーキョー」

「トーキョー?」あきれながら尋ねた。「いったいトーキョーで何をしてるんだ?」

「寝てる」そして電話を切られた。挨拶もなしに。

本気で疎まれたのかと少し心配になったが、二週間たって仕事から帰ると、キッチンでコールが夕食を作っていた。

それから数ヵ月、俺たちは簡単な――そしてきわめて不規則な関係を続けることになった。二人とも街を離れることが多かったから、一緒にいられる時間を見つけるのが難しかったし、コールは前もって計画したりするのが好きではないようだった。それに、コールに電話しても無駄だということも学んだ――「街に戻った」と知らせるような実務連絡以外は。会いたいと言ったところで、欲求不満になるだけだ。嘘っぽい言い訳をするかと思えば、断ったあとで家にやって来たりするような男なのだ。自分が主導権をとって考えたことしか実行しない。だから、待つことにした。そうすればコールが電話をかけてくる。

ベッド以外の場所で一緒に過ごす時間は、少しずつだが、ぎこちなさがなくなってきてはいた。コールには家の鍵を渡してあった。二人の関係がそれだけ深まったからじゃなく、そうするのがいちばん合理的だったからだ。コールは俺が帰宅してから料理を始めるのを嫌がったし、ジュリアに頼んで家に入れてもらうというのも馬鹿馬鹿しい話だろう。

二人ともフェニックスにいるときでも、コールはただ「忙しい」と言うためだけに電話をかけてきたりした。そうかと思えば、家に帰ると天国みたいにいい匂いが漂い、コールが裸足でキッチンに立っていたりする。コールについては、いろいろ予測するのを一切やめた（そもそも予測不能なのだ）。それでも彼に会うと、いつも幸せな気持ちになるのだった。

とはいうものの、二人で一緒にいることにまだ慣れない部分もあった。コールにしてみれば、こういう関係は珍しくもないのだろうが、俺にとっては目新しいことだらけだ。これまでにも長く続いた恋愛をしたことはあるし、軽い付き合いの経験もある。だが、その中間の微妙な関係となると、完全に異質なものだった。自分の経験からすれば、誰かとずっと付き合っていくということは、関係がどんどん深まっていくということだ。人間関係は前に進むか、終わるかのどちらか——ふつうそうだろう。でもコールは、今以上に親密になることに興味はないとはっきり言った。セックスはした。しょっちゅう。だがベッド以外の場所で、コールに触ろうとしたりキスをしようとすると、押しのけられ——遊び半分ではあったけれど——絶対的な態度で拒絶された。

恋人でもなく友だちでもない不思議な関係。いつもどう考えたらいいのかわからなくなる。

九月十五日のことだった。ロスでの四日間の仕事を終え、夜の十時にフェニックスに帰ってきた。家に着くなりコールに電話した。

「急を要する用事なんだろうな」挨拶もなしで眠たそうな声が言った。

「俺だ」

「わかってるよラヴ。発信者番号が出るし。今家にいるの？」

「そうだが、なぜ？　さびしかったとか」

「少しも」

「よかった。俺もさびしくなかった」

「それを言うために起こしてくれてうれしいね」電話は切れた。思わず笑ってしまった。もうコールの気性にも慣れていたし、怒らないほうがいいこともわかっていた。

翌朝、会社へ向かう車内で携帯電話が鳴ったとき、俺は驚かなかった。ディスプレイにコールの名前が表示され、知らず笑みが浮かぶ。「もしもし？」

「ヘイ、シュガー。ゆうべ僕を起こしたこと、許してあげるよ」

「そうだろうと思った」

「週末はどんな様子?」何を聞きたいのかわかっていた。時間があるのか、それともクライアントからの電話がひっきりなしなのか、ということだ。

「仕事は全部一段落している。俺はお前のものだ、お前が望むなら」

コールはしばらく黙っていたが、再び話しだしたとき、声には笑みが滲んでいた。

「たぶんそう望んでる。週末、一緒に過ごさない?」

「どこで?」

「僕の家で」

今まで一度も家に招かれたことがなかったから、どんな暮らしをしているのか興味はあった。

「どこに住んでる?」

「パラダイス・バレー」

当然だな。知っておくべきだった。パラダイス・バレーはフェニックスで最も裕福な地域だ。

「平日に呼ぶときみがいろいろ不便だろうと思ってさ。でも、自分のキッチンで料理するほうがとても楽なんだ」

「それはいいな。プールはある?」

「もちろん。ホットタブもね。でも何を考えているにせよ、シュガー」コールが艶っぽい声を出す。「水着は持ってこないこと」

仕事を終えて家に戻り、週末の荷物をまとめてコールの家に向かったときには七時近くになっていた。彼の家はいわゆるゲートコミュニティ（※訳注　安全対策のために住民以外の立ち入りを制限できる居住地域）の中にあったが、比較的こじんまりしていた。白い壁に赤い屋根、平屋建てのスペイン風の家だ。

「ヘイ、シュガー」コールがドアを開けた。「靴は脱いで」そう言うと返事も待たずに背を向け、家の奥へと行ってしまう。

コールが料理中だとわかっていたので、バッグを彼の部屋に置き、この機会にぶらぶらと家の中を歩きまわってみることにした。部屋はどれも広くて開放的で、天井が高かった。白とクリーム色の内装が多い。壁には絵が数点飾られていたが、それ以外は素っ気ない感じだ。ベッドルームは三つしかなかった。明らかにコールが使っている部屋と、机と本棚で埋め尽くされた部屋、そしてゲストのために整えられた三つ目の部屋（なんだか墓のような雰囲気だ）。リビングルームは信じられないほど厳めしく、頻繁には使っていないのが見てとれた。ファミリールームもあって、こちらはもっと生活感があり、大きなソファに贅沢な掛け布が何枚もかかっている。そういえば、コールはラスヴェガスのマンションで毛布にくるまって読書をしていた。家で夜を過ごすときも、きっとあんなふうなんだろう。

この家でいちばん快適な場所はキッチンだった。コールのことだ、もちろんそうに決まっている。広いのはもちろん、専門的なことはわからないが、相当な金をかけているんじゃないだろうか。カウンタートップは濃い大理石で、シンクは二つ。巨大な冷蔵庫、そしてレストラン顔負けのコンロ。

　コールはそのコンロの前にいて、何かをかき混ぜていた。足元は素足だ。髪はいつもより長く伸びていて、首の後ろにある蝶のマークが半分隠れている。何よりも今、コールに触れたい。あの小さな場所に唇をつけたい——。だが、わかっている。それは規則違反なのだ。

「いい家だ」

「ありがとう」コールがこちらも見ずに答えた。「いくつか家を持ってるなかで、ここだけだよ、自分で買ったのは」

「残りは親父さんが買ってくれたのか？」

「父の母親が買ったのもある。僕の母のも。あと、母の前の妻の誰かとか」

「なぜフェニックスを選んだ」

「なんていうか、この暑さが好きなんだよね」

「気は確かか？」思わず聞き返す。

　コールは肩をすくめた。「砂漠で灼かれてるとさ、反骨心と凡庸な気持ちの両方を同時に味わうことができるだろ」

　コールの言葉が、四十度近い気温の中でだらだらと汗をかくこととどうつながるのかよくわからなかったが、大富豪の息子として甘やかされて育ったものの、周囲から忘れられた存在である彼が、反抗的でありながら凡庸であることに魅力を感じているのは、まあ理解できる。

「何か飲みたい？」コールがコンロのほうに向き直る。「自由に飲んで」

冷蔵庫は巨大で、扉を開けると満杯だった。棚をざっと見まわし、「ワインにするよ」と言った。

「シュガー、今夜は赤を飲むんだ。冷蔵庫には入れてないよ」

だが俺はすでにワインと思われる瓶を見つけ、取り出していた。よく見るとコルクではなくスクリュー・トップだ。「何だこれ？」瓶を回してラベルを見て──声を立てて笑った。「アーバーミスト・ミックスベリー・ピノグリージョ？」

コールが頰を真っ赤にしながら、恐ろしい形相でこっちを見ている。「そこに入れてたのを忘れてた」

「こんなのを飲むのか？」ちょっと驚きだ。

「いや」

「じゃあどうして冷蔵庫に？」

「きっとローザが入れたんだ」

「家政婦が？　どうして？　二十一歳以下なのか？」

「いいや。なぜ？」

「こんなのを飲むのはティーンエイジャーだけだから」

「ティーンエイジャーだけってことはない」コールが言い返す。

「じゃ、やっぱりお前が飲むんだな」コールがあからさまに恥ずかしそうにしているので、なんとか笑いをこらえる。

コールがますます赤くなる。目の前の男は本当にコールか？　いつものこいつとは思えないぞ。

「まあ、その……」

「はい？」と尋ねると、もう本当に笑いが止まらなくなった。

「ええと……」

「うんうん、聞いてる」とからかう。

「わかったよ！」コールがカウンターの上にあった鍋敷きを摑み、こっちに投げてくる。「僕が飲んでるんだよ。これで満足？」コールが目をそらし、コンロのほうに視線を落とすが、笑っているのがわかった。「今、きみは僕の秘密を知った。小さな汚点だ。そうだよ、僕は安くてフルーティーなワインが好きなんだ」

「魚料理にキャンティを合わせるなんて、って叱られた気がするが――」

「もちろんさ、ダーリン。とんでもない選択だ」

「――なのにアーバーミストを隠し持ってるんだな。教えてくれコール、ミックスベリー・ピノグリージョはどんな料理に合う？」

コールはしばらく黙っていたが、愉快そうに言った。「合うのはあまりないってことは認めるよ。でもシュガー、ブラックベリー・メルローは死ぬほどおいしい。何にでも合うと確信している」

俺は笑い、コールと距離を置くのをやめた。彼に近づくと後ろから腰に腕を回し、頭にキスをする。コールは明らかに緊張していたものの、逃れようとはしなかった。「お前でも五ドルのボトルワインを飲むと知ってうれしいね」

「頼むから内緒にしてくれ。僕には守るべき評判がある」

「そうなのか？」笑いながら聞き返す。

「いや、そうでもないけど」コールが戯れるように俺を押しのける。「でも、せめて自己欺瞞の贅沢を許してくれなきゃ」

「やってみる」俺はボトルを開け、匂いを嗅いだ。クールエイドのような匂いがした。「夕食に飲むのはこれか？」

「まったくもって違う。実はキャンティのいいボトルを買ってきたんだ」コールは調理べらをこっちに向けた。「それ以上、何も言うなよ。さもないとポーチで寝ることになるぞ」

「それでもかまわないけどな。お前が一緒に寝てくれるなら」

コールはくるりと背を向けたが、愉しそうだった。

9月16日
差出人：コール
宛先：ジャレド

言っておくけどさ、スイーツ、いつもしつこく聞かれてうんざりだよ。何も話すことはないね。確かにきみの言うとおり、僕たちは一緒に過ごしてる。でも、二人の関係が深まりつつあるっていうきみの推測は、まったくの見当違いだ。

これは気軽な取り決めで、それ以上じゃない。きみと僕が何年も愉しんでいたのと同じ。ジョナサンの堅苦しさにも慣れてきたし、彼も僕に慣れてきたと思う――僕の流儀に。あと一、二ヵ月もすれば僕は休暇でパリへ行く。帰ってきたときには、彼がデカくて怒りっぽい警官と同棲しているかもしれない。あれ？　どこかで聞いたことのある話だな、これ。

気をつけて過ごしてよ、スイーツ。きみのデカくて怒りっぽい警官によろしくね。もしヤツの耳からホントに湯気が出てきたら教えてくれ。

日曜と月曜の晩、コールは俺の家で過ごした。火曜日の朝、彼はベッドに横たわり、俺が服を着るのを見ながらひっきりなしにしゃべり続けた。そろそろ髪を切らなきゃならないこと、夕食に何を食べるべきか、そして単なる思いつきだったのだろうが、大学時代以来、メキシコのリゾート地マサトランに行ったことがない、なんて話もしたりした。その日の午後、俺が仕事を終えて帰宅すると、コールはもうマサトランのビーチにいた。少なくとも一週間は留守にする、と電話してきた。風が吹けばどこにでも飛んでいくようなコールに、ただただ感嘆するしかなかった。だが二週間後の金曜日、家に帰るとコールが裸足でキッチンに立っていた。

翌朝、起床していつものように朝のランニングをし、シャワーを浴びた。浴室から出ると、コールはまだ寝ていた。腰までシーツで覆っていて、こちらに背を向けている。シナモン色の髪とむき出しの背中、そして細い肩が見えるだけだ。コールのキャラメル色の肌が真白なシーツに映え、いつもより色濃く見える。

コールに対する欲望はどんどん膨らむばかりで、自分でも驚いてしまう。これまでの相手だと、興奮がわりとすぐ冷めたりもした。だがコールは違う。少なくとも今はまだ。俺はタオルを床に落とし、裸のままベッドに上がった——コールの背後に。そのまま彼にのしかかる。いつものように髪からはイチゴの香りがした。首の後ろに口づけ、柔らかい腹に手を伸ばす。

「んんん……」コールが寝ぼけながらつぶやいた。「六時前だったら、絶対許さない」

「もうすぐ七時だ」

コールが伸びをし、もたれかかってくる。「んんん……」コールがまた唸ったが、今度は眠いからというより覚醒したように聞こえた。「それなら……」

シーツを除け、大きく硬くなったそれを押し付けると、コールは呻いた。そのままうつぶせになり、両足を広げる――俺が入れるように。こんなふうに俺の下に組み敷かれているときのコールが好きだった。体は細く繊細に見えるが、これまでの経験から、コールがセックスに関しては少しも脆くなく、臆病でもないことがわかっている。首の後ろに口づけし、いつも誘っているように見える蝶のマークに舌を這わせる。「お前の髪の匂いが好きだ」そう言うと、コールが息を呑むように笑った。

コールの下へと手を滑らせ、勃起した彼のものに手を伸ばす。コールが背中を丸め、腰を押し付けてくる。少しからかうだけのつもりだったが、股間にコールを感じたせいで、もっとしたくなった――もっと早く。俺は彼のものをしっかり握り、しごき始めた。

「もっと」コールが囁く。

「どうしてほしい？」軽くゆっくりとした動きで応じる。

「いつもみたいに」コールがまた腰を突き上げてきたので、興奮で息が大きく弾む。「早く」

焦りを感じているのは自分のほうだけじゃないんだと思うと嬉しくなる。ベッドの横にあるコンドームとローションの入った引き出しに手を伸ばし、そして――。

玄関のベルが鳴った。

「冗談だろ」コールが見るからに不満げなので、笑ってしまった。「いったい誰がこんな朝早くからドアベルを鳴らすわけ？」

「わからない。たぶんジュリアだ」

「残念だな」コールが呻いた。「彼女のことはむしろ気に入ってたのに」

ベルを無視しようか迷っていたが、不意にコールが俺を跳ねのけ、転がるようにベッドから降りた。間抜けな体勢のまま俺も床にずり落ちる。コールは振り返りもしなかった。「朝食のあとで、この埋め合わせをしてよね」そう言うとバスルームに行ってしまった。

ドアベルを無視するのは難しそうだ。

急いで服を着てドアを開けた。ジュリアが股間の膨らみに気づかないといいんだが。シャツでは覆いきれないぞ――。だが玄関前に立っていたのはジュリアではなく――父だった。

膨らみはものの見事に治まった。「父さん！」焦り丸出しで俺は言った。「ここで何してるの？」

父が近所のドーナツ店の袋を掲げる。「近くに来たから一緒に朝食でもと思ってな」

「ああ」馬鹿みたいな返事。だが、ほかになんて言えばいい？

コールが寝室から出てくる前に父を追い帰せないだろうか。でなけりゃ父が帰るまで寝室にいるようコールを説得することはできないか――。

父はもちろん俺がゲイであると知ってはいるが、こんなふうに正面から向き合う機会は滅多になく、たまにそういう場面があっても、だいたい気まずそうにしていた。

「起こしてしまったわけじゃあないよな？　お前はいつも早起きだから」

「いや、起きていた」

「よかった」そのまましばらく気まずそうに見つめ合っていた。父がついに口を開く。「ジョン、中に入れてくれるか？」

参った……。思考回路はショート寸前だ。「もちろん」と、とりあえず脇へ寄る。

父は怪訝な顔でこっちを見ると、ダイニングテーブルに向かった。

「コーヒーはあるかい？」

「ちょうど淹れようと思ってたところだ」

「どうかしたのか、ジョン？」父が尋ねてくる。「何か邪魔したかな？」

ベッドに裸の男がいることを白状しようか――そう思ったまさにその瞬間、コールがベッドルームから出てきた。俺の惨めな気持ちに追いうちをかけるかのように。ボトムスは履いてはいたものの、前のボタンはまだ開いている。そしてシャツを頭からかぶっているところだった。父はあんぐりと口を開けている。俺は頬が真っ赤になるのを感じた。

「ああ、くそ」と俺。

「ああ、まさか」と父。

「ああ、こんにちは！」コールは完璧に明るい温かな笑顔で父のほうに進み出た。「コールです」そして右手を父に差し出す。だが父はといえば、ただ口を開けたまま立ち尽くし、呆然とコールを見つめるばかりだ。

「コール、父のジョージだ」

「こんにちは、ジョージ。はじめまして」コールはまだ手を差し出したままだ。父はそれをどうしたらいいのかよくわからないといった様子で見つめている。コールの瞳が、いつもの皮肉っぽいユーモアから、もっと警戒したものへと変わっていく。そしてゆっくり手を戻すと腰に当て、もう片方の腰を浮かせた。髪をサッと後ろに流し、瞳を露わにする。ある種のコスチュームを身につけるみたいに、コールが見せかけの自分を一つ一つ装着していく。

「あのさ、きみ」コールは俺に向かって言っていたが、まだ父のほうを見ていた。「先に教えておいてよね、まだカミングアウトしてないならさ」

「いや、してる」俺は一番近くにあったもの——それはたまたま畳んだままの朝刊だった——を摑み、テーブルの向こうの父に投げつけた。「父さん！」

　新聞は父の後頭部にぶつかり、父は三十センチくらい飛び上がった。だが、それが功を奏した。「失礼した」父が言った。「ジョージ・ケッチャーです」遅ればせながら、ようやく父が手を差し出す。コールはしばらく怪訝な顔で立っていたが、やがて二人は握手を交わした。

「はじめまして、ジョージ」コールが繰り返した。それからテーブルの上のドーナツの袋を明らかに嫌そうに見て、こっちを向いた。「朝食を作ろうと思ったんだけど、もう帰るのがよさそうだ」

「コール、ごめん――」と言いかけると、コールが微笑む。「気にしないで、ラヴ。ちょっと待っててくれ」

父と俺はテーブルの反対側に座り、互いに目を合わせないでいた。父は頑ななまでにテーブルの上を見つめている。俺はコールが寝室に入り、戻ってきて、靴と鍵を見つけるのをずっと目で追っていた。

父がもう十分か十五分あとで玄関のベルを鳴らしてくれたらよかったのに。ベッドでの切迫感からすれば、それだけの時間があったら充分だった。

コールは玄関の前で立ち止まると、親指と小指を伸ばして手を耳に当て、「電話して」という合図を送ってよこした。あるいはコールのことだから、「電話するよ」の意味かもしれない。俺はうなずき、彼は去っていった。

玄関のドアが閉まると、父はようやくこちらを見上げた。気恥ずかしそうに頬を赤くしながら。

「彼はここで何をしていたんだ？」

思わずニヤついてしまう。「本当に詳細が知りたいわけ、父さん？」

父の赤みがさらに増し、目をそらした。「いいや！」

「不快にさせたのなら謝るよ」

「人が来てるとは思わなかった」

「土曜の朝七時にアポ無しで来るのもどうかな」

父は一分ほど黙っていた。ドーナツの袋を持て余しながら。何か言いたそうにしているのがわかったので、待った。ようやく父がため息をついた。「彼はお前のタイプじゃないだろう、ジョン？」

「どういうこと？」父に挑むかのように尋ねた。もちろん、何を言いたいのかよくわかっていたが、これを簡単にすませるつもりはなかった。

「まあ、彼はちょっと……」

そう言うとあとを濁す。

「え？」俺はつっかかった。「ちょっと何？」

「少し……フルーティーだ」その言葉に歯がゆさを感じたが、何も言わなかった。「ボーイフレンドなのか？」

そう聞かれてどう答えようか悩んだ。「そういうのとは違う」

「一晩だけの関係だったのか？」父が尋ねてくる。その声には間違いなく不快感が滲んでいた。

「どっちのほうが不快？」苛立ちを抑えながら聞き返す。「コールとは一晩だけの関係だって聞くのと、彼と付き合ってるって聞くのと」

父がまた、テーブルに視線を落とす。その顔には恥ずかしさがありありと浮かんでいる。俺のことを恥じているのではない。自分自身を恥じているのだ。父は、これまでも俺の同性愛を理解しようと懸命に努力していた。それがうまくいったことだって、何回かはあった。

「よくわからない」と父が認め、こっちを見返す。「ただ本当のことを教えてくれてもいいんじゃないか?」

「本当のことか――。まあ、その中間の関係だよ」

父はため息をついた。「たいていはそうだろうな」ほかに言うことがないようだったので、俺はキッチンに行ってコーヒーを淹れ始め、ナプキンを持って出てきた。父は袋からドーナツをひとつ手にすると、テーブル越しに袋をよこす。

「誰かと付き合っているのか?」父はまたしても俺の視線を避け、テーブルの上をじっと見ていた。

「いや、今はコールだけだ」

「ジョン、お前が大人だとはわかっているが――」

「よくぞ気づいてくれた」

「――それに、私には関係ないことだし――」

「そのとおりだね」

「――でも、気をつけてくれたらとは思う」

それは予想外の言葉で、怒りは一気に鎮まった。返事をするのに少し時間がかかった。

「心配しないで、父さん」そう言うと、父は微笑んだ。

「わかったよ」父が明らかにほっとする。「それで、コーヒーは飲ませてもらえるのかな?」

翌週の金曜日、会社で仕事をしていると、マーカスから『話がある』というメッセージが来た。彼は自室にいた。脂(あぶら)でギトギトしたハンバーガーとフライドポテトを食べ終えるところだった。

「マーカス?　何かございましたか?」

「そのとおり!　入ってくれ、ジョン。ドアを閉めて」

マーカスの向かいに座り、彼が昼食の残りを片づけるのを待った。部屋にはまだファストフードの匂いが残っている。

「ジョン」彼がやっと切り出した。「リストラのことなんだが」

「リストラ?」馬鹿正直にそう聞き返す。五月にマーカスから、CEOがそんなことを考えていると聞いてはいたが、五ヵ月たっても進展がなかったので実現しないものと思っていた。だが、今ここでその話を聞くことになるとは——。なんとなく不安が湧いてくる。

「モンティは決行したいと言っている。実際に行われるのは数ヵ月後だ。その前にやらなければばならないことがあるからな。しかしきみには、その日が確実に近づいていることを知っておいてほしかった」

「私が異動になる、という意味ですか？」

「おそらく。誰がどの地になるかはまだ決めていないが、各人の希望を確認したい」

「場所はどこになるんでしたっけ？」

「アリゾナ、サンディエゴ、ロス、サンフランシスコ、ヴェガス、コロラド、ユタだ」

「それでしたら、当然、第一希望はアリゾナです」だが、みんなの第一希望もそうだと思わなければなるまい。

「残りについてはどうだ？」

残りについて？　カリフォルニア州の三つの街だったらどこでもいい。ヴェガスのことはよく知っているが、あそこに住みたいとは思わない。ユタは怖い。コロラドは？

コロラドは、まったく別問題だ。

コロラド。大学時代を過ごした場所。ザックと出会い、三年間彼を愛し続けた場所。そしてザックと別れ、彼が戻ってくるのを待つために、さらに一年を過ごした場所だ。おまけにその彼が、新しいパートナーと今なお暮らしている場所でもある。そのパートナー――アンジェロのことを、ザックは愛している――俺を愛した以上に。

馬鹿みたいだとわかっているものの、コロラドに戻るなんて耐えられそうにない。そう、大きな州ではある。仕事で移るとなれば、間違いなくデンバーに住むことになる。ザックとアンジェロが住んでいるのは山の中だ。会う機会はほとんどない。だがそれを言えば、ヴェガスで二人に出会う可能性だって同じくらい低いはずなのに、あんなふうに会ってしまったじゃないか。

正しかろうが間違っていようが、論理的であろうがなかろうが、コロラドに戻るのはよくない方向に進むように思えた。俺にとってコロラドは、ザックとの生活とあらゆる面でつながっていて、それはもう二度と取り戻せないのだ。どういうわけか、別の州にいる限りは、ザックが新しい生活を始めているということを受け入れられた。でも、もし自分がコロラドにいて、ザックから一時間しか離れていないところに住むとなったら、彼から気持ちをそらすことができるか、自信がない。ザックを追いかけようとする自分を止められるか、自信がない。自分勝手だし、独りよがりの妄想でしかないとはわかっている。ザックは、俺とはこれ以上関わりたくないとはっきり言っていた。アンジェロは俺を見たらすぐにでも蹴り倒すだろうし、マットもアンジェロを援護するはずだ。ジャレドは笑顔でコールのことを聞くだけだろう。そしてコールは――。

そうだ、コールもいた。でも、彼にとって俺は都合のいいベッドフレンドでしかないから、彼を判断材料にすることはできなかった。あと、もちろん父のことも考えなければならない。

「ジョン?」マーカスに、思考の沼から引き戻される。「どう思う?」

「コロラドじゃなければ。コロラド以外ならどこでも」

彼はうなずいた。「さっきも言ったように、どう判断するかはまだわからないが、きみの要望は心に留めておこう」

「ありがとうございます」

「何かわかったらすぐ知らせる。この場所で今すぐ何かが変わるって話じゃない、ジョン。少なくとも今は、通常どおりだ」

10月10日
差出人：コール
宛先：ジャレド

今夜はチョッピーノを作るんだけど、ワインはテンプラニーリョが合うはずなんだよね。でも、その代わりにイタリアのバルベーラを買わないといけない。スペインの赤を買うといつもジョナサンがふて腐れちゃうんだ。元カレのザックに嫉妬しているわけじゃないよ。ただザックの思い出が、こんなにしょっちゅう僕たちの食事にのぼらないですめばいいのに、とは思ってる。ノスタルジーと争うなんて嫌だからね。


その日の午後、家に帰ると、コールが裸足でキッチンに立っていた。家じゅうシーフードの香りがする。

「明日の夜は忙しいか?」と聞いてみた。

コールが茶目っ気たっぷりにこっちを見る。「どうだろう、ラヴ。何に誘ってくれるかによる」

「『ウィキッド』のチケットがある」年間シートを自分で使うのは数ヵ月ぶりで、楽しみにしていたのだ。

「ゲイが二人で劇場に?」とからかわれた。「こんなにありきたりなこと、ないよね」

俺はカウンターに置いてあったワインを開けながら、「それって理解できないんだよな」と言い返した。「劇場には機会あるごとに行ってるが、男性客の大半はストレートだぞ。そこは間違いない」そう笑ってみせた。「ちゃんとチェックしてるから!」

「きみならやるだろうね」コールも笑う。「客のことはまあどうでもいい。喜んで行くよ」

「よかった。夕食ができるまでどのくらい?」

「シャワーを浴びるには充分な時間がある。それが、きみが尋ねた理由ならね」

十分後、浴室から出るとコールがベッドに座っていた。こっちを見てニヤニヤしながら。前髪の奥の瞳が意味ありげに輝いている。何がそんなにおかしい？

「ヘイ、スウィーティー。何か忘れてないか？」

「忘れてるとは思わないが、どうして？」

「シャワーを浴びているときに電話がかかってきた」俺はドレッサーから携帯電話を取り上げた。だがコールは言った。「そっちじゃない。固定電話だよ。きみの代わりに僕が出たけど、問題なかったよね？」

「もちろん。誰だったんだ？」

「きみのお父さん」

「親父？」そして、なぜコールが笑っているのかがわかった。今夜は父と食事をすることになっていたのだ。「しまった！　親父の誕生日だ！」時計を見た。もう十分も遅れている。急げば二十分でレストランに着くが、コールはコールで夕食を用意してくれているところだ。

「コール、その――」

「落ち着いて」からかうような口調でコールが言った。「僕とお父さんは、きみが日にちを混同していたに違いないと気づいた。だから――」

「親父は怒ってた？」

「そうは思わないけど、まあ僕はきみのお父さんのことを知らないから――」

「電話をかけ直さないと」

「ハニー、待ってってば。直接話してみるといい。五分もすればここに来るから」

「何だって？」

コールはさっきよりもっと楽しそうだ――この目で見なければあり得ないと思ったほど。

「ずっと言おうとしてたのにさ、スウィーティー、きみってば全然黙って聞かないんだから。お父さんはもうこの街まで来てた、もちろんきみに会いたがっている、そしてここにたくさんのチョッピーノがある――」

「親父を呼んだのか？」

「さっきからそう言ってたつもりなんだけど、違った？」

二人が会話しているところを想像する。コールはノンストップで話し続け、父を「ダーリン」と呼び、父はそれについて行こうとする――。

「それで父はイエスと言ったのか？」

「もちろん」

おいおい、親父。断るための言い訳をすぐに思いつかなかっただけなんじゃないのか？

「問題ない。だろ？」コールが言った。

「いい考えかどうかわからないな。父は俺のセクシュアリティについてあまりいい感情を持っていないし――」

そのとき、ドアベルが鳴った。自分で出たかったのだが、まだタオルしか身に着けていないことに気がついた。コールがまた微笑む。

「心配するなってスウィーティー。僕が出る」

急いで服を着ながら、大丈夫だと自分に言い聞かせた。夕食が大失敗に終わると考える理由はないのだ。

ベッドルームから出ると、コールは父をそのままダイニングルームに案内し、テーブルをセッティングし始めていた。一分間に一キロ半は走れるくらいの速度でしゃべり続けている。父は？　衝撃と恐怖に満ちた顔つきだ。笑えるシーンではあった――俺の心配を裏付けるものでなければ。

これは愉快なことにはならない予感がする……。

「ジョージ、あなたの誕生日に息子さんを奪ってしまって本当に申し訳ありません」とコールは言った。「知ってたら、こんなふうにハイジャックしませんでした。でもまあ、このほうがよかったかもしれないですよね。レストランは騒がしいし、人間味に欠ける。ここならもっとくつろげると思いませんか？　チョッピーノを作っているところです、あ、これさっきも言いましたね。家じゅうが一週間は魚臭くなるけど、美味しいから作っちゃうんです。貝類アレルギーじゃなきゃいいな、ハニー。楽しい宴が台なしになってしまう。アナフィラキシーショックを起こしたらどうしたらいいかわからないし。言わせてもらえば、高校の授業で習った心肺蘇生法なんか、何の役にも立たないしね！　たとえ僕がその当時注意深く見ていたとしても——実際、見てなかったけど、どうせ今ごろ忘れちゃってます。さて、ワインをお持ちしましょうか」

　コールの話しぶりは、俺ですら聞いていて目が回った。父は、コールが何語(なにご)を話しているのかさえわからないような面持ちだ。でもコールは気にしていなかった。キッチンへ行き、グラス三つとワインのボトルを持って戻ってきたが、その間にも独白(モノローグ)はほとんど途切れなかった。

「——もちろん、もともとその授業に集中していたわけじゃありません。努力はしたんですけどね。本当にやったんですよ、ジョージ。みんなひざまずいて、あの恐ろしいダミーの人形を前にしていた。トミー・ネルソンは僕の前にいました。レスリングチームで鍛え上げた肉体でした。息を吹きかけようとして彼が屈むたび——」

「コール！」俺がかみ殺した声でたしなめると、コールはくるりと振り返ってこっちを見た。

「どうしたの、ラヴ？　トミー・ネルソンのことを話してほしくないの？」

　コールが父のほうを向いてウインクすると、父の頬が赤くなり始めた。「ジョニーが嫉妬深いタイプだとは思わなかったな」

　コールの口から自分の名前を聞くのは不思議な感じだった。そう呼ばれたことは今まで一度もなかったし、俺がいちばん嫌いな愛称を選んだのもコールらしい。

「息子はジョニーと呼ばれるのが嫌いなんだが」父が言うと、コールは父に微笑んだ。

「もちろんわかってますよ、ハニー。わざとですから」コールは父のほうにグラスを滑らせ、ワインを注ぎ始めた。赤ワインだった。

「親父は赤が好きじゃない」俺は言った。「リースリングをひとつ開けよう」

「ああ、スウィーティー、チョッピーノにはリースリングは合わないってわかってるだろ」コールがドラマチックに体を震わせる。「全然合わないんだ。テンプラニーリョでもいいけど、スペインの赤を買うときみが不機嫌になるのはわかってるから」コールの言葉に、少しモヤッとする。ザックを思い出すのは不可抗力だ。「だから、バルベーラを買ったんだ。このワインによく合うのは——」

「でも親父は——」

「大丈夫だ、ジョン」父が笑みを浮かべようとしているのがわかったが、むしろしかめ面になっている。

コールがキッチンへ行き、俺と父は、彼が料理を持って戻ってくるまで黙って座っていた。父はコールのことをへらへらしたやつ、みたいに思っていたかもしれないが、いざ食べ始めると感動しているのがわかった。「きみが作ったのか?」

コールはほんの少しだが、父に誘うような目を向けた。まさか本気で親父といちゃつくつもりじゃないよな?「感動的でしょう?」

「料理ができる男は初めてだ」と父が言い、一気に胆(きも)が冷える。

「父さん！」俺がたしなめると、父は一瞬戸惑ったが、すぐさま頬に赤みがさしてくる。そしてコールに言った。「そんなつもりでは——」

「ハニー、謝らないで」とコールは言った。「もしそれで気がすむなら、今度はワンピースでも着てきますけど。どうだろう」

「コール！」という俺の言葉は無視された。

「そういうことはふだんはしないいんだけど、ぶっちゃけ言えば、僕の脚はそりゃもうイケてるんですよ、ジョージ」

なんてこった。これは想像していたよりもひどい。

コールがこんなに大げさに振る舞うのを見たのは初めてで、俺ですら恥ずかしくなってきたし、居心地悪くなってきた。父がコールを笑い飛ばしたいと思っているのがわかったが、そんなふうにもなってほしくなかった。父にはコールを真剣に受け止めてほしかった。お互いを尊重してほしかった。

「もうやめよう！」思わず声を上げると、二人がこちらを向いた。父は緊張した面持ちで、申し訳なさそうにしている。コールは戸惑い、少し困ったような顔だ。

「おしゃべりはなしだ」子どもじみたことを言ったとは思ったが、ほかに言葉が見つからなかった。

「お好きなように、ラヴ」コールがふざけたように言い、それからは気まずい沈黙のまま進んだ。しかし、それもほんの束の間だった。やがて食事が終わり、食器をキッチンに持っていくと、テーブルががらんと広く感じられた。

赤ワインは嫌いなはずの父がよく飲んだせいでボトルが空き、コールが二本目を持って出てきた。父がグラスにワインを注ぎながら「美味しかったよ」と言うと、コールは顔をほころばせる。「デザートは何かな?」

それは父のジョークだったのだが、コールがデザートも作ったと思い込んでいるようなのが気に入らなかった。「父さん!」とたしなめる。

「残念ながらデザートはありません」とコールは言った。「料理はするけど、菓子は焼かない」

「違いがあるのかい?」

「ハニー、昼と夜のようなものですよ。料理は芸術です。代用したり、即興で試したり、実験したりできる。でもお菓子作りは科学です。すべてがきっちり正しくなければならない、さもないと全部バラバラになる。ルールが多すぎてとても退屈なんです」

コールの性格をよく表している言葉だ――と思っていると、コールがこっちを向いた。

「きみが作ってみたらどうかな、スウィーティー」毒を含んだ声。父には毒っぽさは伝わらなかったと思うが、俺にはわかる。

「俺?」なぜそんな話になる? コールを苛立たせるようなことをしたか?

「そう、お堅い会計士にぴったりの趣味じゃないか」とげのある物言いに、なんとか気分を害さないようにする。

「きみは何をしてる？」父がそう話を振ってしまう。うう……勘弁してくれ。

コールは、俺がときどきかわいいと思う——だが今はただ腹立たしいと思う——あざといような笑みを浮かべていた。

「まさにジョニーみたいだな。僕が何をしていると思います？」

「シェフかな？」

コールは微笑んだ。「はい、シェフです」

「コール！」

「それなら料理もうまいわけだ」父が言った。

「父さん、コールは適当に答えてるだけだ。シェフじゃない」

「なんだって？」父が戸惑うと、コールは俺に目を回してみせた。

「やれやれ、ラヴ。僕は料理が好きだ。しかも得意だ。それだけじゃシェフとは言えないわけ？　嘘をついたみたいじゃないか」

「だが、お前が言わんとしているのは——」

「僕は何も言わんとしてないよ、ただ僕が料理をして——」

「質問のことは忘れてくれ」と父が言ったが、俺は聞いていなかった。

「お前がなぜ正直になれないのかわからない」

「正直だよ。料理はする。『何をしてる?』という質問が職業を指すとしか思えないのはきみだけで――」

「それは俺だけの思い込みじゃないぞ、コール! みんなそう考える!」

「そんなことはどうでもいい」父が、今度はもっと大きな声で言った。「私はただ――」

「ジョージ」コールは突然、父に向かって言った。「実は、僕は仕事がないんです」

一瞬の沈黙。テーブルの下でコールを蹴飛ばしたかったが、隣に座っていたから無理だった。

「ああ」父は明らかに気まずそうだ。「悪いことを聞いてしまったね」

「お構いなく」コールが笑顔で言ったので、父は戸惑っている。

「ほかの話をしようじゃないか」

でも、俺はこの話題をまだ手放す気になれなかった。父がコールを社会のはみ出し者だと勘違いし、ヒモみたいにして暮らしているなんて思ったりするのは嫌だった。

「彼は金持ちなんだ」うっかり口を滑らせてしまった。

二人がまたこっちを向いた。コールの顔には明らかに苛立ちが表れている。父もそれを見たのだろう、助け舟を出すかのように突然、「コール、きみはもともとフェニックス出身なのかな?」と聞いてきた。

コールは冷ややかな視線をこっちに向けていたが、ゆっくりと父に目を戻した。父に目がいくころには、顔から怒りが消え、また微笑んでいた。

「いいえ、実は出身地を正確に言うのは難しいんです。毎年数ヵ月間、オレンジ郡の父の家で過ごしていて――」

「オレンジ郡にも家があるのか」思わず驚いて尋ねた。

コールがこっちを横目で見る。「もう違う」そして、父の話に戻る。「僕が幼いころ、家族はニューヨークで多くの時間を過ごしました。母が一番好きな家でしたから。でも、僕が八歳くらいのときに母と父は別れてしまい、父はそこに行くのが嫌になったんです。代わりにパリに行くようになりました。一年のうち、だいたい半年はパリにいましたね。ヨーロッパのあのあたりには、父の一族がたくさん住んでいた。まだいると思いますけど、父が亡くなってから連絡は取っていません」

父が「それはすまない――」と言いかけたが、コールが遮った。

「どうってことないですよ、ハニー。二十年も前のことだから」

「だから旅が好きなんだな」と俺が言うと、彼は肩をすくめた。

「旅は好きというより、せざるを得ないものなんだ。じっとしていようとも思ったけど、うまくいかない。落ち着かないしいらいらしてくるし、ひどく不愉快で」

「お父さんが亡くなったとき、きみはかなり若かったはずだ」父が言った。

「父さん。きっとコールはそのことは話したくないよ」だがコールは俺を無視して答えた。

「十五歳でした。母はまだ生きているので、僕が十八歳になるまで母が親権を持っていました——その間、母とは全然会ってませんでしたけど。そのへんの映画と同じで、よくある話です。僕が大学に行くまで、何人かの家政婦が世話をしてくれた」

コールは、明らかに雰囲気を和らげようとして微笑んだ。「僕の母も独身です。アンチエイジングにはかなりお金を使ってるんじゃないかな。現役女性としてはまだかなりゴージャスだと思いますよ。今度、紹介してあげてもいいかも」

不穏な話題になってきた。父が警戒の色を見せる。

「コール。やめろ」と俺。

コールは目を回してみせた。「ハニー、怒らないで。冗談だってば」

母が死んだのに、父にブラインドデートを勧めるようなことを冗談にするなんて。「不謹慎だ」

「ジョン」父は言った。「いいんだ」

「ほらね」コールが俺に言った。「いいんだよ」

「よくない。父は誰とも付き合いたいと思っていないんだ！」

「どうしてわかる、ラヴ？　聞いたことあるわけ？　ジョージ、付き合ってる人はいるんですか？」

「コール！」

「なんだい、ラヴ？　簡単な質問だったろ」

「母は死んだんだ！」

「やれやれ、ハニー、わかってるよ！　でも昨日今日のことじゃないだろう？　お父さんは残りの日々を貞節に生きるべきだとでも？」

「まあまあ、きみたち――」と父が言いかけたが、コールがそれを遮った。

「ジョージ、怒らせたのなら謝ります。本当に。そんなつもりじゃなかったんだ」

「気にしなくても――」

「問題はそこじゃない！」と俺は言った。

「ジョン」父が言った。「実はな、出会い系サービスを試そうと思っていたところでね――」

「なんてこった！　ほかの話をしないか？」俺はキレた。

コールが毒々しい目で睨んでくる。父は大きくため息をつき、またしても助け舟を出そうとした。「それで、二人はどうやって知り合ったのかな？」

コールと俺は一瞬、目を合わせた。コールのヘーゼル色の瞳に挑戦めいた炎が燃えている。間違いなく俺に不満がある目だ。俺は父に向き直った。「共通の友人にはめられたんだよ」

「そう」とコールは皮肉った。「ジャレドは何を考えていたのやら。主のみぞ知る、だ」

「もう勝手にしろ」俺は苛立ちながらそう言った。

コールが微笑みかけてくる。「いいこと言うね、ラヴ」それから父のほうを向いた。「ジョージ、またお会いできてうれしかったです。素敵な誕生日になったのならいいんですが。こんなふうに急いで出ていくのはひどく不躾だとは思いますが、あなたとジョニーも二人きりの時間が欲しいでしょうし」そしてこちらを見もせずに立ち上がる。

「帰るのか？」驚いて尋ねた。

「そのとおり」

父はまたしても落ち着かない様子になり、俺は怒りを抑えた。コールがリビングルームに向かったのでついていくと、コールは靴を履き、鍵を手に取った。

「夕食の途中で出ていくなんて信じられない」父に聞こえないよう声を荒げた。「失礼だ」

「失礼なのはきみのほうだ」コールが言い返す。「僕たちを子どもみたいに扱うのに必死で、邪魔ばかりしてることに気づかないのか！」

「一体全体何の話だ？」

「知るか！」コールがドアをバタンと閉めた。

そのままリビングに立ち尽くす——父のところに戻る前に気持ちを整理しなければ。五つ数えた。いや、二十五だったかもしれない。激しい怒りがおさまってからダイニングルームに戻ると、そこには父の姿はなかった。父はキッチンにいた。何をしているのかと思えば、チョッピーノの鍋についている残りをパンにこすりつけて食べているところだった。

「あの子はフルーツケーキかもしれないが、料理はできるな！」

翌日もコールから連絡はなかった。俺は俺で、数日そのまま放置しておいてもまったく問題ないくらい怒りまくっていたものの、その日の晩は劇場に行く約束だ。しかたなくこっちが折れ、四時に電話をし、まだあの約束が生きているのかどうか確認した（生きていた）。いつもならまず食事をしに行くところだが、コールは今夜はパスしたほうがいいと思ったようだ（同感だ）。俺の家で待ち合わせ、そこから一緒に車で行くことになった。

この芝居を本当に楽しみにしていた。俺の演劇好きは母譲りだ。母はよく芝居を観に出かけた。父は芝居が好きではなかったから、俺が十歳くらいのときから、父の代わりに連れていかれるようになった。俺は音楽も物語も好きだったが、劇場が好きなのは、何より母を思い出すからだ。俺にとって劇場は、敬虔（けいけん）な気持ちを抱かせる場所なのだ――人が教会に行くのと同じように。コールには腹が立っていたが、こうやってまたチケットを使えることがうれしくもあった。本当に、いつ以来だろう。

だがコールが家に入ってきたときから、二人が今夜も衝突することは目に見えていた。コールはいつもと同じように薄手のセーターにスカーフを巻き、濃い色味のボトムスを履いていた。ジャケットは着ていたがスーツの上着じゃない。色は白で、俺が持っているどんなジャケットよりも洒落ている。きっとパリで買ったのだろう。そして賭けてもいいが、俺の給料ひと月分はするにちがいない。そっち方面はあまり詳しくないものの、ファッションショーのランウェイから飛び出してきたような服であることはわかる。

「その服で行くのか?」思わずそう聞いてしまった。

「いいや、ラヴ。この下にアルマーニを着込んでいる。車の中でスーパーマン風に変身しようと思ってね」

こんなふうに言われるのも俺のせいなんだろうが、謝る気にはなれなかった。

「スーツを着てくると思っていた」

「それはない。自分の葬式でも着ないよ」

「わかった」

車の中ではほとんど話さなかった。劇場に入るや否やコールはバーに向かい、俺は後ろにくっついていった。ラスヴェガスでレストランに行った夜のことを思い出す。家で二人きりのときは、コールの派手派手しさはずいぶん薄れてきていた。だが人前に出ると、いつもある程度まで盛り返してしまう。この数ヵ月で慣れてきたと思っていたのに、今夜は前よりひどくなっている。歩き方も、身のこなしも、声も、あまりにも軽すぎる。

つねづね俺は、自分のセクシュアリティを隠す必要はないと思っているが、ことさらそれを公表しなければならないとも思ってはいない。だがコールと一緒にいると、「俺はゲイです!」

というネオンサインを持って歩いているような気さえする——コールのせいで。

そして自分という人間についても、あらためて思い知らされる。ストレートであるかのように振る舞っている自分——。何年もそんなことは考えたことがなかったのに。

俺たちはバーの列に並んだ。このときばかりはコールも一分間に一キロ半のスピードで話したりはしなかった。最初は、話を聞かなくてすむことをこれ幸いと喜んだ。今は楽しい時間なんだ——そう自分に言い聞かせる。だがバーのほうを見たとたん、また怒りがこみ上げてきた。バーテンダーは若くキュートで、コールと同じようにあからさまなクィアだった。目の前の客をさばくのに忙しくしているものの、何度もコールのほうに視線を投げてよこしては、その度に二人で微笑み合っている。

「この列をわざと選んだのか」ムカつきながら聞いた。

「もしそうだとしたら？」コールが言い返す。そして上から下まで俺を見ると、背を向ける。「そういう尊大な態度はさ、時代遅れなんだよ、ダーリン」

俺は返事を嚙み殺した。そして俺たちの番が来た。バーテンダー（名札にはトレイとある）がコールのほうにわざと体を近づけ、意味ありげな口調で言った。「お望みは何？」

コールが邪悪な笑みを浮かべる。

「そのピノ・ノワールはいつからあるの？」

「ああ、あれ？　昨日の夜から。でも、よかったら新しいのを開けますけど」

コールが、あからさまに媚びるような視線をバーテンダーに送る——隣にいる連中が気づかないのが不思議なくらいだ。「ありがたいな。それをグラスで、あとキャンティもグラスで」

「そっちも新しいのを開けましょうか？」

「いや、スウィーーティー」とコールは言い、こっちを横目で見た。「必要ない」

「幕間のお飲み物のご注文はいかがです？　今お支払いいただければ、バーにご用意しておきますよ」

「素晴らしいね」

トレイが先に俺の飲み物を注ぎ、コールがそれを俺によこした。トレイが好奇心丸出しでこっちを見てくる。不躾な視線を焼き払ってやりたくて睨み返したが、うまくいかなかった。トレイはコールのために新しくワインを開け、こっちに背を向けてグラスに注いでいる。何をしているのかよく見えなかったが、振り向くとトレイはコールの前にグラスを置いた——カクテルナプキンとともに。ほんの一瞬だが、ナプキンに電話番号が書いてあるのが見えた。コールはそれを手に取ってポケットに入れた。

「ありがとう、スウィーーティー」とウインクしながら二十ドル札を二枚手渡す。「お釣りはいいよ」

「信じられないやつだな」歩きながらコールに嚙みつく。

「なんだい、ラヴ。何が問題なの？　僕が彼の電話番号を聞くのを見たわけ？　違うだろ？

仮に聞いたとしたって、きみには関係ないんじゃない？」
「電話番号のことじゃない！　ただ――」と言いかけてやめた。何と言えばいいのか、自分でもよくわからなかったからだ。確かに電話番号のことは気になったし、多すぎるチップを相手に渡したことも気になった。だがそれ以上に腹が立ったのは、コールにあからさまに見下されたことだ。もっと正直に言えば、今夜はコールのすることなすことすべてが気に障った。それは認める。一種の八つ当たりみたいなものだ。

落ち着け。五つ数えろ。

グラスワインを啜る。席に着くまで、そうやって二人とも口をきかなかった。

幕間の休憩時間も同じように過ぎた。バーテンダーのトレイはドリンクを注ぐのに忙しかったが、コールが事前に注文していたワインを手渡すとき、二人が意味ありげな視線を交わすのが見えた。

「それで」コールが、俺たちのぴりぴりした空気をほぐすかのように口を開いた。「このお芝居は前に見たことがあるの？」

「いや、でもとても人気なんだ」

「衣装が本当に素晴らしいね」

「そうだな」正直、衣装のことまで気が回っていなかったのだが、コールのほうが注意して観ていたということがまた癪にさわった。俺たち二人には共通点がないという確信が強まったような気さえする。

「で、ここまでの話はどう思うんだ？」そう聞いてみたが、お世辞にも親しみのある声にはならなかった。

コールは警戒するような目でこちらを見ると、おどけた口調で言った。「きみとエルファバには大きな共通点があると思う」

「緑の肌はしていないが」

「そうじゃないよ、ラヴ。その態度がってことさ。堅苦しくてユーモアのセンスがまったくない」

「ガリンダみたいに、みんなもっと浮わついていればいいってことか」そう言い返すとコールが目を細める。言外の意味を聞き逃さなかったのだろう。俺に背を向けると、ワイングラスを空け、ひとりで劇場に戻ってしまった。

コールが怒ったってかまわない。傷つけたって気にするものか。

俺はひとりそこに立ち、思いつくかぎりすべて、自分がしてきたことを呪った——何ヵ月も前のあの日、コールと夕食の約束をしたことから、今夜コールを劇場に誘ったことまで、何もかもだ。そしてワインを飲み干すと席に戻り、何も言わずに彼の隣に座った。

芝居が終わると、一刻も早くその場から立ち去りたかった。いつもなら楽しいはずのひとときが台無しだ。さっさとコールから離れたい。ロビーは、グッズ売り場で買い物をする客、まだ飲み物を注文している客、そして俺たちのようにただドアに向かおうとしている客でごった返していた。

　あと少しというところで、「ジョナサン！」という聞き覚えのある声がした。人ごみの中で振り向くと、なんとマーカスが立っていた。

「たまには休めているんだな。何よりだ！」彼は明るく言った。「一杯おごるよ」

くそ。マーカスの誘いだ、断れるわけがない。だが――。

　俺が躊躇しているのを察知して、「さあ」とマーカスが言った。「妻はあそこにいる」漠然とバスルームのほうを差す。「妹と話をしているところでね。少なくともあと一時間はここで粘る気だ」

「それが、あの……」

「喜んでご一緒しますよ」俺のすぐ後ろにいたコールが突然口を開いたので、マーカスが驚いてそっちを見る。腹の底から、恐怖が湧いてきた。コールはマーカスに手を差し出した。

「コールです。あなたは？」

「マーカス・バリー」マーカスは訝しげにコールの手を握った。

「私の上司だ」コールにそう言った――俺を困らせないでくれ、と心で念じながら。

「マーカス！　そうでしたか。やっとお会いできましたね、あなたのことは全部聞いていますよ、もちろん」

マーカスは俺たちを交互に見ている。頬がだんだん赤くなってきた。「きみは、その」マーカスは動揺を隠せずに言った。「ジョナサンの友だちかな?」

ああ、もう。

どこかに穴があったら逃げ込みたい。職場でセクシュアリティを隠していたわけじゃない。ただ、そのことが話題にのぼったことがなかっただけだ。社内のクリスマスパーティーにも出ず、男同士でビールを飲みに行くこともなかった。自分の仕事をし、自分の殻に閉じ籠っていた。余計なことは聞かないし、言わない——それをモットーにして。何人かの同僚が疑っているのは知っていたが、質問してくるようなやつはいなかった。

傍らで、コールが俺に助けを求めてきているのはわかっていた。だが俺は馬鹿みたいに立ち尽くし、何と言えばいいのか、考えがまとまらずにいた。「ただの友人だ」と言うのは、コールに対して悪い気がした。「俺のパートナーだ」と言ったら事実から大きく外れる。「恋人だ」と言えば、マーカスを困らせるに違いない。

そんな俺に見切りをつけたのか、コールがマーカスに向き直った。「ジョニーが言えないでいるのは、僕がデート相手だからです」

「ああ」マーカスは顔をさらに赤くしながら言い淀んだ。「二人は、その……カップルなのかな?」

コールは微笑みながら、いつもみたいに目を少しバチバチさせた——まずいぞ、マーカスの心臓発作が予想以上に早く起きそうだ。「僕たちはなんて言うか、ギブアンドテイクの関係で」

コールが言った。

「ああ」とまたマーカスが言った。汗までかき始め、必死で人ごみのほうに目をやる。妻が助けに来てくれないかと思っているのだ。

「コール！」あわてて口をはさむ。

「僕の定義に異論があるとでも、ラヴ？　じゃあきみは僕たちの関係をどう考えているわけ？」

「マーカス、誘ってくださりありがとうございます。でも本当にもう行かないと――」

「あ、ああ、そのようだな」マーカスは明らかに安堵した様子だ。

俺はコールの腕をつかみ、ドアのほうへと引っ張っていった。外に出るとコールは怒って俺から離れた。「放して！　子どもじゃないんだから」

「一体なぜあんなことを言ったんだ？」怒りがおさまらない。

「きみが答えると思って待ってたんだよ。なのに突っ立ってるだけだったじゃないか――馬鹿みたいに口をぱくぱくさせてさ。あの男には少なくとも答える義務があると思った」

「それにしても言い方ってものがあるだろう？」

「嘘をつけってこと？　デートに誘ってきたのはきみのほうだろ？　問題を抱えてるのは明らかにきみのほうだ。きみの知り合いと出くわしたとき、僕がどう言えばいいのか前もってリスト化でもしておく？　だいたいさ、きみは僕たちの関係をどういうふうに考えているわけ？　今後また同じことがあったときのためにもぜひ聞いておきたいね。僕だってなにもきみを困らせたくないんだ」

　コールはくるりと背を向け、駐車場へとさっさと歩いていく。車で家に向かう間もずっと無言のままだった。怒りがふつふつ湧いてきて、自分でも驚くほどだ。コールに毒づきたいのを必死でこらえた。そんなことをすれば事態はさらに悪化するだろう。いちばんいいのは早く家に戻って――そこにコールの車を停めてある――少なくとも数日は互いを忘れて過ごすことだ。コールの顔を見ても怒りが湧いてこなくなるまで。

　家に着いたとき、俺はコールがまっすぐ自分の車に向かうと思っていた。だがそうはせず、コールはドアの前までついてきた。玄関のテーブルに鍵を置いてきたのだろうと思い、ドアを開けて中に入った。コールは鍵を取ろうとしなかったが、ここに長くいるつもりもないようだ――いつもみたいに靴を脱がなかった。

「さて」コールは部屋を突っ切ると、片手を腰に当て、挑戦的な目つきでこっちを見た。「それじゃあ聞かせてもらおうか」

「何を聞くって？」歯をぎりぎり言わせながら言い返す。

「きみがカッカしている理由についてだよ。明らかに僕に腹を立てている。今夜はずっとそんな調子でほんと嫌になる。おまけに見てよ、今にも口から泡を吹きそうだ。身から出た錆なん

だろうけど、ひとりで抱え込まないでさっさと終わらせちゃおうよ。一体何が問題？」

何でもないと言ってやりたかった。自分が残酷なことを口走る前に、家に帰れと言いたかった。だがコールの態度のせいで、怒りがもっと膨らんだ。コールの派手派手しさが、何もかも激しくなっている。話し方、腰に手を当て、前髪の奥から覗いてくる目つき、こっちを見下してくるような顔――こっちのほうが五センチは背が高いっていうのに――そういう鼻につくような態度が、今夜はもう堪えられそうにない。

「本当にわからないのか？」俺は尋ねた。

コールは目をそらし、芝居がかった態度で髪を後ろにかき流す。「想像はつくけれど、現実をしっかり見すえたほうがいいと思わないか、ラヴ」

「そうだな！」怒鳴りたくなるのを抑える。「俺が何に悩まされてるのかわからないのか？お前だよ！　信じられないね、さっきのあの振る舞い。俺の上司だぞ！　ゆうべはゆうべで親父に対してあんな……！　恥ずかしくて――」

「ゆうべのことはきみのせいだろ。僕じゃない」

「なんだと？」

「それにきみが自分のセクシュアリティを恥じていたとしても、僕には関係ない」

「ゲイであることは恥ずかしくない！　お前のことが恥ずかしいんだよ！　なぜあんなに派手派手しく振る舞う？」

コールが凍りついた。ほんの一瞬だが、死人のように動きが止まる。それからゆっくりと、こちらを振り向いた。

「今、なんて言った？」

コールの瞳は今にも爆発しそうだ――怒りで。だが、そんなの知るものか。

「聞こえただろう」

「もちろん聞いたよ」コールの声は氷のように冷ややかだった。「きみが前言撤回するチャンスをあげようと思ったんだけど。きわめて外交的な人間なんでね僕は」

「何も撤回する気はない」

「本当にそれでいいんだな、ダーリン」コールが優雅に首を回し、顔をそむける。

俺がこれ以上泥沼にハマらないよう、手を差し伸べてくれたのはわかる。だがそれに応じるつもりなどなかった。父への振る舞いと、マーカスの顔に浮かんだ動揺ばかり頭に浮かんできて、怒りはかえって深まるばかりだ。

「ああ、撤回するつもりはないね。そっちこそ答えろよ！　どうしてあんなふうに振る舞う？　あんな、まるで――まるで――」とっさにいくつも言葉が浮かぶが、どれも口にするのが憚られて言い淀んだ。だがもう遅かった。

振り返ったコールの視線は鋭かった「何だよ？」と詰め寄ってくる。「どの言葉を投げてよこすつもりかな、ラヴ？　だいたい想像がつくけどね。クイーン、ファグ、フェアリー、フレイム――」

頭に浮かんだ言葉ばかりだ。声に出して聞くと、考えていたよりもっと酷い響きがした。ここは俺が恥じるべきところなんだろうが、そんな言葉を投げつけてきたコールに腹が立つ。

「なんだと、コール、そんなことはこれっぽっちも言うつもりじゃなかった」

「冗談はやめてよね、ダーリン。顔に書いてあったぞ」コールは片手を腰に当て、もう片方の腰を浮かせ、わざとらしくのけぞってポーズを決めた。いつも以上にわざとらしく――当てつけるかのように。おまけにバチバチと瞬きさえしてみせる。「そんなに気に障ったかな？　ベッドルームにいるときは気にしたことがないくせに」

「くそ！　ベッドルームの話じゃない。人前に出るときの話だ！　なぜそんなふうに振る舞う？　ハリウッドのいんちきくさいゲイみたいに」

「なぜそんな横柄で上から目線の態度を取るわけ？」

「このままじゃ、毒舌の応酬だな。冷静な議論というより」

「あ、ごめん。僕たち議論してたんだっけ？　混乱してるのは許してほしいな。てっきりきみが僕を攻撃してるだけなんだと思ってたよ――きみがファックしたいと思ってるストレートの男たちみたいに僕が振る舞えないからってね」

コールが放った言葉が、毒々しくどぎつく響く。そういえば、コールが悪態をつくのを初めて聞いた気がした。「コール、やめろ！　俺はお前を攻撃なんかしていない」

「攻撃してるとしか思えないけどね、ダーリン」

「俺の名前はダーリンじゃない。ジョナサンだ。覚えておくのが大変だっていうならジョンと呼んでくれてもいい」

「今この瞬間、きみをどう呼びたいか考えると山ほど思いつくね」

「相手は上司だったんだぞ！　一緒に仕事をしてるんだ！　俺の立場も考えてくれ！　もう少し抑えてくれてもいいんじゃないか、死ぬわけじゃあるまいし」

その瞬間、コールの目がきらっと光り――驚いたことに、瞬く間に仰々しさが消えた。幕が下りたように、突然、素顔のコールが前に現れたのだ――何の鎧も装備せずに。コールは怒りで青ざめていた。

「僕に恥をかかされた男はきみだけだとでも思ってるのか、ジョニー坊や？　僕に『少し抑えろ』って言ってきた初めての男だとでも思ってるのか？　違うね！　きみよりもっといい男たちが僕に頼んできたよ。変わってくれって。僕がそいつらになんて言ったか教えてあげようか――地獄へ堕ちろ！」

コールは踵を返すとテーブルに置いてある鍵を手に取り、ドアに向かった。

「くそったれ、コール！　待てよ！」

だがコールは聞かなかった。玄関のドアを叩きつけて去った。窓がガタガタと震えた。俺は追いかけなかった。

10月12日
差出人：コール
宛先：ジャレド

スイーツ、もう二度と僕をはめないでくれ！　正直言って、きみが何を考えてるのかわからない。


最初は電話がかかってくると思っていた。だが来なかった。翌日の晩、仕事から帰るといつものように俺を待っていると思ったが、違った。

そのとき気づいた――俺次第なんだ、と。

だが、悩んでいた。俺のなかの一部はまだコールのことを許せずにいた。自分が悪いことをしたとは思っていない。コールが、テレビのボリュームを操作するみたいに、派手派手しい振る舞いのレベルを上げ下げしているのを目の前で見た。やろうと思えばできるのだ。それなのに、俺にとっていちばん大切なときに、なぜそうしてくれないのか理解できない。

半面、二人の関係を終わらせたくないという気持ちもあった。特に、こんなふうにけんか別れはしたくなかった。怒鳴り合ったりせず、理性的に話せばきっと理解し合えるはずだ。

三日後、ついに決心し、コールに電話をかけた。四回呼び出し音が鳴り、留守電になる直前で彼が出た。

「なんだよ?」挨拶代わりにコールが噛みついてくる。彼が怒っているのは火を見るよりも明らかだ。

「俺だ」

「わかってる」

会話の始まりとしてはあまりよくない兆候だな。心のなかで五つ数えてから言った。「すまなかった」

「何が? 何のことで謝ってるんだ、ダーリン」

「悪かったよ、その——」何を言えばいいのかわからない。「——きみを怒らせて」

「本当に悪かったと思っているのかな、それともここ数日ベッドがひどく空っぽに感じたってこと?」

俺は怒りをこらえた。「いい加減にしろよ。まだこじらせるつもりか? 俺は謝罪しようとして――」

「聞けよ、ハニー」コールに遮られた。「僕は夜明けにはハワイに発つ、だから――」

「きみが頭を冷やして反省するのを待ってる暇はないんだよ」

「何だって？」

「行ってしまうのか？」

「今、そう言わなかった？」

「俺たちは一度けんかした、だからってそれだけでハワイに飛んでいくのか？」

「まあ、そのとおりだよ。あえて言わせてもらえばさ、きみも大人になれよ、ダーリン、きみにそれができればね――」ほとんど聞こえないほどかすかな音がして、電話が切れた。

俺は激怒した。尊大なコールと、あのとき謝ろうともしなかった自分――どっちに腹を立てているのかわからなかったが。その晩、派手に酔っぱらい、翌日は一日中、職場で後悔する羽目になった。夕方五時ごろには吐き気と頭痛は治まったものの、まだ貨物列車に轢かれたような気分だった。どうにか少し早く退社し、車で家に帰った。冷凍ピザを食べて二日酔い覚ましにアルカセルツァーの錠剤をのみ、シャワーを浴びてそのまま寝るつもりだった。

浴室から出てきたとき、留守番電話のランプが点滅していることに気がついた。知り合いはみな携帯電話のほうにかけてくるから、固定電話のほうはいつもほとんど気にも留めていない。再生ボタンを押すと、コールの声が部屋に響く――軽快で女性的で、あざとい。だが今回は苦い響きも加わっている。俺が仕事に行っている間に、わざと家の番号のほうに電話をかけてきたのだ——直接話したくないから。間違いない。

『手短かに言うけどさ——僕たちの関係を終わらせたくない。本当に。特にこんなふうにはね。そりゃお堅いヤツだけど、フェニックスでいちばん好きなのはきみだ。でも知っておいてほしいことが三つある。この三つは一〇〇パーセント譲れない、絶対に。僕は自分を変えない。きみを困らせたくないからってベッドルームに籠もって一緒に過ごしたりしない。そして、このことについては二度ときみとは話さない』そこで間があった。五つ数えていたのかもしれない。『きっかり二週間後に帰るよ、ジョニー坊や。ボールは今、きみのコートのほうにある』

コールなんて必要ない——。

それから数日というもの、自分にそう言い聞かせて過ごした。コールを愛しているわけじゃあるまいし。俺たちはそういう関係じゃないんだ、まったく。ただのセックスフレンド、単純明快だ。コールなんか忘れて前に進むほうがいいんだ。

問題は、それが真実だと自分自身納得できないでいることだ。恋愛とは言わないまでも、正直、コールがそばにいることに慣れてしまっていた。コールのことが好きなのは否定できないし、それ以上に何よりコールが恋しかった。自分の気持ちに素直でいられるとき——一日の半分くらいでしかなかったが——コール以上に二人の関係を終わらせたくないと思った。だがそれでも、コールが俺の気持ちを汲み取ってくれなかったということをずっと引きずってしまってもいた。

翌週、父とランチをした。いつもどおりに振る舞おうとしたが、見事に失敗した。不機嫌で短気ばかり起こしている自覚はあったものの、どうにも止められなかった。食事を終えたとき、とうとう父が堪りかねて聞いてきた。「どうしたんだ、ジョン?」

「何でもない!」とキレた。

「ほうほう」父はなぜか微笑んでいる。腹が立つ。俺の機嫌の悪さを面白がっているなんて。

「フルーツケーキの件か」

そう言われて苛立ち、父が見事に言い当てたことでさらに腹が立った。確かに、この苦境を招いたのは、父が言うところのコールの「フルーツっぽさ」が原因だったのだから。

「そうだよ、コールだ」俺は認めた。

父が好奇心を抑えながらもそっと聞いてくる。「けんかでもしたのか?」

「そう言えるかもしれない」

「別れたのか」

俺はため息をついた。「わからないよ。そもそも俺たち、付き合っていたのかどうかさえわからないんだから」

「あの夕食のせいか」

どうしようか少し迷う。あのときのことは話したくなかった。だが、父という人間をよく知っている。俺が話さなくても父のほうで話し始めるはずだ。こっちに話す気があろうとなかろうと、勝手に憶測して意見を言ってくるのだ。

「それもある。でも次の晩、劇場に行って思いもかけないことが起きた」

「ははあ」父はなぜか楽しそうだ。

「何だよ?」言い訳がましく聞き返す。

「あの男に何と言ったんだ?」

「派手派手すぎるって言った。もう少し抑えてくれって頼んだ」

「で、彼はお前に、純白の尻にキスしろとでも言ったか」

俺はなんとか笑わないようこらえた。父の言うとおりだったということもあるが、コールの尻は純白じゃないと、とっさに言いたくなったからだ。だが父はそんなことは知りたくもないだろう。「正確な言葉じゃないけど、そうだよ。そんなふうなことを言われた」

「ほほう」父はまたしても楽しげに言った。まったく癪に障る。

「何なんだよ」

父は首を横に振った。「いや何でもない。本当に。ただ考えさせられてね。それだけだ」

父がその先を言おうとしなかったので、ついに降参して聞いた。「何を？」

「デイビッドの結婚式を覚えているか？」

俺は目を閉じた。父の話がどこに向かおうとしているのかがよくわかったからだ。だが止めることはできなかった。

「披露宴のことを覚えているか？」

もちろん覚えていた。デイビッドはいとこだ。俺が大学生のときに結婚した——俺が家族にカミングアウトしたわずか数ヵ月後に。デイビッドの披露宴にはザックを連れていった。俺がほかの男と一緒に——どのような関係であれ——家族の行事に出たのはそれが初めてだった。

「ああ」俺はようやく口を開いた。「覚えてる」

「ザックとお前は緊張していた、そうだろう？　何が言いたいのかというと、あのとき、私は気づかなかったんだ。どうにも嫌な気分で——それを打ち消すのに必死だった。でも、今ならわかる。二人ともあまり近くに座らないように、触れないようにと気を遣っていたんだな。実のところは、誰が見てもわかるくらい、二人とも馬鹿みたいにニヤニヤしていてお互いから目を離すことができてなかったが」

父の言うとおりだった。あのときのザックと俺がどんなふうだったか、はっきりと覚えている。ふつうに振る舞いながらも、チャンスがあれば今にも互いの服を脱がせたいと思っていたのだ。二人は駐車場から出る時間さえ待てなかった。レセプションのあと、ザックの車の中で体をまさぐり合い、激しい衝動に駆られたことを思い出し——顔が火照ってくる。

父は続けた。「お前たち二人は、お互いくっつかないようにしていた。私はといえば、お前たち二人がいちゃついている場面を想像しないようにしていた。だが結局、酒を飲み過ぎて、二人を部屋の隅に呼びつけ——」

「うん」

「——お前に、そんなあからさまに振る舞うのはよせと言った」

「覚えてるよ」

「じゃあお前が私に言ったことも覚えているか？」

「ああ。ホモ野郎の息子を持ったことに慣れろって」

父がうなずく。「そのとおり。それからこうも言った。もし私が本当にお前を愛しているのなら、お前に変わってほしいなんて言わないはずだって。ありのままのお前を受け入れることを学ぶはずだって」

「何が言いたいの、父さん？」俺は尋ねた——言いたいことはわかっていたが。

「つまりだな、お前が正しかったということだ」

父がメニューを手に取って顔を隠してしまったので、表情を見ることはできなかった。だが、父の声はまだ聞こえていた。「素直になるんだ、ジョン——そんなことで悩める相手ができるなんて滅多にない。そうだろう？」

コールがフェニックスに戻っているとわかっていても、電話する勇気を持つまで、三日とボトル半分のワインの力を要した。

「もしもし？」

「ジョナサンだ」

返事がくるまで間があった。「わかってる」

「すまない、コール。本当に俺が悪かった」

「何のこと？」

「恥ずかしく感じたこと。怒ってしまったこと。言ったことすべて、そして思っていても言わなかったことまで」

「絶好調だね、ダーリン。続けて」

「変わってほしいと思ったことも謝る。そして、お堅い人間で申し訳ないと思っている」

「それだけ？」

「何か見落としたか？」

「主要な点はカバーできたと思う」

「素晴らしい。本当にコツをつかんだようだね」

「終わらせたくない」

コールがまた気の利いた返事をするかと思ったが、代わりに優しくこう言った。

「僕もだよ、ジョニー」愛称で呼ばれることで——たとえからかう口調だとしても——仲直りの印を受け取った気がした。

「今夜会えるか？」

「今夜？　わからないよ、ダーリン。すごく忙しいんだ」

「じゃあ、いつ？」

「予定を確認して連絡する」

「本当に？」

「僕を信じないわけ？」

「俺を罰するつもりなんじゃないか？」

「馬鹿いわないでよダーリン。もちろんお仕置きのつもりだよ。じゃあね！」

「コール？」と呼びかけたが、回線はすでに切れていた。「くそ！」俺は叫び、部屋の向こう側に電話機を投げつけた。電話は壁に激突した。電池が飛び出してきて、壁に見事な凹みができる。

固定電話のほうでよかった——バラバラに散らばった破片を見て思った。なんで電話しようと思ったんだ？

俺はさらにワインを飲んだ。テレビのくだらないチャンネルを延々と回し続けた。それからキッチンに行き、キャビネットをあさった。コールが俺の家で料理をしていたおかげで、食料庫にはかなり備蓄が増えたものの、俺の腹の足しになるようなものは何もなかった。スパイスやオイルがたくさんあったところで何の役にも立たない。冷凍庫の奥のほうを探り、やっとTVディナー——お一人様用食事セット——を見つけた。電子レンジに入れたが、スイッチを入れる前に玄関のベルが鳴った。

すぐさま玄関に向かう。リビングを横切りながら、電話の残骸をさっと蹴って片づける——念のためだ。そしてノブに手をかけたまま気持ちを落ち着かせる。五つ数える。また五つ。そして、ドアを開けた。

コールだった。自信なさげに立っている。こんなコールを見るのは初めてかもしれない。頬は恥ずかしさからか赤くなり、前髪の奥からコールの瞳がこちらを見上げる。

「お仕置きはもう終わりだよ」コールが言い、次の瞬間、飛びついてきた。

コールが激しくシャツを摑んでくる。息が荒い。俺がキスをすることも許してくれる——ふだんはあまりさせてくれないのに。甘くてフルーティーだ。コールの唇は柔らかくて温かく、髪の甘い香りは懐かしいほどで、これまでのわだかまりなど一瞬で忘れてしまう。それより早くコールの服を脱がせたい。

コールをソファに引き寄せるとそのまま体を押され、俺がソファに座る形になる。コールが目の前で膝をつき、俺のボトムスを脱がせ始めた。コールと一緒に過ごすようになって初めて、ゆっくりと時間を分かち合いたいと思った。彼を膝の上に引き上げ、もっとキスをしたい。あの甘ったるいシャンプーの匂いを嗅ぎ続けていたい。だがあっという間に脱がされ、こっちが異議を唱える前に、彼の口が俺のものをとらえていた。

それはコールが今まで口でしてくれたなかで最高のものではなかったかもしれない。だが、いちばん情熱的だったことは間違いない。片手で俺の根元を握りながら、もう片方の手の指を太ももに食い込ませてくる。痛いが、たまらなくエロティックだ。コールの髪は絹のように柔らかく、その口は信じられないほど温かく、口から出る音は興奮を誘うのに充分すぎた。コールが速く動き、呻き、声にならない声を上げる、俺が彼のものに触れなくても、コールが興奮しているのがわかった。

自分の手以外に触られるのは三週間ぶりくらいだったが、彼の口のほうが断然よかった。すぐにも果ててしまいそうだ。呻き声を上げるとコールはもっと激しく動いた。俺が達するとコールはすぐさま立ち上がり、自分のボトムスのボタンを外しにかかる。俺がもう少し耐えていれば、コールはここまでしなかっただろう。俺はコールの手を押しのけてボトムスをぐいと下ろし、硬くなった彼のものを引き抜いた。ちょっとじらすつもりで先端だけ口に含むと、後頭部を摑まれ、口の中に深く押し込まれる。一突きしただけで、コールが激しい絶頂の叫びをあげた。

いつもならコールはすぐに離れていく。何かひとこと他愛もない台詞を言いながら。そうしてバスルームに行き、戻ってくると俺たちは友人ではあっても恋人同士ではなかった。

だが今回は違った。まだ続きがあったのだ。ぐいっとソファに押し倒される。何が起こったのかわからないうちに、コールが膝の上に乗ってきて首に両手をしっかりと絡めてくる。

セックスのあとで、睦まじく抱き合う——こんなに気持ちのいいものだっただろうか？　とてつもない安心感が広がる。コールに腕を回し、ぎゅっと抱きしめる。それからコールの頭に顔を埋め、髪の匂いを嗅いだ。「どうしたんだ？」と囁きながら。

「三日だ」震えるような声でコールが耳元に囁く。「三日間も待たせた。どうして？」

「わからない」と正直に話した。「怖かったんだと思う」

「きみが電話をよこさないんじゃないかって考えたらたまらなかった」

コールを抱く腕に力を込める。コールが腕の中で震えている。こめかみにそっと口づける。

「俺も同じだ」

「僕は自分を変えることはできない」

「わかってる。どうしてそうできるなんて考えたのか、自分でもわからないよ」

　翌日、父とランチの約束があった。とりあえずコールも誘ってみた。それが礼儀だろうと思ったのだが、断られて少しほっとした。こんなに早く二人の間に波風を立てていいものかわからなかったからだ。

「そうか」いつものレストランで向かいの席に座ったとたん、父は茶目っ気のある笑みを浮かべて言った。「仲直りできたんだな」

「どうして？」

「お前が笑っているからさ」

「ああ」自分があまりにもわかりやすくて——気まずいほどだ。メニューで顔を隠す。

「やっぱり彼との関係は深まっているようだな」

　メニューの上から父を覗き見る。父は視線を落とし、サラダフォークをいじっている。俺はメニューを置いた。

「そうかもしれない」

　父がため息をつく。今度は父のほうがメニューを手に取り、顔を隠す番だった。

「気にいらない？」俺は尋ねた。

「もちろんそんなことはないさ」そう言う父の声に嘘が混じっているのがわかる。「私には関係ないことだ」

「そのとおり」淡々と応じる。「父さんにはまったく関係ないことだ」

二人ともそのまま一分くらい黙り込み、メニューをもう一度読むふりをした。ようやく父がメニューから顔を出す。

「わからないな、ジョン。お前も知っているとおり、お前が男性を好きなことを、これまでだって私が本当には理解していたとは言えない。だが今の相手は、なんて言うか――」

「それは言わないで！」

父は少し黙り、自分の言葉を考え直したようだ。「彼はいわゆる男らしい男じゃない」

「コールが父さんの考えるような男らしい男でないなら、女といても一緒じゃないか。そういうことか？」できるだけ声を潜めて言い返す――沸々と怒りが湧いてきて、このままでは父を殴ってしまいそうだ。

父にとって――あるいは二人にとって――幸運なことに、ウェイターがやって来て注文を聞いてきた。再び二人きりになると、父は両手を上げて降参した。

「私が言ったことは忘れてくれ、ジョン。話題を変えよう」

「いいよ」

「仕事はどんな具合だ」

「仕事がどうだっていうんだ？」と言い返す。まだ怒りがくすぶっているせいで、揚げ足をとるような態度になってしまう。

「例のリストラについてはその後どうなっている？　どこに行くのか、いつになるのかとか知らされてないのか？」

「ああ」そのことについては、極力考えないようにしていた。「まだ何も知らない」

「こんなにゆっくりした調子だと、転勤を言い渡される前に定年退職できそうだな」

「そんなにラッキーじゃないと思うね」

11月8日
差出人：コール
宛先：ジャレド

わかった、認めるよ！　僕たちは仲直りした！　これで満足？　ジョナサンは自分の過ちに気づき、僕の許しを請うた。それがありのままの事実でないとしても、きみには関係ないこと、そうだろう？　頼むから、ほくそ笑むのはやめてくれ。きみは謙虚なところがいいんだ。今さらそれを台無しにする必要はない。

今はきみのいいところについてあれこれ思いを巡らせているところ。詳しくは書かないけど。だって万が一でも、きみのでっかいワルのボーイフレンドが肩越しに読んでいたらと思うと、ねえ。僕のせいで彼がぶっ倒れたら大変だからさ。

続く数日間はハネムーンみたいに幸せな状態が続いた。なんだか馬鹿ップルになったような気分だが、楽しいことには変わりなかった。だが心配もあった。十一月十二日は俺の誕生日で、その晩は父と食事をする予定だった。コールの気持ちを傷つけないか心配だったが、コールを誘うのも不安だった。十日の夜、ようやくコールに話す勇気が出た。

「もしよかったら、一緒に来ないか」

後ろめたい気分でそう言うと、コールはただ微笑んだだけだった。

「誕生日を不安な気持ちで過ごしてほしくないな」

そう聞いて正直ほっとした（それがいいことなのか、悪いことなのかはわからないが）。たとえ二人が顔を合わせても、この前みたいにひどい展開になるとは思っていなかったものの、回避できてひと安心だ。コールは十一日に家に来て一緒に過ごし、翌朝は朝食も作ってくれた。俺は遅刻しそうなありさまで、あわててかきこまないといけなかったが。

「何をもたもたしてるんだ？」

ようやくスーツを着て部屋から出ると、コールが言った。

「シャツが足りなくなった」食事をしながら返事をする。「買い物は嫌いだ」

どれくらい嫌いかというと、一度気に入ったものを見つけたら、すぐまた買わずにすむように十枚も買ってしまうくらい嫌いだ。ただ、同時に買うと、全部同じ時期に消耗してしまうというのが難点でもある。

「本当にいいのか？　俺が今夜親父と一緒に食事をしても」この二日間で少なくとも四回は同じ質問をしている気がする。

「もちろん」

「今夜会えるかな」

「どうだろうね、ラヴ。忙しいかも」

「わかった」俺は微笑んだ。口ではそう言っていても、家に帰ればコールが待っているとわかっていたからだ。

会社での一日は長く退屈で、父との夕食の待ち合わせ前に、家に寄る暇もなかった。俺の誕生日には、父がプレゼント代わりに夕食をおごってくれるのが恒例になっている。だから、父が箱を持って現れたときは驚いた。ラッピングはされていなかった。緑の缶の箱で、花が描かれていて——俺の好みじゃなかったが——何となく見覚えがあった。

父はそれを目の前にさりげなく置いた。

「俺に？」

「お前の友だちに、だ」

「俺の友だち？」驚いて尋ねた。

「これは母さんのだ。ずっとキッチンの棚にあった」父が肩をすくめる。「どうしたらいいかわからなくてな。捨てるのは悪い気がするが私は料理をしないし、お前もそうだろう？」

ああ、そうか。だから見覚えがあったのか。

俺が子どものころは、キッチンのカウンターの上に置いてあった。母のレシピボックスだ。

「あのフルーツケーキが欲しがるんじゃないかと思ってな」

「彼の名前はコールだ」言い返す声がきつくなる。父がまた肩をすくめた。まるでコールの名前などどうでもいいみたいに。だが父は、母が大事に持っていたものをコールにあげようと思った。つまり、コールと一緒にいたいという俺の気持ちを尊重してくれたのだ——少なくともある程度は。

「これをコールに渡してほしいの？」

「さっきそう言わなかったか？」その言い回しがコールにそっくりで笑いそうになる。

「どうかな。母さんのテイタートッツキャセロール（※揚げたポテトの料理）がコールの料理の趣味に合うとは思えないけど」

そう言ってしまってすぐ後悔した。いつもの亡霊たちが一斉に現れ――父がテーブルに視線を落とす。

「ジョン」父が静かに口を開く。「私がずっとこれを持っていてもしかたがないんだ。もらってくれるような相手といえば、彼くらいしか思いつかない」

コールがこんな箱を見たら笑うんじゃないかと思ったが、父がそれを知る必要はない。

「わかったよ、父さん。渡しておく」

なんだかんだで、楽しい時間を過ごすことができた。父は俺をフットボールの試合に連れて行きたいようで、食事の間じゅう、サンズとカージナルスのどちらかを選べとしつこく言い続けるので、しかたなくカージナルスを選んだ。そうしたら今度はチケットを三枚買ったほうがいいかと聞いてきた。コールがフットボールの試合に行くなんて想像もつかなかったので、断った。

八時ごろ帰宅すると、予想どおりコールがソファで本を読んでいた。

「夕食はどうだった?」本を脇に置き、コールが聞いてくる。

「よかったよ」

「お父さんから何をもらったの?」俺が持っている箱に気づいて手を伸ばす。

「これは俺にじゃない。お前にだ。父さんから頼まれた」

「僕に?」驚いたのだろう、コールが目を見開く。

「馬鹿みたいだよな、うん」箱を開けながら言う。「でも、お前に持っていてほしいって親父が」

コールが最初のカードを取り出し、眺めた。それからひどく――恐ろしくひどく静かになった。「これは――どういうものなの？」

「母の形見だ」

「本当に？」

そう言いながらコールが振り向く。瞳が輝き――それがあまりにも美しくて――見ていて痛いほどだった。コールの瞳を輝かせているのは――希望？　涙で光っているようにさえ見える。俺は驚いた。古ぼけたレシピボックスなのに、コールは馬鹿にしていないどころか、本当に感動しているみたいだ。こんな小さな箱、それほどのものだろうか――？

「興味を引きそうなレシピは入ってないと思うけど」念のためそう言い足す。

コールは箱をテーブルの上に置くと、こっちへやって来た。俺の頭を両手で抱え、少しつま先立ちになって目を覗き込んでくる。

「ときどききみって、ホントに馬鹿だよね」コールが言う――軽い調子で。それから頬にキスしてよこした。「ありがとう」

「親父からだよ」そう返事をしながらも、なぜそれが重要なのかよくわからなかった。

「お父さんにも礼を言うよ」と言ってコールが俺を解放した。

ベッドルームに入ると、ベッドの上に大きな買い物袋が二つ置いてあった。「これは何？」スーツの上着を掛けながら、俺は尋ねた。

「シャツが必要だって言ってたから」

「まあ、そうだ。でも、買ってもらうつもりで言ったんじゃないぞ！」

「買い物は嫌いなんだろ？　僕は違う。僕には時間がある。きみにはない。当然の解決策のように思えたんだ。大したことじゃないさ、ラヴ」

買い物袋の中身を見てみると、シャツは少なくとも十枚はあった。だが白は三枚だけ（ふだん白しか着ないんだが）。ネクタイは五本で、どれも俺の好みの色ではない。

「これを着ていけるかどうか、自信がない」

「ああハニー、たまには羽目を外せないのかな？　何か新しいことをやってみるとか？　少しは人間らしく生きてみたら？」

シャツが十二枚、ネクタイが五本。しかも高級店のものばかり——。

「これは誕生日プレゼントには高すぎる」

「誕生日プレゼントじゃない」コールがポケットからレシートを取り出し、こっちによこす。

「きみが騒ぐと思ったから、あとで払ってもらうよ」

レシートの合計金額は高かったが、買ったものを考えればさほど突拍子もない額ではない。それに、自分で買い物をする手間が省けた。

「ありがとう――シャツを選んでくれたこともだが、お金のことで反論しないでくれたことにも感謝する」

「どういたしまして」コールがドレッサーから別の封筒を取り出してくる。「こっちがきみへのプレゼント。これは代金を払わせろなんて言わないでよ」

「言わない」とは答えたものの、コールがやり過ぎないといいんだが――と願った。封筒を開け、カードを取り出した。それから、商品券を。

「スカイダイビング？」――どういうことだ？

「そう」コールが微笑む。「きみが楽しめると思って」

スカイダイビング――？　考えただけで、腹の中がひっくり返りそうだ。恐ろしすぎる。

「冗談だよな？」

「全然」コールは明らかに面白がっている。

「お前も一緒に来るんだよな？」

コールがドラマチックに身震いする。「ハニー、冗談だろ！　僕が超快適な飛行機から飛び降りるなんて想像できる？」そして俺のシャツのボタンを外しながら頭を振る。「ときどき、きみは僕のことを全然わかっていないんじゃないかと思うね」完全にからかう口調だ。

おいおい、自分のことは棚に上げて俺だけ怖い目に遭わせるのか？

「俺だって、超快適な飛行機から飛び降りたくなんかないぞ」

コールが黙る。しばらく考えているようだった。こっちを見上げてきたとき、その目はまったく笑っていなかった。「きみっていつでもすごく真面目だよね。僕が知っているなかでもいちばん地に足のついた人間だ」コールが肩をすくめる。「だからさ、思ったんだ。ホントは飛びたくてうずうずしてるんじゃないか——って」

12月4日
差出人：コール
宛先：ジャレド

僕は今、休暇でパリにいる。そんなに驚かないでよ。僕が最近ジョナサンのためだけに生きてると思ってるかもだけど、そんなことはないんだから。あの意地悪な警官のせいで、ロマンティシズムが高まってるのが面白いね、実に愛らしいな、ほんと。

いつものようにクリスマスにパリに来た。正直言って、とても退屈だ。いつもの友人たちとの付き合いも退屈だし、新しい相手を探す気にもなれない。母に会う約束をしていたんだけど、いつものようにドタキャンされた。予想はしてたけど、がっかりしてる。思った以上にね。でもまあ、これで、母への贈り物にあんまり愛情を込めなかったことに罪悪感を覚える必要はないかな。

プレゼントといえば、ジョナサンに何をあげたらいいのかまったく見当がつかない。あまりお金もかけられないしさ（嫌がるから）。カレのことはすべて苦労の連続だよ。

感謝祭の少し前、コールが休暇で国を離れると宣言したのにには、まったく驚かされた。確かに付き合い始めたころは、月の半分くらいは留守にしていることが多かった。俺も仕事で出張が多く、不定期にしか会えなかった。今になって、この数ヵ月、コールが街にいる時間が長くなっていたことに気がついた。そして俺がフェニックスにいる間は、ほとんど毎晩一緒に過ごしていた。コールがそばにいないというだけでこんなにさびしく思うとは、自分でも驚きだった。

いいのか悪いのかは別として、十二月の最初の三週間の大半は俺も街を離れていた。半分はヴェガスで半分はロス、という具合だ。フェニックスに帰ってきたのは十二月二十日で、これから少なくとも一ヵ月は、出張はない。ようやくほっと息がつけそうだ。

クリスマスイブは、いつものように父と過ごした。プレゼントを交換し、夕食に出かけたあとで、真夜中のミサに参加した。俺はクリスマスイブの夜以外は教会に足を踏み入れない人間だが、それというのも父を一人で行かせるわけにはいかないからだ。クリスマスは、父が母と姉の亡霊にいちばんつきまとわれる時期だった。今年はいつもよりひどいようだ。父が孤独であることはわかっていたが、どうしたらいいのかわからなかった。別れるとき、父は涙声だった。俺は車で帰宅し、孤独と憂鬱を抱えながらベッドにもぐった。

クリスマスの朝六時、携帯電話が鳴った。ベッドからのろのろと体を引きずり出し、こんなときに電話をしてくるやつを罵った——ディスプレイにコールの名前を見るまでは。喜びで顔がすぐさまほころぶ。

「もしもし？」

「そっちはまだ早いんだろうけど、こっちはもう午後四時だし、待ちくたびれたよ」

不思議だな。声を聞いただけでこんなにうれしいなんて。

「まあ許してやるか」

「全然さびしくないけどね」

「俺もだ。帰ってくると言ってくれ」

「あと十日だ。クリスマスイブは楽しかった？」

「ああ、よかった」嘘をついた。どれほど落ち込んでたかなんて話したくない。

「そっちはどうだ？」

「シャンゼリゼ通りのマーケットに行った。完璧なプレゼントを見つけようとずっと考えてたんだけど、とんだ大失敗。がっかりだ」

「何も買わないでくれ」と俺は頼んだ。「帰ってきて、飯を作ってくれるだけでいい」

「そういうことなわけ?」冗談交じりに聞いてくる。「僕がいなくてさびしいんじゃなくて、僕の料理が恋しいの?」

「ほとんど毎晩冷凍ピザを食べてたよ」

「ハニー、僕なしでこれまでどうやって生きてきたのかわからないね」コールが言い、俺は笑った。

「俺もよくわからない」

一時間以上も話し込んでしまい、電話を切るのが信じられないほど辛くなる。クリスマスなのに一人きりでいるせいだ。そうだ、きっとそうに違いない。


それから一月最初の木曜日まで、コールからの連絡はなかった。その晩も十時をまわり、寝る準備をしているところだった。

「やあ、スウィーティー。今戻ったよ」

「そろそろ頃合いだと思った」俺は微笑みながら言った。

「僕がいなくてさびしかったとか？」

「全然。ほんの少しも。一日たりとも」

「この数週間、お互いにさびしくなかったわけだから、週末をうちで一緒に過ごさないか、なんて誘っても無駄なんだろうな」

「夕食に間に合うように行く」

「それで最速なわけ？」

俺がコールに会いたがっているのと同じように、コールも俺に会いたがっているのだと思うと、にやついてしまう。

「二時間早くこっそり抜け出せるかも」

「無理しなくていいよ」と言いつつ、その声から喜んでいるのが伝わってくる。

思ったほど早くは帰れなかったが、それでも五時少し前にはコールの家に着いた。ドアをノックしたが返事を待つまでもない。バッグをドアの内側に置き、コールへのプレゼントだけ持っていく。六週間近く会っていなかったので、自分でもびっくりするくらい緊張していた。料理をしているのだろうと思ったが、キッチンは空っぽだった。そればかりか、コンロもオーブンも何も準備がないようだ。食欲をそそる香りもしない。

コールはリビングでぐっすり眠っていた。毛布にくるまってソファの隅で丸くなっている。

最後に会ったときから髪を切ったようだ。首の後ろの蝶に思いをはせる。今なら完全に手が届きそうだ。早くあの蝶に口づけたい。こっそりとコールの隣に忍び寄る。コールはセックス以外では親密な触れ合いを許してくれないのだが、コールが疲れているのをいいことに、押し退けられないことを祈った。

コールの髪に鼻を近づけ、甘い香りを吸い込む。首元から毛布をずらし、コールの肌にそっと唇を近づけていく。あと少しで触れられそうだ。

――と、すぐさまコールがびくっと目を覚まし、彼の側頭部に鼻をしこたま打った。そのままコールに突き放される。

「痛い!」鼻を押さえながら俺は言った。

「何なんだよ、ジョニー! 心臓が止まりそうだ!」

痛みで目は潤んでいたものの、コールにジョニーと言わせるほど驚かせたことがうれしかった。「脅かすつもりはなかったんだ。お前が帰ってきてくれて本当にうれしいよ」

「全然さびしくなかったのに?」コールがからかう。

「それでもだ」

隣のテーブルに置いてあったティッシュをコールが渡してよこす。

「痛かった?」

「ちょっとだけ」俺は涙目を拭いた。「こっそり忍び寄った報いは受けたよ」

「ホントだな」

背中に手を回してコールへのプレゼントを取ると、差し出した。銀箔で包んだワインボトルだ。「メリー・クリスマス」

「僕はきみに何も用意してないのに」コールが包装を解き始める。

「気にしないさ」ラベルを見てコールが頬を真っ赤に染め、微笑んだ。アーバーミスト・ブラックベリー・メルローのボトルだ。

「きみは永遠にこのネタを持ち出すつもりなんだろうね」

「もちろん」今度はこっちがからかう番だ。「夕食に合うといいが」

突然、コールの顔から笑顔が消える。「夕食だ！　何時？」

コールの首にもう一度キスしたくて引き寄せる。「五時くらい」

「夕食を作らなきゃ！」コールが俺を押しのけようとしたが、俺がコールの腕を挟み込んでしまったので、身動きがとれなくなった。

「夕食は大丈夫だ」

「寝るんじゃなかった」コールはまだ俺を押し戻そうとしていたが、あまり強くは抵抗されなかった。おかげでどうにか首にキスすることができた。

「ちょっと疲れてたんだ。いつもは時差に慣れるまで一日か二日置くんだけど、きみにどうしても早く会いたかったたし――」

俺に会いたかった――？

コールの突然の告白。まったく彼らしくないことだ。俺は驚き、じたばたしているコールに応戦する手が止まる。

「本当に？」と尋ねたが、コールは答えなかった。そのまま俺を押しのけて立ち上がる。俺は慌てた。「どこに行くんだ？」

「ハニー、聞いてなかったの？　料理を始めないと――」

「いいや、必要ない」俺は立ち上がり、コールの手を取った。「しばらくの間、ただ一緒に座って――」

「時間がない――」

コールを引き寄せようとしたが、またも抵抗される。

「あと二、三分だけなら問題ないだろう？」

コールがあまりにも半信半疑の様子なので、俺は思わず目を回して見せた。

「こっちに来いよ」半分からかうように、半分不満に思いながら、もう一度コールを引き寄せようとした。

「今すぐ夕食を始めないと、とんでもなく遅い時間に食べる羽目になる」

「気にしない」そう言うとコールは身動きするのをやめ、驚いたようにこっちを見る。

「料理をしてほしくないの？」傷ついたような声だ。

「そういうわけじゃない。でももっと欲しいものがあるんだ」

コールの傷ついたような表情が、からかうような笑みに変わる。

「それで、きみは待つことができないってわけ？」

どうやらコールが折れたようだ。

「ああ、待てないね。お前にはクリスマス・プレゼントの貸しもあるし」

「ふううん」と言いながらコールが近づいてくる。「我慢できないきみってものすごくそそられるね、シュガー」

コールの手が俺のジーンズのボタンに触れ——動きを止めた。「どうするのがいい？」前髪の間から媚びるような目つきで聞いてくる。

俺はコールの手を股間から遠ざけた。「キスしたい」そう言ったときのコールの反応は、期待していたものとはほど遠いものだった。ちょっと狼狽した様子で離れようとするが、コールに腕を回して引き寄せる。「一度キスさせてくれ、そうしたら夕食を作りに行かせてやるから」

コールは渋い顔を見せたものの、ゆったりと俺に覆いかぶさってくる。「お望みどおりに、シュガー」

両手でコールの顔を包み、手のひらを頰骨に当てると、絹のような髪に指を添える。それから頭を後ろに倒し、唇で唇を探り当てる。軽く触れるだけ。唇は閉じたままだ。コールが舌を入れられるのを嫌がることはわかっていたので、唇だけで触れる。コールは協力的ではなかったけれども、まったく熱がないわけでもなかった。唇が、かろうじて俺のために開く。

それでいい。焦らずにいこう。

今まで一度もキスをしたことがないわけじゃないが、ほとんどセックスのときだけで、そのときでさえコールはあまり楽しんでいないようだった。これまでコールは、俺がこういうキスをすることを許そうとしなかった――はっきりとした目的を持たない、ただロマンティックなだけのキスを。俺にはそれが、これまでに感じたことがないほど刺激的だった。

コールに口づけし、こうして触れていられれば、それでよかった。セックスへの欲求がないということじゃない――欲望は間違いなくある。体中の神経がコールを求めて、脈打つようだ。だが六週間も離れていたというのに、セックスは二の次だった。俺が本当に望んでいたのは、ただコールを感じること、そしてそれ以上に、彼を喜ばせることだったのだ。それは、ほかの恋人との間でも感じたことではあったが、これほど頻繁に、そして長いこと感じたのは初めてかもしれない。

コールが少しリラックスしたのがわかる。ゆっくりと、優しく触れるように注意を払う。唇を少し開き、コールの唇に軽く舌を這わせる。コールが息をのむ。少し固まったが、一瞬だけだ。コールが俺にもたれかかり、腰に腕を回してくる。彼の唇が少しだけ離れ、俺は舌でその上唇を撫でるようにキスをした。コールが小さな喘ぎ声をあげ、俺もそれに応えて呻くような声を上げる。それ以上押し付けないように――と気をつけながら。

コールのシャツを脱がせ、自分のシャツも脱いで床に落とす。コールの滑らかな肌を感じたかったが、俺が唇から離れたことで、コールは次に進む準備ができたというサインだと受け取ったのだろう、俺のボトムスに手を伸ばしてボタンを外し始めた。前戯で時間を浪費するのは、コールのやり方じゃないのだ。自分が何をしたいのかを知っていて、いつも迷うことなくそれに向かう。だが俺はまだこの瞬間を手放したくはなかった。

コールの細い手首をつかむと、コールが驚いてこっちを見上げてくる。「まだだ」と俺は囁く。

もう一度、コールの唇に軽く触れながらキスをした。舌先でコールの上唇をなぞると、コールがおののく。まだコールの手首を握っていたが、その手がまた俺の股間に向かって動き始める。先を急ぐようなコールの動きに少し苛立ってしまう。もっとゆっくり触れ合いたいのに。コールが俺に与えてくれるものをじっくりと味わいたいのに。コールがこれだけは許してくれないということが、悩ましかった。コールの指がまた俺のボトムスのボタンをいじり始め、ほんの一瞬だが怒りが湧く。コールの手首をつかんで無理やり引き離し、背中に強く押し付けると、両手首を強く握った。思っていたよりも乱暴になってしまうが、コールは敏感に反応し、明らかに興奮していた。目を閉じ、かすかに呻きながら、俺の腕の中でぐったりしている。膝がこれ以上持ちこたえられないとでもいうように。俺は驚いて少し体を離した。コールの顔がよく見えた。もう一度、彼の手首を強く握った。

コールを腕の中に閉じ込めるように、強く引き寄せる。まるで俺のなかに溶け込んでしまったかのようだ。コールの柔らかな呻きのせいで、股間が熱く疼く。

コールを拘束しようだなんて、これまで考えたこともなかった。だが突然、目の前に道が開けたように思った——コールを悦ばせながらも、好きなだけコールに口づけ、触れていられる完璧な手じゃないのか？　これは。とてもシンプルで、信じられないほどエロティックだ——ぞくぞくしてくる。

コールを床へと誘うと、彼は喜んで従った。コールの手首を離し、仰向けに押し倒す。それから彼のボトムスのボタンを外した。まだセックスの段階に進むつもりはないが、コールのその部分を直接感じたかった。コールがそれを黙って見ている。興奮に輝く瞳には、何か別の熱情も垣間見える——恐怖と相まった大きな期待のようなものが。コールのボトムスを脱がせたが、自分は履いたままにしておく。

あらためてコールを眺めた。これまでいつも、大柄で男らしい男に惹かれてきた。だがこうしてみると、そんな自分が不思議にさえ思えてくる。コールの体ときたら、なんて完璧なんだろう。ほっそり整っている。もし十年前に出会っていたら、肋骨の数まできれいに数えられたかもしれない。そういう年代はとうに過ぎていたが、三十代になると肉付きがよくなる男が多くなるのに、コールは柔らかみを帯びた程度だ。腹は平らで、腰は細く、脚はまだほっそりしている。股間はきれいに剃られ、肌は柔らかく滑らかだ。ペニスも美しい。細身で、今みたいに硬くなると腹に向かってはっきりとしたカーブを描く。

コールの太ももから尻にかけて手を這わせる——屹立したもののすぐそばを微妙に掠め（かす）ながら。コールの息が乱れる。ゆっくりとコールにまたがり、顔を見下ろす。瞳は大きく見開かれ、不安げだったが、紛れもない欲望に燃えていた。そして唇——ああ、この唇がたまらない。完璧な形。ふっくらと柔らかくて——こんなに唇が魅力的だなんて思ってもみなかった。もう一度口づけたくて顔を近づける。コールの唇の隅々まで味わいつくしたい。唇の端に口づけると、舌先で上唇を舐め、柔らかく吸いながら真ん中に向かっていく。コールがまた喘ぎ、その手が俺の股間へと伸びる。

「だめだ」俺はまたコールの手首をつかみ、そのまま頭の上で押さえつけた。コールの反応がどんどん激しくなっていく。昂（たかぶ）ったように喘ぎ、体を反らせて勃起したものを俺にすり寄せてくる。逃れたくてそうしているというより、二人の体をできるだけ触れ合わせたいようだ。コールがまた喘ぎ、俺はのしかかって彼の体を抑え込む。手首に体重をかけるうち、ぴんと張りつめていたコールの体が緩み、床にまた背中を落とす——息を荒げながら。彼の手首に手を置いたまま、俺は彼の唇に戻った。上の唇を完全になぞり終え、それから下の唇を弄り始める。唇はふっくらと柔らかく、キスするために整えられたかのようだ。ゆっくりと吸い、優しく歯を立てる。コールがまた呻き、今度は束縛から逃れようとするが、弱々しい抵抗だ。そのまま床に押しとどめる。

コールの両手首を片手で押さえ、もう片方の手でコールの体を味わう。親指で乳首を弄ぶと喘ぎ声が高まるが、コールは逃れようとはしなかった。そのまま脇腹を撫で下ろし、腰へと這わせる——そして後ろ側へ。柔らかな尻を手で包み、コールを強く引き寄せる。そこでようやく彼の唇を解放した。唇は赤く、少し腫れている。それを見るだけでまた興奮の波が激しく突き上がる。

コールの瞼にキスし、頬骨に口づけ、柔らかな耳の縁を舌でなぞる。コールがまた喘ぎ、俺が手首を握ると抵抗したが、ほんの少しだった。本気で逃れたいと思っているんじゃない。俺がまだコールを捕らえているのだと安心したかっただけなのだ。拘束されているという感覚を味わい、コールの体から力みが抜ける——息は荒かったが。コールの耳たぶを少し吸い、顎に口づける。

尻をつかんでいた手を引き抜き、腰に添える。俺に押さえつけられながらも、体の反応からコールが本当の触れ合いを求めているのが伝わってくる。コールの唇を優しく吸いながら、指先を固く締まった彼のものにそっと近づけ、ヘアをきれいに剃った柔らかな肌を弄ぶ。コールの息が激しく乱れ、コールが喘ぎ、呻く。彼の根元に軽く触れると、聳り立つものに指を走らせる。コールの反応を見るだけで、こっちも行ってしまいそうだ。俺の手の中でコールの手首に力がこもり、体を弓なりに反らす。息を嚙み殺すような呻きに変わる。コールのものから指を離すと、コールの体から力が抜け、ふっと息が漏れる。

「ああ、まったく」コールが息をつく。「次またやったら終わりだからな」

「お?」俺は静かに尋ねた。「もう一度やれってことか? まだいいってことか?」

コールが笑うような柔らかい声を上げる。「やれってこと!」俺は微笑んだ。

コールの完璧な唇に戻り、下唇を優しく吸い、本当にキスするために唇を這わせた。唇と唇が重なり――コールの頑なな心がほどけた。コールの唇が開き、俺の舌が触れると、コールが喉の奥で呻き声を上げる。だが、あまり押し付けたくなかった。コールが俺に屈したことを後悔しないでほしかった。唇だけで口づけを続けるうち、コールの舌先がためらいがちに俺の唇を撫でてくる。その舌を舌で触れるとコールが激しく喘ぎ、自由になろうとした。今度は力を入れてきたので、束の間、コールの手首を両手で押さえないといけなかった。コールはさらに声を上げて、体を大きく反らせた。

「お願い」コールが囁く。俺は答えなかった。自分の興奮を抑えるので精一杯だったのだ。コールがまた力を抜いて緊張が解けるのを待ち、片手でコールを抱く。それから空いているほうの手で、ボトムスから自分のものを解放した。そして彼のものに押しつけ、二人の屹立を擦り合わせる。コールがまた喘ぎ始め、俺の手から逃れようとしたが、あまり強くは抵抗しなかった。

二人の舌が絡み合い、コールの味にうっとりする。コールが俺の唇を舐める――俺がしたみたいに。片手で二人のものを合わせて包み込む。ぎゅっと力を込めるとコールが激しく喘いだ。

二人のものを、ゆっくりと優しく摩る。硬く握りながらも、できるだけ柔らかなキスを繰り返す。

コールが俺の唇に「ああ、もう……」と囁き、声の調子からすぐにでも行きそうなのがわかった。拳で二人の先端を擦り合わせると、コールがはらわたの煮えくり返るような悦びの声をあげ——体を反らせて達する。俺の手の中でコールが脈打つ。彼の叫び声が耳元で大きく嗄れる。それが限界だった。コールの声、細い体をぎゅっと押しつけられたような感触、彼の放出物でぬめった拳、それが俺の勃起を撫でる感触——すべてが相まって、ついに俺を解放した。俺の下でコールが震えているあいだ、イチゴの香りのするコールの髪に顔を埋めながら、絶頂感に身を任せる。いつの間にかコールを束縛していた手が離れていて、コールが俺の首に腕を回してきながら、もう片方の手を二人のものに伸ばし、俺の手を優しく包みながら上下に動かしている。それが終わると俺もコールに腕を回し、ほんの一瞬——あるいは一年だろうか——はっきりしないがとにかく長い間、二人でただ一緒に床に横たわり、震えていた。

コールの絹のような髪に顔を埋めたままキスをした。「ほらな」俺は囁いた。「そんなに悪くもなかっただろう?」コールが大声で笑った。それは世界で何よりも美しい響きだった。

「きみのプレゼントを探すためにパリの市をあさったんだけどな」

「次は見つかるよ」

二人の呼吸が落ち着くと、俺は体を起こした。床に落ちていたシャツを見つけ、それで自分の体を拭き、それからコールの体を拭く。俺が拭いているあいだ、コールは黙って見ていた。俺は立ち上がり、手を伸ばして彼を床から引っぱり上げた。コールはこちらを見ずにボトムスとシャツを拾い上げて着た。あまりにも静かなので何か気を悪くしたのだろうかと心配になるが、服を着ると近づいてきて、俺の目を見上げた。コールの唇はまだ赤く腫れていて、そこから目を離すことができなかった。

「今までキスをされるのって好きじゃなかった」コールが静かに口を開く。「誰もきみのようにはしてくれなかったんだ」

「気が変わってよかった」コールの唇を親指で撫でる。「今まで見たなかでいちばん美しい唇だ。俺はこの唇に恋をしているんだと思う」コールが目を閉じ、微笑んだ。頬には赤みがさしていたが、このときばかりはそれを隠そうとしなかった。

「ディナーに連れていってほしいか？」俺は尋ねた。

彼が目を開け、うなずいた。「うん。明日は僕が作る」

「わかった」

「その前に」コールがつま先立ち、俺の首に腕を巻きつけてくる。「もう一度だけキスして」

喜んで承諾した。

コールの家からほど近いイタリアンレストランで夕食をとった。美味しかったが、コールの料理のほうが美味しかった。そう言うとコールはいつも笑う。でも、嘘じゃなかった。俺たちはもう会計のことで言い争うこともなかった。いつも俺に払わせてくれた。それについては、あまり納得していないようだが、俺にとってとても重要だということを、コールはなんとなく面白がってもいた。だが彼が料理をするときはいつも材料を買ってきてくれる。外食するとき食事代を払うのは、俺にできるせめてものことだと思う。

その夜、いつものようにベッドの両脇からそれぞれもぐり込んだ。部屋は暗かった。ありえないほど大きいベッドの向こう側——コールの姿は影でしかなかった。コールに触れたい衝動を抑え、彼の呼吸に耳を傾ける。まだ起きているのがわかった。眠りに落ちかけたとき、突然コールが言った。「大学のことをずっと考えてる」

唐突で、よく意味がわからない。コールの顔が見えるくらい、部屋に明かりがあればいいのに。コールが続けるのを待ったが、ずっと黙ったままだ。しかたないので聞いた。「それがどうした？」

「同じ時期に、お互いすぐ近くにいたって気づいてる？　きみとザックはコロラド大（CU）、ジャレドと僕はコロラド州立大（CSU）にいた」そして沈黙。何と言ったらいいのかわからなかった。今まで考えたこともなかったからだ。

「ザックについて教えて」

「ザックの何を？」

「どんな人だった？」

「何がどうってわけじゃないんだが、面白いやつだった、本当に。あと暢気だったな。何事も深刻に考えないタイプっていうか。料理が好きだった。お前みたいに上手くはなかったが」お世辞じゃない、本当のことだ。「でもザックも料理を楽しんでたよ、お前みたいに」

「なんで別れたの？」

何が悪かったのか、どう説明すればいいのか、少し考えないといけなかった。別れてから何年ものあいだ、二人が一緒に過ごしたバラ色の日々を心に刻み続けていた。俺たちは本当に素晴らしい関係で、別れたのは悲劇的な誤解があったせいだ――そう自分に言い聞かせていた。だがヴェガスで彼と再会してから、考えを改めた。もっと自分自身に正直であるべきだ、と。

「俺は、ザックには後押しが必要だっていつも思っていた。あいつは目を瞑ったまま漂ってるみたいで危なっかしくて、俺が正しい道に導いてやらなきゃいけないんだって」

今ならそれが間違いだったとわかる。ザックを愛しながら、彼を捻じ曲げ、自分の思いどおりに変えるなんてことはできないんだ、と。

「俺はザックに何度も言った、もっと人生を楽しめって。手助けしているつもりだった。だが、結局それでザックの心は離れてしまった」

またも沈黙。「お前はどうなんだ?」

「どうって?」

「自分は深い関係を築くような恋愛に向いてない——そう言ってたな」

「覚えていてくれてうれしいよ」

「試したことは?」

「なぜそんなことを?　僕の人生は今のままで完璧だよ」

コールがこの話題を変えたがっているのはわかっている。だがそうさせるつもりはない。

「ジャレドとのことは?」

「ジャレドとはそんな関係じゃないんだ。僕たちは友だち。それだけだよ。二人がほかの誰とも付き合ってないときは、一緒に寝ることもあった。でも、それ以上の関係にはならないって、お互いわかってたんだ」

コールの言葉が、なぜか理由もなく悲しく聞こえる。「悪かった」

「何が?　ジャレドとの友情は、たぶんこれまででいちばん完璧な関係だと思う。絶対に複雑なことはない。誤解もない。失望もない。何ものにも代えられないし、ジャレドも同じように言うと思う」

「ほかに誰もいなかったのか?」

コールは答えない。コールの表情が見えるくらい部屋が明るかったらいいんだが。

もちろん、明るい部屋にいたら、そもそもここまで話を進めることはなかっただろう。暗闇がコールに隠れ蓑を与えたのだ。俺は広いベッドを少し移動し、コールの腕に触れた――せめてこれくらいは許してくれ、コール。お前を身近に感じたいんだ。俺はもっと早く気づくべきだった。

コールが寝返りを打つようにして俺から離れていく。コールの体温を失い、俺もまた孤独に戻る。悲しい、とは思いたくなかった。

「おやすみ、ラヴ」コールが言った。

それで終わりだった。

翌朝、早起きしてジョギングに出かけた。戻ってくると、コールはシャワーから出てきたところで、腰にタオルを巻き、髪を湿らせていた。

「もう少ししたら、朝食を作るよ」

「お前の好きにしろ」コールが自分のやりたいこと以外は決してやらないとわかっていても、なんとなくそう言わないと気がすまなかった。もし俺が朝食を期待しているとわかれば、コールは頑なに作ることを拒否するだろう。「でなけりゃ外で食べてもいいし、ドーナツでも買ってくるよ」

もちろん冗談だ。コールは俺の知るなかで唯一甘い揚げものが嫌いな人間だ。案の定、大げさに目を回して見せる。「絶対ごめんだね」

シャワーを浴びるつもりでジョギングウェアを脱いだら、浴室に入る前に「待って！」と止められた。

「なんだ？」振り返ると、ベッドに座ったコールはまだタオル一枚のままだ。タオルの正面にテントができている。コールの顔に浮かぶ淫らな笑みを見なくても、俺を呼び止めた理由はすぐわかった。

「まだシャワーを浴びる必要はないよ。ちょっとこっちに来てみない？」

「六キロ半も走ってきたんだぞ」と言いつつ、コールが座っているベッドに近づく。「本当に先にシャワーを浴びなくていいのか？」

腹にコールの熱い唇を感じる。柔らかな指が、俺の硬くなったペニスを包み込む。コールがこっちを見上げて言った。「もちろん」熱のこもった眼差しに当てられ、膝から力が抜けていく。

そのままコールをベッドに押し倒した。腰に巻いたタオルを解くと彼の勃起が露わになる。コールが俺のものを摩っている間、彼のものを摩る。首筋に唇を這わせた。コールの髪はまだ濡れていた。「洗いたてなのに」コールのものを優しくしごく。「俺に汚されてもいいのか？」

コールが笑い、両脚で絡みついてくる。「実はそうしてほしいんだ」コールのものをつかんでいた俺の手が押しやられ——二人のものがぶつかり合う。コールがほっそりした手で二人のものを包み込み、上下に動かし始めた——もう片方の腕を俺の首に回しながら。「もう一度キスして」コールの声が静かに響く。

すぐさま実行に移す。下唇をそっと噛むと、コールが感応して喘ぐ。コールの響きがたまらなかった。最初は柔らかな呻きだが、クライマックスに近づくにつれ、より大きく、より激しくなり——いつも興奮させられる。息を乱して叫ぶコール——それをこの耳で聞くことは、コールとの交わりのなかでも最高に興奮させられることだった。コールの柔らかい手はまだ執拗に二人のものを刺激している。コンドームとローションを取るためにいったんコールを止めようか、それともこのまま終わらせようか——と考えていたとき、携帯電話が鳴った。

「くそ!」と俺が言うと、コールの手が止まる。

「まさか出たりしないよね」

「出ないとまずい」コールの手から逃れようとしたが、うまくいかなかった。彼の両脚はまだ俺の尻にしっかりと巻きついていて、離そうという気はないようだ。「クライアントか上司か、どちらかだ」俺は言った。

「オーケー、ラヴ」コールがこっちを見上げて邪悪な笑みを浮かべるが、手を放そうとしなかった。立ち上がろうとしながら、そのままコールを数センチ引きずる。彼は手を伸ばしてヘッドボードを掴み、こっちを見てにやついている。綱引きみたいな状態になってしまい、しかたなく力を緩めた。

　また携帯電話が鳴る。「放してくれ」と言いながらも、悪戯っぽく笑うコールを見ると微笑み返さずにはいられなかった。

「ダーリン、リラックスすることを学ばないと。留守電にしたからってまずいこともないだろ？　数分後にかけ直せばいいんだし――」

「数分じゃすまない、わかってるだろう？」冗談めかして言うとコールは笑った。俺の腰に絡んでいたコールの脚が緩み、やっと立ち上がることができた。電話をリビングに持っていき、そこで応答した。コールが裸で横たわって待っているのを見ると、気が散って話になりそうにない。

「ジョナサンです」

「ジョナサン、マーカスだ」

　悪い予感がした。マーカスがいい知らせで連絡してくることはない。だがなるべく軽い調子で返す。「おはようございます、マーカス」

「グエンの義理の母が昨夜亡くなった」

「お気の毒に」グエンのことはほとんど知らないが、そう返事をした。不謹慎かもしれないが、頭の片隅で、彼の奥さんの母親の死なんて関係ないだろう――と思いながら。

「月曜にサンディエゴに発つ予定だったが、妻とマイアミに飛ぶことになった。きみにカバーしてもらいたい」

　くそ、そういうことか。目を閉じ、五つ数えた。そしてもう一度。

「ジョン？」と遮られた。「そこにいるのか？」

「おります。ですが、今、私はオフタイムだったかと……。月末まで出張はないと言われたので、それを当てにしていたのですが――」

「ジョナサン、面倒をかけて申し訳ないんだが、どうしても引き受けてほしいんだ。概要をメールで送る。月曜日には出発してくれ」

「ほかにできる人はいないんですか？」

「ぜひきみに頼みたい」

　ため息が出る。マーカスに聞かれたってかまうものか。「どのくらいです？」

「最長二週間。たぶんそれ以下だ」

　二週間。コールとは感謝祭の前から会っていなかった。六週間も離れていた。それなのにまた出張だと？　出発する前にあと一晩しか一緒にいられないことになる。どうすればいいんだ？

「了解です。任せてください」

「ありがとう、ジョナサン。残りの週末を楽しんでくれ」

　重い腰を上げて電話を切った。出張など行きたくなかった。これまでにも増して家にいたかった――コールと一緒に。明日にはまた別れを告げると思うと、週末の残りが暗く思えてくる。

「それで？」ベッドルームに戻ると、コールが楽しげに聞いてくる。「価値ある電話だったことを願うよ」

「間違いなく違う。ほかの会計士の一人に不幸があったんだ」コールの隣に寝転がりながらそう言った。「来週、彼の代わりを務める必要がある」

「つまりどういうこと？　ラヴ」

「月曜日にサンディエゴに発つということだ」

「ハニー、僕は今帰ってきたところなんだけど！」

「わかってる。すまない」俺がどれほど落胆しているか――コールにもわかってほしかった。

コールはしばらく黙っていたが、突然、体を起こし、俺の腰にまたがった。そしてこちらを見下ろしてくる。「どうしてきみなんだ？　シニアリエゾン・アカウントディレクターっていうのはみんな――」俺の仕事の話をするとき、コールはいつもからかうような口調になる。

「――急に街から追い出されるのか？」

「イエスでもありノーでもある。誰にでもあることだけれど、たぶん俺がいちばん多いかな」

「なぜ？」

「ほかの連中は結婚して家庭があるから」

「だからって、きみの自由な時間は、そいつらの時間より価値がないってことになるのか？

きみのライフスタイルのせいで」

「ええと、その――」何と答えていいか、よくわからなかった。今までそんなふうに考えたことはなかったからだ。

「そしてこの出張だけど――きみのクライアントでもないんだろう?」

「そうだな」

「断ったらどうなるわけ?」

「そうすべきだったと言うのか?」

「もちろん、そんなことはないよ。ただ、興味があるんだ。クビになるとか?」

「いいや」

「じゃあ、受けたら何かメリットがあるの? 給料が上がる?」

「ボーナスの査定時には考慮されるかもしれないが、それ以外はないな」

コールがこっちに向かって頭を振る。「きみを理解することはできないね」それから細い指で俺の胸毛をなぞる。指はそのまま臍のあたりまで下りていき、どんどん下へと辿っていく。

「きみのクライアントと、きみを共有したくはないね」コールが言った。

俺はコールをつかんで転がし、仰向けにひっくり返すと彼にまたがった。笑っているコールの瞳を見下ろす。

「俺もお前を共有したくないね」

ただ、俺がコールを共有するのはコールの仕事とじゃない。ほかの恋人たちと、だ。

コールが微笑む。「街を出るときだけだよ、ラヴ。フェニックスにいるときは、僕はきみのものだから」

「本当に？」驚いて尋ねた。

「本当に。さてと……」コールが俺の腰に脚を巻きつけ、体を寄せてくる——意味ありげに。

「どこまで行ってたんだっけ？」

1月18日
差出人：コール
宛先：ジャレド

スイーツ、スキーシーズンがもう半分終わった、なんてわざわざ言ってくれる必要ないよ。わかってるから！　一度もコロラドに行ってないのもわかってる。いずれは行くと言いたいところだけど、今年はちょっと無理そうだ。まあ、コーダでいちばんホットな独身者が対象外になったんだ、行ったところでどうなんだよっていう話だよね。きみは怒りっぽい警官と一夫一婦制の関係を結べばいいんじゃない？　とにかくジョナサンとは数週間会っていない。もうそろそろ帰ってくるはずだからうれしいけど。きみはそれで勝手に深読みしてるんだろうな。でも信じてくれ、スイーツ。きみが考えてるようなことじゃないんだから。

二週間ほどサンディエゴに足止めされていたが、そのあいだずっとコールのことを考えていた。フェニックスにいるとき、コールがほかの男と会っていないと聞いて、驚いた。初めてコールと会ったときから、彼がこの街で会っている男は俺だけじゃないと思っていたからだ。親しい男がほかに何人いるのかとか、どれくらいの頻度で会っているのか、なんてことは知らなかったし、知りたいとも思わなかった。最初は俺には関係ないことだし、どうでもいいと思っていた。付き合いが深まってきたらきたで、どんな答えが返ってくるか恐かった。コールの話を聞いて初めて、自分がどれだけそのことを気にしていたのかがわかった。

それに、コールを押さえつけながらキスをしたときの感触が頭から離れなかった。出張中ということもあり、そのことを考えるたびに興奮してしまった。コールに電話をして、サンディエゴまで来てくれ、そばにいてくれと頼もうかとも考えたが、勇気が出なかった。コールは自分の思いつきじゃないと動かないし、きっと断られるだろうと思ったのだ。

金曜日の午後早く、フェニックスに戻った。飛行機を降りるとすぐにコールに電話した。

「やあ、シュガー。やっと帰ってきたのか？」

「そうだ。どうして？　さびしかったか？」

「これっぽっちも」

「それなら、家に帰る前に会社に寄ってもかまわないよな」

「ハニー、十二日も家を空けていたんだぞ！　マジで会社は明日まで待てないの？」

「待てないんだ、これが。でもすぐ終わる。五時には帰る」

「へえ、でも僕はとにかく今夜はひどく忙しいんだ、シュガー。明日電話するよ」

「わかった」俺は微笑む。騙されないぞ。

マーカスのオフィスに着いたときも、馬鹿みたいにニヤニヤしていた。コールのことを忘れて、仕事に戻る努力をしなければならなかった。

「入ってくれ、ジョン」マーカスは言った。「ドアを閉めて」

「了解です」

「ジョン、リストラ計画もそろそろ終わりだ。シニアリエゾン・アカウントディレクターには年功序列で行き先を決めてもらうことにした。ジェンセン、マクドナルド、グエン、シモンズときて、今度はきみの番だ」

前回のミーティング以来、リストラのことはあまり考えていなかったが、以前感じていた不安が、今になってもっと膨らんでいることに気づいた。引っ越しなんてまったく考えたくない。今なら正直に認められる――この街にコールがいるからだ。

「私の選択肢はどこなんです？」

「ユタ、ヴェガス、コロラド」

「くそ！」反射的に口をつく。幸いマーカスはそうしたことに目くじらを立てるタイプじゃない。俺は両手で頭を抱え、目を閉じ、五つ数えた。もう一度。そして、自分の選択肢について考えた。

オーケイ。アリゾナとカリフォルニアの三拠点はすでに埋まってしまった。空いている三つのうちでは、コロラドがベストな選択肢だという気がする。だが、せっかく断ち切った過去へと逆戻りすることになるのは嫌だ。ユタは美しい州だが、同性愛者として堂々と生きていくには不向きなように思えた。勝手な思い込みなのかもしれないが。もしかしたら、想像しているよりは受け入れてもらえるかもしれない。だが、危険を冒したいとは思わない。

そして、残るはシン・シティ(ラスヴェガス)か。

「今すぐ決めなくてもいいんだ、ジョン。週末にゆっくり考えてくれ。月曜日までに決断してくれればいい」マーカスが言った。しかし、二日ぽっちで決断の辛さが軽くなるとは思えなかった。

少し朦朧としながら家路についた。これで胸のつかえがとれるじゃないか――そう自分に言い聞かせながら。ヴェガスも悪くはないだろう。ここ数年、何度も足を運んでいるし、少なくともある程度は土地勘もついている。どこで食事をすればいいか、とか。だがどのレストランも値段が高く、コールの料理のほうが断然いい。買い物も、まあ面倒だが便利ではある。男とやりたいときにどこへ行けばいいかもわかる。でも今は、もう二度とそんな場所に行きたいとは思えない。

コールになんて言えばいいのかわからなかった。そしてもっと重要なのは、コールがどう反応するかわからない、ということだ。怒るかもしれない。「遊びに行くよ」と言うかもしれない――コールにはそういう余裕はある――そして世界中を飛び回る彼にとって、俺はただの「友人」に過ぎなくなるんだろう。さっさと俺に見切りをつけ、後釜を探すかもしれない。そうなったらいったいどうしたらいいんだ――？

電話では忙しいと言っていたにもかかわらず、家に帰るとコールの車がドライブウェイに停まっていた。もちろん驚かなかった。いつものようにコールは裸足で野菜を刻んでいる。この数日、コールのことばかり考えていたが、彼に会えた喜びは、近い将来フェニックスを去らなければならないことへの不安にとって代わっていく。

背後から腕を回して言った。「やっぱりそんなに忙しくないんだな」腕の中でコールは固まっていたが、逃れようとはしなかった。

「きみを入れてやってもいいいと思ってさ」

コールの腹から股間へと手を伸ばし、首の後ろの蝶に唇を寄せる。「その言葉に何か別の意味があるといいんだけどな」俺の言葉にコールが笑う。

「可能性はあるね」コールが俺を押しのける――いつものように。「夕食後だ」

彼に料理を任せ、シャワーを浴びて荷解きをした。シャワールームにコールのイチゴシャンプーのボトルがあって、思わず笑ってしまう。蓋を開けて匂いを嗅いだら、それだけでとても幸せな気分になる。マーカスとの会話を思い出し――胸が痛んだ。

浴室から出ると、エトゥフェと思われる香りが漂っていた。コールの好物で、そうなるとワインはリオハのクリアンサだろう。匂いにつられてキッチンへ行くと、やはりそうだった。ワインはすでに開いていた。もう一度キスしたい衝動を抑えながら、グラスにワインを注ぎ、ベッドルームに戻って荷解きをすませた。

グラス半分ほど飲み干したところで、それがザックの好きなスペインの赤であることに気がついた。俺は胸の疼きが来るのを待った――それに続く後悔と、そのあと必ずやってくる憂鬱な気分を――。だが――。

何も湧いてこない。

十年来ザックを想い続け、ずっと手放すことができなかった小さな喪失感。それがついになくなってしまった。驚きだ。残っているのは懐かしい想い出だけ。これまで何年ものあいだ、「ああだったかもしれない、こうだったかもしれない」と後ろばかり向いてきたのに、もうどうでもよくなってしまった。それは啓示のようでもあった。

圧倒的な解放感。めまいがしそうだ。

本当の意味で、自分が「家（ホーム）」にいるような気がした。コールがそばにいることで、たまらなく幸せだった。

これだ――これなんだ。

だが次の瞬間、腹にパンチを食らったように落ち込む。この幸せがずっと続くわけじゃないのだ。近い将来、この州から引っ越すことになる。そうしたらどうなってしまうんだ？

「やれやれ」コールの声が響く。「そこから出てくる気はあるわけ？　それとも一人で食わせる気？」

素直に「料理ができたよ」なんてコールは死んでも言わないだろう。いつもひねくれたせりふで俺をやりこめようとする。そのたびに笑ってしまう。「ちょっと忙しいんだよな」俺もふざけて乗る。

「そうかい、ラヴ。僕のために奉仕してよ」

もちろん全然忙しくなかったので、ダイニングルームでコールと食事をした。料理はいつものように素晴らしく、ラスヴェガスのマンションで彼が初めてエトゥフェを作ってくれたときのことが思い出された。胸の温まるようないい思い出――だが俺はもうすぐ、そのラスヴェガスに引っ越すのだ。

そして、そこにコールはいないのだろう。

「何があったのか言うつもりはないわけ?」コールにそう言われて驚く。「一晩中座ってグダグダ悩んでいるつもり?」

こんなふうに不機嫌な子どもの尻を叩くみたいにコールに叱られても、つい微笑んでしまう。

「そんなに俺はわかりやすいか?」と聞いてみた。

「透け透けだよ。クリスタルみたいに」

どうやって伝えようかと一瞬悩んだが、結局、選択肢はそんなになかった。ありのままを言うしかない。「会社でリストラがあって、異動を命じられた」

コールは何も言わなかった。何の反応も見せず、彼のすべての動きが止まる。「いつから知ってたの?」ようやく口を開く。

「可能性があるってことは何ヵ月も前から知っていた。でも、今日まではっきりとはわからなかった」

コールはしばらく考えていたようだが、凍りついたような態度が急に消え、完全にいつものコールに戻る。「どこに行くの?」

「コロラド、ユタ、ヴェガスから選べる」

「コロラドを選ぶんだな」

「いや」

「なぜ？」コールが驚く。「きみは以前そこに住んでいた。当然の選択のように思えるけど」

「それはそうなんだが……」なんと言えばいい？　ザックのことは話したくない。「コロラドは俺にとって過去の街なんだ。戻りたくない」

コールの瞳を見つめる——理解してくれたようだ。そればかりか瞳が喜びに輝いている。懸命にそれを隠そうと、目の前の皿にさっと視線を落とすが——それでも俺にはわかった。

「ヴェガスかユタか。どっちにするんだ？　シン・シティかザイオンか」

「ヴェガスになるんだろうな」

「いい選択だよラヴ」コールが言う——長い前髪で瞳を隠しながら。出会ったころのコールがよくこんなふうにしていた。最近じゃ、少なくとも俺にはそんなそぶりを見せていなかったのに。

「ベーコン食べ放題って、〝永遠の救い〟よりいいよね」

その晩はもう、そのことについては話さなかった。コールは休みなくとりとめもない話を続けた——深刻な話題を避けるみたいに。それからいつものようにソファで——俺の隣で眠ってしまった。コールを起こすと、俺のあとからベッドルームに入ってきた。そしていつも眠る側からベッドにのぼった。二人がセックスをしたあとなら、それは普通のことだ。だが、俺が戻ってきた最初の晩に、コールがこんなふうになるのは珍しかった。コールには何も押し付けたくなかった。俺は自分の側に入り、電気を消した。

しばらく静かな闇の中に横たわっていたが、息遣いや不自然な静けさから、コールが眠っていないことがわかった。

「行きたいの？」ようやく聞いてきたか。

「いや」

「でもきみはそうするだろう」それは質問ですらなかった。

「ほかに何ができる？」

コールはしばらくの間、黙っていた。彼の顔を見て、考えていることが何か少しでもわかればいいのに。だがコールはこの会話をするためにわざわざ今まで待っていたのだ。そうすれば、俺に見せずにすむから——彼が隠しておきたい何かを。

「わからないよ、ラヴ」ようやくコールが言った。「きみが教えてよ、ほかに何ができる？」

「何も」

「断ればクビになるとか？」

「いや」

「クビにならない？　じゃあ何が問題なの？　行かなくたっていいじゃないか」

「行かないと降格することになる」

コールはしばらくじっとしていたが、いきなり、体を起こした。そして俺の腰にまたがり、見下ろしてくる。だが、暗闇のなかでは俺の表情など見えるわけもない——コールの表情が俺には見えないのと同様に。

「お金を失うってこと？　そういうことなの？　減給されると生活できなくなるわけ？」

「違う！」コールと金の話をするのは嫌いだ。とんでもなく裕福なせいなのだろう、普通の人がどれくらいの金を持っているかについて、妙な勘違いをしている節があった。億万長者でない者はみな、路上で得たわずかな小銭で生活しているとでもいうみたいに。俺は苛立ちながら言い返した。「金は充分に持っている。それは関係ない」

「じゃあ何なんだよ、ラヴ。僕に理解させて。なぜ、そう言われたからってやりたくもないことを選んでしまうわけ？　どうして自分が幸せになれる選択肢を選ばないの？」

「九年間この会社で必死に働いてきたのに、降格するなんて」

コールは俺にまたがったまま完全に動きを止め、しばらくこちらを見下ろしていた。そしてまた、転がるように離れてベッドの自分サイドへと戻ってしまう。暗がりで、コールが俺に背を向け、顎まで布団をかぶっているのがぼんやり見えた。

「それだけか？」イラつきながら聞く。「ほかに言うことはないのか？」

コールはため息をついた。「きみは壁に映った影を本物だと思ってるんだよ。どうしたらきみを振り向かせて光を見せることができるのか、僕にはわからない」

「一体全体何の話だ？」

「何でもない。おやすみ」

その夜はほとんど眠れなかった。コールを起こして、話をさせたかった。コールと愛し合いたかった。抱きしめたかった。でも、いつものようにコールの「壁」を尊重し、彼を眠らせた。朝を迎えても、二人は堅苦しく、ぎこちないままだった。

こんなのは間違ってる——。ただただ悲しかった。これまで築き上げてきた八ヵ月が、なかったことのようになっている。ただの他人になってしまったみたいだ。

朝食後、コールはシャワーを浴び、俺はベッドに座ってコールが髭を剃って服を着るのを眺めていた。コールは黙ったまま警戒した目でこっちを見ていたが、しびれを切らしたのか、ドラマチックなため息をついた。「やれやれ。拗ねてないで言いたいことがあれば何でも言ってみなよ」

その不愛想な物言いに、思わず微笑む。「コール、どうしても知りたいんだ——」そこで言い淀んだ。自分の心中にある問いをどう切り出せばいい？　コールは答えてくれるのか？　仮に答えたとしても、それは俺が望むような答えなのか——？

「何が知りたいわけ？」

コールの目を見ることもできなかった。からかいの色が浮かんでいるに違いないと思ったからだ。代わりに足元の床を見下ろす。「俺が異動したらどうなるのか知りたい」

返事がない。流れていく時間が——痛い。そして長い。コールはその場で固まっている。やっぱりコールの目を見るのが怖かった。だから彼の素足を見つめた。部屋は完全に静まり返り、その静寂は永遠に続くかのようだった。今の話は忘れてくれ――そう言おうかとさえ思い始めた。だがようやくコールが近づいてきた。頭の後ろにコールの指が触れる――羽根のように軽く。その指が俺の髪をかき分けていく。

こんなふうにコールに触れられるなんてめったにないことだった。知らず、喉もとに何かこみあげてくる。

「わからないんだ、ラヴ」コールが口を開く。「僕にわかる唯一のことは、僕はここに住んでいるということ。ヴェガスもユタも簡単に行ける。でもフェニックスが僕の家(ホーム)だ」

俺はコールを見つめ、その瞳に救いを見出そうとしたが、コールはしっかりと壁を築いていてしまっている。何も見えない。

「俺にここにいてほしいか？」

「お願いだから、これを僕のことにしようとしないで。きみが行くにしろ留まるにしろ、それはきみが望むことでないといけない」

「助けになってない。お前は何を望むのか言ってくれ」

「正しい選択をしてほしい」

コールの指が髪から離れ、いつものようにコールが離れていく。

「僕にはきみを助けることができない、ジョニー。自分自身で解決するんだ」

父とランチをすることになり、コールを誘ったものの、断られた。レストランで父に会った。父はバスケットボールの話をし、俺が街にいれば一、二週間先あたり、試合に連れていってくれると言った。主治医に会うのに三週間も待たされたこと、この十年来通っていた床屋が引退したこと、職場から休暇を取れと言われているがどこに行けばいいのかわからないことなどを話した。その間俺はずっと、ヴェガスのことを考えていた。

その言葉を口にする勇気を出すのにしばらく時間がかかった。今まで一度も言ったことがない言葉だからだ——十六歳を過ぎてからは一度も。そして、ヘルスクラブに入るべきか話し続けている父を遮った。

「父さん。アドバイスが必要なんだ」

父はしばらくこちらを見つめていた——ぽかんと驚いた顔で。

「本当に?」ようやく冗談めかして口を開く。「黙示録の予言の日がすぐそこまで迫っているのか?」

ちょっと笑ってしまう。「俺の知る限りではないね」

「よかった。人生でもう一回くらいはセックスしたいからな」

ちょっと待て——何だこれは? 今まで一度も聞いたことなんかないぞ、親父のそういう話は。自分でも赤面するのがわかった。父がまた何か言い出す前に急がないと。

「会社でリストラがあるかもしれないと言っただろ。何ヵ月もかかってやっとまとまったんだけど、決断しないといけない」

「お前の選択肢は？」

「多分異動になる。ユタかヴェガスか選べる」コロラドのことは言いさえしなかった。「でなけりゃここに残って降格を受け入れるかだ」

「ユタかヴェガスか。うれしい選択じゃないな」

「まあね」

「簡単なことだ、ジョン。引っ越したいか？」

「いや」

「それならやめておけ」

おいおい、俺の全人生だぞ。たった一つの質問でそんなふうに結論づけられるのか？　そんな簡単なことじゃないだろう。

「俺は一生懸命働いてきたんだ、父さん。この会社で九年、一からやってきた。降格されるがままになれ――って本気で言ってる？」

「『されるがままになる』ということではないよ、ジョン。お前が決めることだ」

父はしばらく黙って俺が返事をするのを待っていたが、何と言ったらいいのかわからなかった。疲れ果て、打ちのめされたような気分だ。家に帰ってベッドにもぐり込み、すべてが終わるまで眠り続けたい。

「ジョン」ようやく父が口を開く。「お前の選択は、お前の幸せかプライドか、これに尽きると思う。プライドに支配されるのもいい。プライドに支配されて、ここでの人生を棒に振って、次の昇進を目指すか。それとも、そんなことは忘れて、自分が幸せになれることをするかだ」

父は肩をすくめた。「私はお前にいてほしい。でも、それは私のためじゃない」

俺は父の顔を見ることもできなかった。テーブルに視線を落としたまま口を開く。「フェニックスから出たいとは思わない」

「コールはどう考えている？」

俺は目を閉じ、頭と心に渦巻く混乱――いろんな思いを遮断しようとした。

「あいつは言わないんだ」

一瞬の沈黙ののち、父が静かに言った。

「それはいい」

「それがどういいわけ？　父さん」カチンときて聞き返す。「少しも助けになってない」

「彼は、お前の気持ちや自分の気持ちを利用して、お前を思いどおりに動かそうとしたりしていないってことだ。お前が自分で選択できるように考えているんだよ」父がまた肩をすくめる。

「それは賞賛に値すると思うね」

「コールと離れたくない」

やっと口に出せた。

それで、自分でもよくわからなかった重荷が肩から落ちた。そうだ、認めないといけない。コールと離れたくない——それがいちばんの理由なんだ。口に出して言えたことで驚くほどほっとする。

「そんなに真剣なのか?」

「いや、そこまでは。でも俺は今、正しい道に立っているような気がするんだ。長い間、そんなふうに感じたことはなかった。それがどこにつながるのか、見届けたい」

父は目をそらし、空をぼんやり見ている。

「そんなに悪いことかな?」

父はため息をつき、こっちを見た。「いいや」父の声は優しかった。「間違っていない。お前が彼のためだけに残るというなら、愚かな選択だと言ったかもしれない。でも、ここはお前の家だ、ジョン。私は——」父はそこで言葉を切り、テーブルに視線を落とす。「——私にはお前しかいないんだ、ジョン。お前に去っていってほしくない。だが、私のために留まることはできないともわかっている。もし残るなら、お前自身のために残れ。重要なのは、もし去るなら、お前自身のために去れ、ということだ。会社の連中が行けと言うから——というだけで、ここでの人生を棒に振ってはいけない」

「どう判断したらいいのかわからないよ」

「そんなに考えるのはやめなさい。お前は論理的に考えようとしすぎているが、理屈じゃ割り切れないものもあるんだ。まあ、お前にとっては理性に反することなんだろうが」――父はまた肩をすくめた――「私からのアドバイスは、考えるのをやめろということだ。正しいと感じる選択肢を選びなさい」

「まさにコールが言ってたことだ」

父は頭を振って微笑んだ。「やっぱりあのフルーツケーキが好きかもしれん」

驚いたことに、帰宅してもコールは家にいなかった。週末は一緒に過ごすものと思っていたのに。

携帯に電話をかけると、第一声からして警戒モードだ。「ハロー、ラヴ」

「夕食までには来るのか？」

「いいや」

「じゃあ、明日は？」

「ダメだ」

「コール、怒ってるのか？　すまない、もし――」

「ハニー、怒ってないよ」

「じゃあ何なんだ？」

「マーカスには月曜に決断を伝えるの？」

「ああ」と答えた。今夜の夕食と関係あるかはわからなかったが。

「もしよければその日、帰るころに待ってるよ」

「なぜ今夜は会えない？」

「きみを助けられないからだよ。きみがそうしてほしいのはわかる。でもできない。何が正しいか自分で決めるんだ」

「でも、コール――」見捨てられたような気がしてそう言ったが、すぐに遮られた。

「きみの決断がどうであれ、二人で対処しよう」コールが静かに言った。

　俺はため息をついた。もっと言葉がほしいところだが、最後のひとことを聞いて気が楽になる。そう、俺たち二人で解決するのだ。

「わかったよ」

「ワインを用意して待ってる。ボロネーゼを作ろう。きみがどれだけ好きか知ってるからさ」

　思わず笑みがこぼれた。本当に大好きな料理なのだ。「デザートはすっかりご無沙汰してるよね」その声にからかうようなトーンが戻ってきたのはよかった。「月曜から夜ふかしだぞ」

俺は笑った。「俺がそうしたいとでも?」

午後から日曜日にかけて、家でずっと落ち着かない気分のまま過ごした。四時ごろ、とうとうジュリアに電話をした。

「付き合ってくれるなら、ビールとピザをおごる」俺は言った。

「断れないオファーね」ジュリアが笑う。「一時間で行くから」

俺たちはリビングルームのコーヒーテーブルにビールとピザを置き、話をした。ジュリアは夫の仕事のこと、子どもたちのことを。上の子は演劇部、下の子はサッカー部、真ん中の子は何もしていないようだった。それからカリフォルニアにいる兄のトニーのことを話した。トニーはどんな男にも誠実でいられないくせに、なぜそいつが自分を捨てたのか理解できないのだという。ジュリアはコールのこと、最近観た芝居のこと、仕事のことを聞いてきた。そして最後に、「それで、何が気になってるの?」と言った。

「なぜわかる?」彼女は答えようともしなかった。ビールを飲み干すと、もう一本開けた。俺は悩みを打ちあけた。「コールや親父は正しいと思うことをしろと言うだけだ。どうしたらいいかわからない」

ジュリアは長い間じっとこっちを見ていた。詮索するような視線に――居心地が悪くなる。「私が言えるのはこれだけよ、ジョン」ジュリアがようやく口を開く。「この三時間ずっとお喋りしてきたけど、コールの名前を口に出すたび、あなたは微笑んでいた」コールと聞いて頬がゆるむ――そう、ジュリアは正しかった。「そして『ヴェガス』と言うたびに――」自分でも、笑みが消えたのがわかる。「そう、そんなふうに笑うのをやめた」ジュリアは肩をすくめた。「とても簡単なことよ」彼女がビールを置き、立ち上がった。

「行くのか？」

「もう帰らないと、ジョン。でも夕食をありがとう」

「どういたしまして」

「決めたら教えてね」

ジュリアが出ていき、俺はその場に座り込んだままジュリアが言ったことを考えた。あまりにも単純すぎて、決断の根拠とするには馬鹿げているように思えた。でも、ジュリアの言うとおりなのだ。ヴェガスに引っ越すという考えは、週末中ずっと俺の胃をきりきり痛めつけた。そのことを考えるたびに、胸が締めつけられる思いだった。

ソファによりかかり、目を閉じた。そして初めて本当に、目の前の選択肢について考えた。降格という汚名に惑わされるのではなく、仕事そのものについて考えたのだ。

俺はジュニアリエゾン・アカウントディレクターとして、フェニックスのオフィスから、各現場にいる社員のサポートをすることになる。電話などの連絡は営業時間内だけ。給料は下がるが、さほど大きな変動ではない。出張も減る。

そこで一瞬、思考が止まる。

出張が減るんじゃない。ほぼなくなるのだ。胸のつかえが取れ始めた。

つまりほとんど家にいることになる。劇場のチケットもジュリアにあげたりせず、自分で使うことができる。父ともっと一緒にいられる。父も喜ぶだろうし、それは俺にとって大切なことだ。出張しないということは、普通の生活に戻れるということだ。スーツケースで生活することもない。もしかしたら、また猫を飼えるかもしれない。

コールは？

自分でも笑ったのがわかる。

そうだ、そして、コールもそこにいて、できれば俺が家に帰るのを待っていてほしい。

金曜日に出張から戻ってきて、荷解きしていたときの気持ちを思い出していた。久しぶりに家に帰り、コールがキッチンで夕食を作っているのを見ると、とてもいい気分だった。今でもよく覚えている。あのときこう感じていたのだ――これこそ俺が求めていた生活だ、と。

ジュリア、父、コール――彼らがずっと言っていたことだ。本当に簡単なことだった。

月曜日の朝、気分よく出勤した。マーカスに自分の決意を伝えた。彼は驚いていたが、問題ないと言ってくれた。しばらくは、これまでどおり出張することになる。でも、今ではトンネルの先に光が見えている。それは、救いの光に見えた。

仕事が終わって家に帰ると、コールが裸足のままキッチンで待っていた。俺は自分の決意を伝えた。コールはすぐに顔を背けたが、その顔に安堵の色が浮かんでいるのを見逃さなかった。夕食なんてどうでもいい。俺はコンロの火を消した。そしてコールの手を取り、ベッドルームへと導く――。

そして、そのすべてがしっくりきたのだった。

1月24日
差出人：コール
宛先：ジャレド

結局、ジョナサンは引っ越さないようだ。その言葉を聞いたとき、どれだけ安心したことだろう。そして、安心したことが、僕を怯えさせた。

一週間後、コールが街を離れると聞いて驚いた。いつものように仕事を終えて家に帰ると、彼がキッチンで料理をしていた。二人で楽しく夕食をとり、俺が皿洗いをし、コールがソファで本を読んでいるあいだに仕事を片付けた。そしてベッドルームで愛し合った。そのあと、暗闇のなかでいつものようにベッドの反対側に横たわっているとき、コールが言ったのだ。

「明日ニューヨークに発つよ」

「なんだって？　どうして？」

「いつものことだよ、ラヴ。それだけ」

「どのくらい？」

「本当にわからないんだ。一週間くらいかな。二週間かも」

ニューヨークに滞在しているあいだ、ラウルと会うつもりなんだろうか——。苦い気持ちが込み上げ、そう尋ねたい衝動にかられた。

「感謝祭の前から数日しか一緒に過ごしていないんだぞ」泣き言を言っているように聞こえないといいんだが。「いま行かなくちゃいけないのか？」

「うん、まあ」その声には何か違和感があった。ああ本当に、コールの顔が見えたら——。だがいつも消灯時間を待って、こういう話題を持ち出すのだ。

「大丈夫か？」

「もちろん」とコールは言ったが、俺はその言葉を信じなかった。

翌朝、起きるとジョギングに出た。家に戻るとコールはいなかった。さよならも言わずに出ていった。俺は傷つかないようにした。怒らないようにした。ラウルと一緒にいるところを想像しないよう努力した。最初の二つはいくらかうまくいったが、最後の一つはまったくもって無理だった。なんて馬鹿なんだ——何度も何度も自分を罵った。自分たちの関係を唯一無二みたいに考えるなんて——。そんな設定はもとからなかった。ほかにたくさん恋人がいることは、会ったその日から知っていた。それなのに、なぜ今になってこんなに気になるのだろう。

付き合い始めてからだいたい九ヵ月。最初の二、三ヵ月は、俺もまだときどきほかの男と会っていた。コールはよく街を離れていて、いつ帰ってくるかわからなかった。それはそんなに大したことじゃなかった。でも、夏のある時期から、ほかの男に会うのをやめてしまった。別にコールを独占しようと思ったわけではない。誠実さを装ったわけでもない。ただ、コールとの関係が心地よかっただけだ。快適で、刺激的で、それまでの気軽な遊びよりずっと充実していた。ほかの相手を探そうという気にもならなかった。コールはいずれ戻ってくると思っていたし、俺は待つことにした。とてもシンプルなことだった。

だが、ほかの選択肢もあることを思い出した。クラブに行くこともできる。バスハウスに行くこともできる。その気になりさえすれば、ほかの誰かとセックスできないわけじゃない。夜の街に繰り出して見知らぬ誰かを選び、互いの脳みそをファックし合う。コールのことを忘れるには、まさにそれが必要だ。シャワーを浴びるたび、自分に言い聞かせた、「今日はコール以外の誰かとセックスするぞ」と。

だが一度もしなかった。

自暴自棄になっていると思われるのが嫌で、コールに電話をするのも控えた。彼もまた電話をかけてこなかった――街を離れているときのコールは、たいていいつもそうだったが。それでも電話が鳴るたびに、コールであってほしいと願わずにはいられなかった。

マーカスから「次の月曜日からラスヴェガスへ行ってくれ」と言われたのは、コールがいなくなって一週間たったころだった。七日から十日は滞在することになりそうだ。馬鹿みたいだが、ちょっとしたジレンマに陥った。コールに居場所を知らせるのが礼儀なんじゃないだろうか、いや、コールが俺と距離を置こうとしているのは明らかだ、そんなときに自分の居場所を知らせるのは情けないんじゃないか――。ラスヴェガスでの二日目、決心してコールにテキストメッセージを送った。「ヴェガスにいる」――それだけ。

一週間が長かった。改めて気づいた――自分がどれだけヴェガスを嫌っているかを。どれだけクライアントが嫌いかを。そしてどれだけ自分の仕事が嫌いかを。降格が決まって家にいられるようになる日を心待ちにするようになった。金曜日は遅くまで仕事をし、翌日の早朝にまたクライアントと会う段取りをつけた。帰宅したのは八時過ぎだった。

　マンションに入った瞬間、何か変だと思った。それが何なのか、自分でもよくわからなかった。ただ、違和感があった。いや、違和感と言うより何か——しっくりくるような感覚だった。部屋に入るなり立ち止まり、周囲を見回した。すべてが——正しいところにおさまっていた。コーヒーテーブルの上にはワイングラス、ソファの上にはフランス語の本、ドアのそばには靴。うれしさがこみ上げるが、即座に自分を戒める。俺がこんなにうれしいのは、ラスヴェガスでの最後の数日間をより楽しく過ごせるからだ。それ以上のことじゃない——と。

　ベッドルームに入ると、コールはちょうどシャツを脱いでいるところだった。こちらに背を向けている。コールを見ただけで、脈拍が速くなる——自分に嘘はつけない。「ここで何してる？」俺が尋ねると、コールは飛び上がった。

「嫌だなあ、ラヴ、そんなふうに忍び寄らないでよ！」そう言って顔を背けるが、きっと顔が赤くなってるのを見せたくないんだろう。「シャワーを浴びるつもりだったんだ」

「ニューヨークにいると思ってた」

「そうだった」コールが言った。まだこっちを見ない。「電話をするべきだったってことはわかってる。こんなふうに押しかけるなんてひどく無作法だよね」

　コールに近づくと後ろから腕を回した。腕の中でコールは体を張り詰めていたが、押し退けたりはしなかった。コールの絹のような髪に顔を埋め、香りを吸い込む――そう、この匂いだ。

「無作法かどうかなんて気にするやつでもないくせに。俺が気にしないのもわかってるだろう？　もし気にしたとしても、お前はやめたりしないだろうしな。むしろ俺を困らせるためにやるんじゃないか？」コールはまだ俺の腕の中で体をこわばらせていたが、逃れようとする気配はない。髪にキスをした。「どのくらいいられる？」

「まだわからない。きみがここにいる限りかな。僕は――」

コールが躊躇しているように聞こえた。それはまったくコールらしくなかった。

「――きみに会いたかった」ようやく彼が言った。そう言ったコール自身がいちばん驚いているようだった。

「よかった」と、息を吐く。「俺はちっともさびしくなかったけどな」

「二時間くらい前に来たんだ。ここにいると思ってた。心配してたけど――どこかに出かけたかもとかバスハウスに行ったんじゃないかとか、もしかして――」コールが言葉を濁す。言わずにおきたかったことまで言いそうになってしまったみたいに。

お前以外は欲しくないんだ――そう打ち明けようかとも思ったが、馬鹿げたことみたいに受け取られるんじゃないかと思うと怖かった。その代わりにこう言った。「遅くまで仕事をしないといけなくてね。うまくいっていないんだ。明日は朝七時までに戻らないと」

俺の腕の中でコールが顔を上げ、こっちを見る――頬を赤らめたまま、甘えるみたいに。

らいいんだが。

「ニューヨークは全然楽しくなかったよ」

コールに顔を近づけ、下唇を軽く吸う。「ラウルはどうなんだ？」なるべく明るく聞こえた

コールが首に腕を回してくる。「言っただろ、ラヴ」俺の唇に囁く。「全然楽しくなかった」

俺たちはキスを交わした。コールはフルーティーで甘い味がする――たぶん五ドルのあのワインの味だ。ますますキスしたくなる。

コールの手が俺のベルトに触れるのを感じ、そっと遠ざけた。そしてコールの顔を両手で包み、再びキスをした――あまり押し付けないように、そしてコールのほうでどこまで深く攻めてくるかを決められるように――俺は少しでも長くこうしてコールを味わっていたかったが。

コールのほうからもキスをしてきたが、また、ベルトに手を伸ばしてくる。俺は彼の手首をつかみ、固定した。こちらを見上げてくるコールの目は大きく見開かれ、慄（おのの）いていた。

「そんなに焦ってるのか？　それともまた俺に押さえつけられたいのか？」

コールの体がこわばり、息が震える。「うん」

思わず微笑んでしまった。彼の手首を強く握って軽くキスをする。「その『うん』は、どっちの意味だ？」唇を優しく嚙む前に、囁くように尋ねた。コールが柔らかな呻き声をあげ、体をすべて預けてくる。細い両手首を片手でつかんだ。もう片方の手で彼のボトムスのボタンを外す。中に手を入れると、絹みたいなブリーフの布の上から彼の膨張したペニスを擦った。

「どうなんだ?」またも唇に囁く。「どっちだ」

コールは笑いにも似た荒い音を立てた。「両方」

コールを乱暴にベッドに押し倒すと、素早く俺の首元のネクタイを引き抜いた。コールにまたがり、自分の体でコールの体を押さえつけ、彼の片腕をヘッドボードのほうへと引っ張る。

「ネクタイ?」コールの声は息が乱れて掠れている。「それって〝いかにも〟じゃないかな、ラヴ」

コールの片方の手首にネクタイの端を結び、そのままヘッドボードの支柱の一つにネクタイをくるりとひと回しする。

「そうかもしれない。だがとても効果的だろう?」

コールのもう片方の手をつかみ、ヘッドボードに近づける。そしてネクタイのもう片方の端を手首に巻き付けた。両手の間には三十センチほどの長さのタイがあり、それがヘッドボードの枠に輪になって絡まっている。コールが少し身動きできるくらいの余裕はあったが、俺のほうに向かってくることはできない。

俺は立ち上がり、スーツを急いで脱いだ。コールは黙って見ている。目を見開き不安そうにしていたが、ブリーフの膨らみが、コールもまた興奮していることを物語っていた。コールのボトムスを脱がせ、彼を見下ろす。こんなふうに拘束しておけば、やりたいことが好きなようにできる——もちろん常識の範囲内だが——そう考えるだけで信じられないほどぞくぞくして

くる。何も乱暴なことや支配的なことをしたいというわけじゃない。ただコールに触れ、キスをする時間をもっと増やしたいだけだ。

前戯を多く楽しむためにパートナーを拘束しなければならないやつなんて、そうそういないのかもしれないが。

コールにまたがり、大きな瞳を見下ろす。「さて」興奮で声が割れる。「お前をこうして縛っている今、どうしてやろうか？」

コールが両脚を絡めて俺の体を引き寄せようとする。「ファックして」コールの囁きに俺は笑った。

「せっかちだな。だからこんなことになったんだろ？」じらすように言う。

「お願い」コールがすり寄ってくる。

「まだだ」コールの首筋に唇を這わせる――それから耳に。コールの腰を撫でながら。俺の手のひらが、コールの体にぴったり吸い付く。そのまま脇腹をさまよわせると、コールが息を詰める。舌で彼の耳をなぞった。腹を軽く触っていた手をゆっくり動かし、乳首を掠める――コールが喘ぎ、体をすり寄せてくる。それから指を下に――彼の腰の上に戻した。そのまま尻のほうへと手を差し入れる。尻もまた手のひらにぴったりと馴染んだ。コールを強く引き寄せると、コールがそれに応えて少し喘いだ。「どうしてほしい？」

コールが目を開けて見上げ――俺は凍りついた。一気に不安になる。コールが怖がっているように見えたのだ。

「大丈夫か?」真剣に聞く。「うん」コールはそう言ったものの、声が震えている。

「外そうか?」

彼は首を横に振った——微かに。「いや」

「いや外そう」と言いながらネクタイに手を伸ばそうとすると、コールが脚で締め付けてくる。

「だめ」彼が囁く。「キスして」だが俺はためらっていた。コールの瞳に浮かんでいた恐怖、あれは何だったんだ? 「お願い」コールが言う。「この前みたいに」

応じないわけにはいかなかった——コールとキスを交わすことを何より愛しているのだから。彼のリビングルームの床で交わしたあの日以来、充分にキスすることができないでいた。コールの望みどおり、ゆっくりと唇を舌で味わい、吸い、優しく口づけた。この間みたいに、長い時間、互いの唇を重ねながら。コールの反応は驚くほどだった。唇を赤く腫らし、体を大きくのけぞらせ、喘ぎとも叫びともつかない声をあげる。興奮で熱くなる。キスをしながら体を重ね、彼の絶え絶えの喘ぎを聞くだけで達してしまいそうだ。

口を使ってもっと悦ばせようと、腰のほうへ頭を動かすが、コールがまた両脚で締め付けてくる。「ダメ。そっちじゃない」

「わかった」首筋に口づける。「今すぐやってもらいたいか?」耳元で囁く。

「構わないよ」とコール。「きみがここにいる限り」

『ここにいる』――俺がコールにキスをしている状態である限り、という意味だとわかった。アナルセックスには進みたくなかった。コールとのセックスを楽しめないというわけじゃない。それどころか間違いなく楽しめる。だがコールとは、セックスは単にセックスでしかなかった。緊密な感じがしないのだ。今はそういうふうにはしたくなかった。ベッドの横の引き出しに手を伸ばし、ルーペを見つけた。だがここでちょっとした問題が起きた。行為を続ける間、ずっとコールに触れていたかった。少しでも離れると何となく何かを失ってしまうような気がしたのだ。コールを今のままにしておきたかった。セックスに向かうよりむしろ、コールに触れて体の隅々まで味わうことのほうが大事だった。片手でチューブを扱いながら、全力でコールの首に、唇にキスをした。スクリューキャップじゃなくフリップトップでよかった――やっとのことで指の上に絞り出すことができたが、その途中で彼の尻にもべとっと付いてしまう。

「一体全体何やってるんだよ」コールが息も絶え絶えに憤るので、つい笑ってしまう。

「ちょっと待て」俺はコールの唇を嚙み、また口づける。コールの喘ぎ声はもっと大きくなり、両脚はさらにきつく絡み付き、体をぐいぐい押し付けてくる。「解放してくれ」静かに言うと、コールが低く唸る。

「いやだ」

もう一度キスをする。「わかった」

快感に喘ぎながらも不満を滲ませるコールに、また笑ってしまう。ようやくコールの両脚から解放された。

「よかった」と囁く。俺はまだ彼の脚の間にいたが、コールは両膝を曲げてベッドに足をつけると大きく広げた。その一方の片足をベッドに平らになるよう押し下げ、俺の脚の間に挟む。自己満足のためだ。そうしておけば、キスをしながら自分の疼く勃起をコールの太ももに擦り付けることができる。それから、彼の入り口にぬるぬるした指をあてがい、そっと押してみた。

コールが呻き、目を閉じる。首筋にキスをしながら、彼の縁を指で小さな円を描くように擦り、弄った。そしてゆっくり――とてもゆっくりと――彼の中に指を押し込む。コールが喘ぎ、弓なりに体を反らせる。「ああ……」もう少し深く押し込んだ。彼は激しく喘ぎ始め、手首を縛っていたネクタイを引っぱって、俺の手のほうへと近づけてくる。コールはもうキスもできないほどだった。俺は彼の赤く腫れた唇をそっと噛んだ。

「こんなふうに――」俺は低く囁く。さらに彼の中へと押し入り、ゆっくり指を出し入れさせながら硬く膨れた彼のものを手で摩った。「――こんなふうにお前を行かせたい」

「ああ――ラヴ――早く――」息を切らし、コールが喘ぐ。

切迫したその声を聞くだけで、ほとんど達しそうだ。ゆっくり優しくなどしていられない。もう片方の腕をコールに強く巻き付ける。そして首筋を噛んだ。指をさらに奥へと押し込み――その場所を見つけ――そっと押し、自分自身を彼に押し付けた。コールは大きく泣き叫び、隣人にも聞こえるような声を張り上げた。かまうものか。コールのその部分が俺の指を締め付け——もう一度高く叫ぶと、俺もまた激しく達し、激流が二人を押し流していく。コールを強く抱きしめる——。

俺たちは震え、息を荒げ、このときばかりは、ただコールをずっと抱いていることができた。いつもはすぐに離れてしまうから、こうしてずっと長くコールに触れ、彼の匂いを嗅ぐことができるだけで満ち足りた気持ちになる。

コールがここにいてくれることが、とてもうれしかった。コールが帰ってきてくれてよかった——絶頂に震えながら、そう思った。そして彼の首にキスを始めると、コールが震え、ほとんど笑いながら、「手首」と言った。

俺も笑ってしまった。コールを縛ったままだということをすっかり忘れていた。結び目を解こうと手を伸ばす。片方しか解けなかったが、自由になった途端、コールが俺を突き放した。

あまりがっかりしないよう、自分に言い聞かせる。それがコール流の「ことが済んだら壁を作る」というやり方だからだ。彼はベッドの端に素早く座り、両膝に肘をつくと、頭を両手で抱えて顔を隠した。コールにそっと腕を回す——彼がそれを許してくれたことに驚きながら。

コールは震えていて、まだ息が荒かった。コールの頭にキスをした。

「問題ないか?」

「うん」コールはまだ震えている。ほんの少し笑いながら——神経質な笑いだったが。「混乱してるけど」

「タオルを持ってくる」バスルームに取りにいき、すぐに体を拭くと、コールに渡した。

「ありがとう」震える声でコールが静かに言う――こちらを見もせずに。

もっとコールに触れたかった。彼の隣に座り、もう片方の腕を取った。まだネクタイが結んであるほうだ。結び目を解くと赤い筋ができていて、俺は彼の手首と手を軽くマッサージした。

「きつかったか？」

「いいや」

痛みを取り除くことができるように、手首にキスをしようと身を乗り出したら、コールの息が止まる。興奮からではない。コールの頭を持ち上げて顔を覗き込むと、彼はすぐに顔を背け、すぐまた両手で隠してしまう。

「どうしたんだ？」突然、心配になってきた。コールの静かに震えるそぶりは、オーガズムの反動なのだと思っていたが、そうではなかった。コールを傷つけてしまったのだろうか、あるいはコールが考えていた以上に彼を追い込んでしまったのではないか――。

「僕たちはこんなことしちゃいけない」あまりに弱々しい声。ほとんど聞き取れないほどだ。

これほど驚いたことはなかった。「どういう意味だ？」

コールは首を横に振ったが、まだこっちを見ようとしない。「わからないの？」コールが声を荒げた。「これがどんなに危険なことかって」

「縛ることが？　もうしない――」

う。

「そういうことじゃないんだ」

コールの言葉に困惑し、不安になる。コールの肩に手を置いたが、さっと離れていってしま

「じゃあ何が――」そのとき、俺の携帯電話が鳴った。最悪のタイミング。「くそ！」

「かまわないよ」コールが静かに言った。「きみはここで仕事をしてるんだから」

「本当に大丈夫か？　お前を傷つけてしまったんじゃないのか？」また電話が鳴った。「コール、本当にすまない。お前を動揺させるようなことをして――」また鳴った。

コールは背筋を伸ばして座り、目を拭ったが、まだこっちを見ようとしない。「きみはそんなことしてない」彼は言った――明らかに嘘だったが。「心配しないで、ラヴ、本当に」電話が鳴り続けている。「用事をすませてきてよ。僕は大丈夫だから」コールの指が俺の指を探り、ほんの一瞬だけ触れ合った。それから彼は立ち上がり、バスルームに入ると背中でドアを閉めた。

俺は電話に出た。すぐに終わると思ったが、考えが甘かった。三十分以上も電話をしながら、ずっとコールのことが心配だった。シャワーの音が聞こえ、彼が出てくる音が聞こえた。電話をしながらベッドルームに戻った。コールの腕を取り、そっと引き寄せる。クライアントと話を続けなければならなかったが、コールの目を見れば、俺たちが大丈夫なのかどうかがわかるような気がしたのだ。コールは少し悲しげな目をしていたけれど、安心したように微笑んでく

れた。腰に腕を回すと、そのまま引き寄せるのを許してくれる。コールの湿った髪に鼻を埋め、大好きなあの香りを吸い込む。彼に何か言いたかったが、その間もクライアントはずっと話し続けていた。

コールはしばらくそのまま腕の中にいたが、やがてぷいっと俺を押し退けた。いつもの軽い調子だったものの、きっぱりした意志も感じられ、俺はしぶしぶ彼を解放した。コールはベッドに入り、顎まで布団をかぶった。俺が電話を切るころには、ベッドの自分の側でぐっすり眠っていた。

付き合い始めた当初は、セックスをしたあとで抱き合ったりしないことに安堵していた。最近になって、そのギャップを埋めたいと思うことが多くなった。だが俺は決してそうしなかった。ほかのいろんなことと同じように、コールが俺を押し退けるだろうと思ったからだ。今夜は今まで以上にコールを抱きしめて眠りたかったのだが。

朝起きて、ジョギングをするためにフィットネスルームに行くとき、コールはまだ寝ていた。戻ってきたらキッチンにいた。俺は手早くシャワーを浴び、服を着てからキッチンに行った。

「朝食は作らなかったよ。きみが早く出ないといけないってわかってたから」

「それでいいよ」コールを見つめる。昨夜のことについて、何か手がかりを見つけたかった。そっと傍に寄る。「コール、ゆうべのことだけど――」

「大丈夫だから、ハニー、本当に」心からの言葉のように聞こえた。瞳を覗き込む――いつものからかうような感じが戻っている。

「もうしない」コールに言った。だが突然コールが俺の唇に指を当てる。

「それ以上言わないで。そんな約束、してほしくないから」

「本当に？」

コールがこっちを見上げて微笑む。「とても楽しめたよ、ホントに」思わず安堵のため息が出る。「よかった」

「行ってよ」コールが言った。そして一瞬ためらったが――つま先立ちでキスしてきた。「今夜会おう」

コールが別れのキスをしてきたのは初めてだった。

2月20日
差出人：コール
宛先：ジャレド

きみが僕にひどく怒っていることはわかってるし、きみを責める気もないよ。僕はきみを無視して、きみの質問に答えることを拒否してきた。何を話せばいいのかわからなくなったんだ、スイーツ。嘘をつきたくなかった。

　僕たちは長すぎるくらいの付き合いだし、それ以上にきみは大事な存在だ。でも、真実を話したくなかった。それは、自分自身と向き合うことだから。僕にはまだ、その準備ができてないんだ。

　今はもう準備はできたのかって？　いや、まだだ。でも、いつまでも逃げてはいられないしね。ワインを一本飲み干したところだ。いいか悪いかは別として、こういうとき、ワインが助けになるってことは認めざるを得ないね。きみが何百マイルも離れてるってことも助けになってる。もし、きみと面と向かっていたら、こんなことを言えたりしない。今、きみの目を見て話さなければならないとしたら、僕は微笑んで言うね、「きみは間違ってる」って。ジョナサンと僕はカジュアルな恋人同士だって言うだろう。彼はお堅い会計士で、ベッドではいいやつだけど、それ以上じゃない――そう言うだろうね。彼は僕にとって、気分しだいでベッドをともにするほかの男たちと変わらない。そう言うだろう。

　でも真実は？　真実はこうだ、スイーツ。どこかで道を誤ってしまったんだ――悪い方向に。彼にもっと会いたいと思うようになった。ベッドの外でも一緒の時間を楽しむようになった。油断していたんだ。

　どこかで――どういうわけか、彼を愛し始めてしまった。

ここまで関係を進めるべきじゃなかった。僕のライフスタイルは、誰かと長く付き合うことには向いていないんだよ。一つの場所に留まることはできないんだ、スイーツ。どんなに望んでも無理だ。僕が今度街を離れたら、終わりの始まりだ。それはわかっている。

ジョナサンについて言っておくと、彼は僕を愛していないよ。僕のことを楽しいやつだと――もしかしたら面白いやつだと思ってるかもしれないけれど、それ以上じゃない。本当いうと、うれしいんだ。どうしてかって？　自分に嘘をつくのと彼に嘘をつくのとは、まったく別のことだからさ。

あと数週間で旅立つ。もう出発していなきゃいけないはずなんだけど。パリに飛んで、しばらくそこにいるつもり――ジョナサンに会いたくてたまらない、なんて気持ちがさっぱり消えてなくなるまで。そうすれば彼は新しい恋人を見つけ、宇宙は再び秩序を取り戻す。でも今は、もう少しだけ彼といる時間を作るつもりだ。だってスイーツ、彼は僕を幸せにしてくれるんだ。ほかの誰にもできないことだ。でも長くは続かない、もうすぐ彼を手放すよ。彼は僕を愛してないし、これからもそうだろう。

あの日を境に、俺たちの間の何かが変わった。だが、それが何なのかはっきりとはわからなかった。ベッドで一緒にいるとき、すべてが違って感じられた。俺たちの間には長い間経験したことのないような信頼感と、相手を求める気持ちがあった。俺にとっては、ザック以来かもしれない。それが何を意味するのか——あまり考えないようにした。そう感じているのは俺のほうだけだと確信していたからだ。ベッドの外でコールに触ろうとしたり、キスをしようとすると、相変わらず邪険にされた。コールはまだ二人の間に壁を築いている。前と違うのは、これまでの壁は遊びめいた屈託ないものだったのが、今は悲しみを帯びているということだ。そして、コールが壁の向こうに——俺の手の届かないところに引きこもってしまっているのが悲しかった。そんなコールを思って胸が痛んだ。俺はもっと前に進みたかった。だが、どうしたらいいのかわからない。

数週間後、ついにリストラが実施された。金曜日の夜、これで最後となるロスへの一週間の出張からようやく戻った——クラクラするようなハイな気分で。まるで子どもに戻ったような、夏休み前の最後の登校日を迎えたような気分だ。次の月曜日から、俺はジュニアリエゾン・アカウントディレクターになるのだ（そう考えたとき、頭の中で聞こえたのはコールのからかう声だった）。降格を受け入れることに対して抱いていた不安は、もうない。家に戻れるということで、心底ほっとしていた。

空港を出る前にコールに電話した。

「やあ、ラヴ。家にいるの？」

「ようやく。さびしかったか？」

「まったく全然」

「俺もだ。そっちに行ってもいいか？」

彼はしばらく黙っていたが、「無駄足になるけどね、ラヴ」と言った。「僕はもうきみの家にいるんだから」

「よかった」顔がゆるむ。「二十分で着くよ」

帰宅すると、コールはキッチンにはいなかった。ソファに座って本を読んでいた。とんでもない衝動がむらむらと湧いてくる——コールに膝枕してもらってソファに寝そべるのだ。だがちょっと躊躇していたすきに、コールが立ち上がってしまう。

「料理をする時間がなくてテイクアウトを頼んだんだ。もうすぐ来るはず」

「それはいいね。どうして俺が今夜戻るとわかった？」

「電話したら留守電だった。飛行機に乗ってるんだろうと思ってね」

「冴えてるな」

コールがウインクする。「そうだろ、ラヴ」

コールの手を取り、こっちに引き寄せようとしたが抵抗された。もっと強く引っ張ってみるが、まだ動かない。

「こっちに来いって」少しイラッとする。

「見せてやりたいからだよ、どれだけ俺がさびしくなかったかってことを」

「どうして？」

コールが微笑み、体の力を抜いた。彼を引き寄せ、腕に抱く。腕の中でコールが少し体をこわばらせるが、気にしなかった。髪に顔を埋める――あのおかしなイチゴのシャンプーの匂いを嗅ぐために。いつのまにか、この匂いはエロティックな気持ちにさせられるだけではなくて、心地よいものにもなっていた。コールの――そしてわが家の一部になってしまっていて、この匂いをいつも恋しく思ってしまう。

コールの頭を倒し、コールの顔と美しい豊かな唇を見下ろす。彼はまだぎこちなかったものの、キスすることを許してくれた。唇は柔らかく甘く、コールの息が震えている。コールの中に深く沈みこんでいきたかった――いつものように。コールをぐっと抱きしめると、驚いたことにコールが首に両手を回してくる。息を吐き、その美しい唇をそっと開き――本物のキスを返してくる。滅多にないことだ。その感触に陶然となる。俺の体に触れるコールの体、甘くてフルーティーな口、俺を包み込む彼の腕、柔らかくて執拗な唇。俺は何も考えず、ただただコールに溺れた――

――玄関のベルが鳴るまでは。配達がもっと遅ければいいのに――と思ったのは初めてだ。

「夕食が届いたんだな」コールが体を離す。そう言ったときの声に、何か奇妙な響きがあるのに気づいたが、それが何なのか深く考える暇はなかった。コールが中華料理の袋を運んできて、俺たちはそのまま座って食事をすることにした。食事のあいだも、コールは異常に静かだった。頭を下げたままなので表情も見えない。俺はコールが口を開くのを待っていた。ただ笑うのでもいい、からかうようなことを言うのでもいい。何か話してくれれば——。だがコールは口を開かなかった。そして——悲しそうだった。

「何かあったのか？」

「まったくない」

「本当か？　何か悩んでるみたいに見える」

しばらくしてからコールは、俺の質問とは関係なさそうな質問を返してきた。「四月二日の週末だけど——金曜に会社を休めたりする？」

「確認してみる。なぜ？」

「何日か遠出できないかなって思って」

「一緒に行こうって言ってるのか？」

「今、そう言わなかった？」

いや、まったく遠回しでわからなかったぞ——。だが、そんなことでコールと議論したって無駄だ。「もちろん——」

コールが手を上げ、俺を止めた。「答える前に警告しておくよ、スウィーティ。僕は全然楽しめないと思う。でもって不機嫌で情緒不安定でむっつりして、ひどく短気になると思う。僕がどんなにひどい振る舞いをしても、それを恨んだりしないって約束できる?」

「不機嫌で情緒不安定でむっつりして気性が荒くなる理由を教えてくれるつもりはあるのか?」

コールが微かに笑みを浮かべる。「いずれはね。たぶん」

「でも俺に来てほしいんだろう?」

するとまたコールがテーブルに視線を落とす。前髪がばっさりと落ちて表情が見えない。

「とても」

「それなら行こう。ただし自腹だ。俺の分は自分で払う」

俺がそう言うとコールがこちらを向き、あきれたように目を回した。「スウィーティ、何言ってるんだよ。まったく必要ないし、かえって予約が複雑になる」

「それなら行かない」

「そんなこと言わないでよ、ラヴ。たった今、行くって言ったじゃなか」

「お前が金を払うと言い張るなら無理だ。そういうのがどんなに嫌か、わかっているだろう」

今でもコールは、どうして俺がどこに行っても彼に勘定を払わせないのか理解していなかったし、おそらくこれからも理解することはないのだろう。

コールはしばらく悩んでいたようだが、やがて言った。「わかったよ。チケットは僕が買う。だってきみを驚かせたいんだ。でも、僕らの食事を全部おごってくれてもいい、そんなに大事なことなら――」

「ああ、大事なことだ」

「――あと、ホテル代を分けよう。それでいい？」

「ああ」

「よかった」コールは大げさにほっとして見せた。「やれやれ、ときどき自分がわからなくなるよ。どうして僕がきみに我慢しているのかってね」

出張がなくなり、仕事で急なスケジュール変更もなくなったので、俺たちの生活パターンはきわめて快適になった。月曜日から木曜日までは、仕事を終えた俺をコールが家で待っていてくれ、週末はいつも彼の家で過ごした。そしてあるとき気づいた、コールもまた、一切旅に出なくなったということに。一体いつから行かなくなったのだろう。俺がいるから――か？　コールに聞いてみたい気もしたが、聞いたところで「きみとは関係ないね」などと言われるのがオチだろう。

謎の旅行に出かける週末が近づいてきた。自分でも呆れるくらい好奇心をそそられていたが、コールは断じて行き先を言おうとしない。ただ、スーツが一着必要であることと、気候が穏やかだということだけは教えてくれた。金曜日になり、空港に向かう途中、車でコールを拾った。コールは自分が情緒不安でむっつりするようになる、と言っていたが、俺は信じていなかった。これといった根拠があるわけではないのだが、派手でふざけた態度をとらないコールなど、ほとんど見たことがなかったからだ。とはいえ、数週間前にあの会話をしてからというもの、確かにコールはずっとコールらしくなかった。そして今日はますますひどくなっている気がした。空港に着くまでほとんど黙ったままだ。手荷物検査のカウンターに着き、ようやく飛行機のチケットを渡してきた。

「ニューヨーク？」行き先を見て驚く。「ハンプトンズの家？」

「今回は違うんだ」コールはそれ以上言う気がないようだ。カウンターの女性が二人のチケットと身分証明書を求めてくる。まずコールがチェックインした。

「よい旅を、ミスター・ダベンポート」係の女性がそう言ってチケットを彼に返す。

驚いた。まじまじとコールを見る。俯いているが、頬が赤くなっているのを隠しているのだろう。

「ダベンポート？」

「それがどうかした？」

「なぜそう呼ばれた？」

「僕の名前だからだよ！」

「俺はてっきり——」

「まったくもう。がたがた騒がないでよ」コールがムッと言い返してくる。カウンターの女性が二人の会話を怪訝な顔で聞いていることに気づき、それ以上詮索しないことにした。少なくともこの場では。

自分のチェックインを終え、コールのあとについてセキュリティの列に並んだが、比較的待たずにすんだ。コールがさっきのことについて説明してくれるのを待ったが、コールにその気はないようだ。

「コール」ゲートの待合室で腰を下ろすと、我慢しきれずに聞いた。「なぜダベンポートなんて呼ばれたのか、マジで教えないつもりか」

前髪がパサリと揺れ、コールと目が合う。その目はこう言っていた——馬鹿じゃないの？——ほんと迷惑な馬鹿。

「さっき言ったとおりだってば。彼女は僕の免許証の名前を見てそう呼んだんだ」

「名字はフェントンだろう？」

前髪を揺らしながらコールがそっぽを向く。「そうさ」

「わざと誤魔化そうとしてるのか？」

「きみこそわざと鈍感に振る舞ってるのか？」

「わかったよ」なぜか笑いがこみ上げてきて、なんとかこらえる。「教えてくれなくていい」

俺たちは一分くらい黙っていた。いや二分かもしれない。隣でコールが大きなため息をつく。振り向くとコールがこっちを見ている——やけに警戒した目つきで。

「僕のフルネームはコール・ニコラス・フェントン・ダベンポート三世だ」

思わず笑い出してしまったが、コールが決まり悪そうにしているので笑いをひっこめた。

「うーん……わあ」

「ひどく仰々しい、だろ?」

「まさに」

「なぜそんなふうに自己紹介をしないか、わかっただろう。気取ってるみたいじゃないか」

「気取ってるように聞こえる、だろ」

コールが目を回してみせた。「フォローになってないってば」

ファーストクラスの搭乗案内が流れ、これまでの習慣で無視していたが、コールが立ち上がった。びっくりして見上げる。「行かないの?」とコール。

「ファーストクラスに乗るのか」

「まったくもう。もちろんだよ」そう言い捨てて歩き出す。俺は急いで荷物をつかみ、あとを追った。

「ファーストクラスには乗ったことがないんだ」座席を探しながら俺は言った。

「僕はエコノミーに乗ったことはない」

コールはブランケットを取ると体に巻き付け、窓際の席に丸まった。頭を壁にもたれさせ、滑走路を眺めている。裸足になれなくて気が変になるんじゃないかと心配になる。「問題ないか?」コールに尋ねた。

「問題ない」コールが静かに言った。「僕は警告したからね。この旅で超不機嫌になるって」

「気にしてない。ただ、そうなったら元気づけてやろうか放っておこうか迷ってる」

「僕にもよくわからないな、ラヴ。でも、きみがここにいてくれてうれしい」

素直な告白が、胸を打つ。コールらしくない言葉だった。ここが機内でなければ——大勢の人間が列をなして通り過ぎていくような状況でなければよかったのに——。コールを腕に抱き、笑顔にしてあげられたらと思った。そうしない代わりに腕を伸ばし、コールの脚に手を置くことで我慢した。コールがその上に手を重ね、二人の指が絡み合う。

「俺もうれしい」俺は言った。

フェニックスからニューヨークまでのフライトは六時間近くかかった。最初、コールはほとんど口をきかなかった。俺は雑誌を読み、コールのことは放っておいた。三時間たったころ、突然話しかけてきた。「お母さんの名前は何?」

驚いて振り向く。コールはまだ窓の外を眺めている。前髪のせいで表情は見えない。「なぜそんなことを聞く?」

彼がしばらく黙っていたので、答えるつもりがないのではと思い始めた。それからため息が聞こえ、用心深い目でこちらを見る。

「カードを読んだんだ」一瞬、コールが何かカード占いのようなものについて話しているのかと思った。だがレシピボックスのことを思い出した。あれを渡して以来、すっかり忘れていた。

「それで？」そっと続きをうながす。

コールはとても自信なさげだった。彼にしては珍しいことだ。膝に視線を落とし、前髪でまた表情を隠す。

「彼女を知っているような気がして」コールの声は穏やかだった。「馬鹿げているように聞こえるかもしれないけど、そう思うんだ。きみの家にあった写真を見れば、彼女がどんな人だったかがわかる。そしてカードを読んで、彼女のことをもっとたくさん知った」

「どんなことを？」

「ニンニクが好きだった。お気に入りのデザートはパンプキンバーで、キーライムパイも好きだった。でもココナッツの入ったものは嫌いだった。レシピからピーマンを抜いていたことも知ってる」

思わず「俺が嫌いだったせいだ」と口をはさんだが、コールには俺の声が届いていないようだ。

「ツナサラダの上にはサワークリームとオニオン風味のポテトチップスを乗せる。グヤーシュ（※パプリカの効いたハンガリーのシチュー）にはカッテージチーズを混ぜ、ミートボールにはハンバーグとスパイシーなイタリアンソーセージを半々で使って、パイ生地は一から作らないことも知ってる。ビーフストロガノフをいちばん多く作っていたことも」

「あれもうまかった」

「貝類にはアレルギーがあった。チキンエンチラーダ（※メキシコ料理のひとつ）やグリーンチリは好きじゃなかったけど、コリアンダーは大好きだったし、世界でいちばん好きなスープの具はハムと豆だってことも知ってる」

「カードを読むだけで——しかも箱いっぱいに入ってたぞ——そこまでわかるのか？」

コールは顔を赤らめ、横を向いた。「カードの摩耗加減で、彼女の好みがわかったよ。きれいなものは一度も使ってないし、よく使うカードはほとんど読み取れないくらいだ。それにメモをとっていた」

レシピボックスを持っていてくれただけじゃなく、中まで見てくれていたのか。しかもじっくりと——。そして、俺でさえ見たことのない母の姿を、レシピカードから読み取っていたのだ。コールの声が囁く。「自分の母親よりも、彼女のことをよく知っているような気がする。でも、一つだけわからないことがあるんだ」そこで少し黙ると、コールは続けた。「名前だよ」

コールの手を取る。コールはこちらを見なかったけれど、俺の指を強く握り返してくる。

「キャロルだ。キャロル・エリザベス・ケッチャー」

「キャロル」祈るようにコールがつぶやいた。そして、笑顔になる。「ありがとう」

ニューヨークに着くとタクシーをつかまえ、コールがホテルの名を告げた。

「ウォルドルフに泊まらないのか？」冗談交じりに聞いてみる。

コールはこちらを見もしなかった。「泊まれるよ、きみがそうしたいなら」

「コール？」彼が俺と目を合わせるのを待った。「冗談だ。どこだっていい」

「僕が選んだのはブロードウェイだ。劇場に行くのが無限に楽になる」

「ブロードウェイ？」思わず興奮した子どもみたいな声を上げてしまう。「芝居も観にいくのか？」

「今そう言わなかったかなぁ、ラヴ」コールはほんの少しだが微笑んでいた。「ほかのどんな理由で、きみをこの『神に見捨てられた街』に連れてきたと思ってるわけ？」

うれしくて笑いが込み上げてくる。タクシーの中で手を伸ばすと、コールの首の後ろに触れ、こっちに引き寄せた。コールはいつもみたいに押し退けはしなかったが、体を寄せてもこなかった。まっすぐ前を見つめている。気にせずこめかみにキスをする。「ありがとう」

「どういたしまして」コールは静かに答えたが、俺のわくわくした気持ちが、少しばかりコールの心を明るくしたようだった。

ホテルに着き、チェックインした。何年ものあいだ、何百というモーテルに泊まってきたが、こんな部屋にお目にかかったのは初めてだ。巨大な窓からブロードウェイの灯りが見下ろせる。ベッドはふかふかで柔らかく、長い旅の一日のあとでは素晴らしく心地よかった。

「芝居を観るためだけに、わざわざニューヨークまで連れてきてくれるなんて信じられないな」俺が言うと、コールは微笑んだ。

「喜んでもらえるかなと思って。本当はパリに連れていきたかったんだけど、週末だけの旅行だと時間が足りないしさ。僕がひどく不機嫌でも、きみには楽しんでもらえる旅にしたかった」

コールを動揺させたくないと思い、しばらくためらったものの、結局尋ねた。「なぜここに来たのか、教えてくれる気はあるのか？」

コールは俺に背を向け、窓の外を見ていた。「なぜって」あまりにも小さな声。じっと耳を傾ける。「明日は僕の誕生日だから」

突然、すべてが理解できた――ひどくやっかいな連れになるだろうという警告、そしてそれでもなお、俺にそばにいてほしいと望んでいること。コールは世界中で贅沢な暮らしをしているのに、誕生日を一緒に過ごす相手はいないのだ。俺以外は誰も。

コールに近づく。まだこちらに背を向けていたので、後ろから腕を回した。「ハッピーバースデー」耳元で囁く。

コールは何も言わなかったが、腕の中で初めてリラックスしてくれた――心から。俺の中に沈んでいくみたいに、ため息をつきながらもたれかかってくる。とても自然で、完璧だった。すべてがしっくりくる。コールの絹のような髪に顔を寄せ、大好きな香りを吸い込んだ。

「誕生日は外で食事をするのがいいか？　それともルームサービスを注文しようか」

「どっちでもいいよ。まず、シャワーを浴びるよ」コールが見上げてくる。「一緒にどう？」

これまで一緒にシャワーを浴びたことがなかった。そういう気軽な触れ合いは、いつもコールが避けている。だから突然の誘いに驚いた。一瞬誘惑されかけたが、もっとしたいことがあった。「先に浴びていてくれ」とコールに言った。

水の出る音がしたので、すぐにコンシェルジュに電話した。担当の女性は笑ったが、「対処します」と応じてくれた。それからルームサービスを呼んだ。あとは待つだけだ。シャワーを浴びているコールの姿をもう一度思い浮かべる。

間に合うだろうか。まあ、多少のリスクは仕方あるまい。

バスルームに入った途端、お湯が止まった。

コールのシャワーは灼熱のごとく熱かったのだろう、バスルームは蒸気で充満していた。石鹸とイチゴのような香りがして、興奮する。「遅かったな」コールが冗談めかして言った。水滴が、コールの肌でビーズのように輝いている。明るい茶色の髪はほとんど黒く、濡れて頭に張りついている。

「気が変わった」

コールがタオルに手を伸ばすが、割って入って邪魔をした。酷いとわかってはいる。コールはずぶ濡れで、鳥肌が立ち始めていた。でも、まだ拭ってほしくなかった。「ここに凍えながら立たせているのには何か理由があるのかな、ラヴ？」コールが尋ねた。

「そうだ」コールの手を取り、引き寄せる。体を重ね、耳のすぐ下の首筋にそっとキスをすると、コールが震える。肌についた水滴を舌で味わう。甘い。舌先で水滴の跡をたどり、唇を這わせる――首筋から鎖骨へ、それから鎖骨に沿って、喉のくぼみの小さな水溜りまで。くぼみを舐めまわすと、コールからため息が漏れ、体が後ろのカウンターへともたれかかる。

そのままどんどん雫を舐めとっていく。胸からもっと下へ。膝立ちになり、水滴をたどって腹から脚の間へ。両手で尻を強く握り、彼のペニスの細い先端を口に含む。彼の頭の周りで、舌を回転させる。

「ああ」コールが呻いた。後頭部をつかまれる。コールの指が俺の髪をとらえ、俺の口の中に彼のものをぐっと押し込む。しばらくそのままでいたが――やがて動き出した。俺はコールにリードさせた。俺の髪をつかんでいる手をうまく誘って上下の動きをうながした。コールがまた、柔らかいため息のような呻きを上げる。コールが興奮したときに発する声――たまらない。

硬くなった自分のものがジーンズに痛いほど食い込んでいたので、前のボタンを外そうと手を伸ばした。コールは一気に俺の口から抜けた。俺の髪を強く引っ張り、俺を立ち上がらせると、ねっとりとキスしてくる。そして俺のジーンズに手をかけ、ボタンを外し始めた。俺は片方の腕をコールの腰に回し、まだ濡れている彼の体をぐいと引き寄せた。もう片方の手で硬くなった彼のものをつかむ。コールが息を荒げ、激しく喘ぐ。彼の細い指がジーンズの中に入ってきた。

コン、コン、コン——

ノックの音。

二人とも固まってしまった。「嘘だろ、このタイミングで？」コールは息を切らしている。コールにしては信じられないくらい控えめな表現だったので笑った。「誰だろう？」

「たぶん」俺はコールから離れ、勃起したままジーンズのボタンをはめながら答えた。「俺たちの夕食だ」

服は半分濡れて体に張り付き、ジーンズの前が気まずく膨らんだままドアを開けたが、ルームサービスの給仕は気づいていないのか、慣れているのかのどちらかだろう。給仕は俺がコンシェルジュに頼んだ品も持ってきていて、俺はチップをたっぷり弾んだ。コールが腰にタオルを巻いてバスルームから出てくるころには、給仕はいなくなっていた。

「何を注文したんだ？」

「ハンバーガー」

コールが微笑んだ。「で、ワインは？」

冷えたバケツから取り出し、コールに手渡す。コールが赤くなり——笑った。それはアーバーミストのブラックベリー・メルローで、ホテルの誰かが買いに走るために、余分にお金を払わなければならなかったことを考えると、おそらく今までで一番高くついた五ドルのボトルワインだっただろう。

「これ、赤だよ」からかうような声。「どうして氷で冷やしてるわけ?」

「おそらく、こんなものを飲む連中は、ワインの蘊蓄(うんちく)などこれっぽっちもわかるまいって思われたのさ」

「だろうね」コールが近づいてきて、片腕を俺の腰に回してくる。「ありがとう」

「礼はまだ早い」コールにキスしながら言った。「食事のあとで、本当のプレゼントがある」

二人きりで夕食をとり、コールの好きな安ワインを飲み、彼のシャワーのあとに始めたことを終えた。いつものようにそれが終わると、コールは体を離し、ベッドの反対側に移動して電気を消した。

眠りに落ちようとしていたとき、手首のあたりにコールの指先がそっと触れた。今までにないことなので、つい微笑んでしまう。目を開けると部屋は暗く、コールは濃い影になっている。コールの指が俺の手の甲に軽く触れ、止まった。手を握ろうと思って手のひらを返すと、コールがすっと手を引っ込める。

俺に気づかれているとは思わなかったのだ。俺が眠っていると思っていたのだ——。

二人のあいだに、懸命に壁を築こうとするコールの態度に、胸が痛くなる。これまでいったいどれくらいの夜、コールはこうして手を伸ばしてきたんだ？　暗闇のなかでひっそりと。そして俺ときたら、何も知らずにぬくぬくと眠っていたのだ。

俺はゆっくりと手を滑らせ、コールの細い指を握った。コールを引き寄せようとするが、抵抗された。さっきのことは、俺の勘違いだったのかもしれない。たぶん、偶然手が触れただけなのだろう。あるいは、コールはそれ以上のことを許す準備ができていないだけなのかもしれない。もう一度コールを引き寄せようとしたが、駄目だった。失望を飲み込む。これまでの経験でよくわかってるじゃないか。コールは自分の意思に反したことはしないのだ。抵抗されたってしかたない。コールの手を離そうと思ったとき、突然、抵抗がやんで驚いた。どうしよう。もう一度だけやってみるか——迷いながらもう一度、できるだけそっと引き寄せてみる。すると、静かなため息とともに、コールが真っ白なシーツの上を滑って腕の中に入ってきた。

顔を俺の首筋に寄せ、片腕を腰に回してくる。二人の脚が絡み合う。

胸が泡立ち——とくとくと鼓動が高鳴っていくのに気づかないふりをした。喉元に何もこみあげてきてはいないぞ——そう言い聞かせながら。

コールは何も言わず、俺も何も話さなかった。コールに腕を回し、柔らかい髪に顔を埋め——強く抱きしめた。

翌朝、目を覚ますと、コールはまたいつもみたいに離れて眠っていた。コールの髪にキスをしながらベッドから起き上がり、シャワーに向かった。アリゾナ時間では早朝だが、ニューヨークではもう遅い時間なので、ジョギングはやめておく。

バスルームから出ると、コールが起きていた。ブリーフ一枚で窓際に立ち、眼下の賑やかな通りを見下ろしている。

「お母さんはマンハッタンに住んでないのか？」自分のブリーフを履きながら尋ねた。

「うん」窓の外を見ながらコールが静かに答えた。

続きを待ったが、コールは黙ったままだ。隣に立つと、コールが目の端でこちらを見る。警戒したようなまなざし。

「ここにいるあいだに、彼女と会うつもりか？」

コールは何も答えず、ひたすら窓の外を見つめていた。カーテンは開いていたが、シアーカーテンは閉まっていた。コールが細い指でシアーをもて遊ぶ。滑らかな窓ガラスに額を押しつけ、髪で顔を隠し、シアーを引き寄せて、二人のあいだに幕を張る。

「電話しないのか？」

コールはこっちを見向きもしなかった。窓から差し込む柔らかな日差しと薄い布が、キャラメル色の肌に光の模様を描いている。

「コール？」優しくうながす。

コールが憤慨してため息をついたが、間違いなく演技だった。

「もう電話したよ、ダーリン」

「それで？」

「とても忙しいんだって。僕たちと会う時間なんてない」

忙しい、だって？　一人息子の誕生日に会えないほど忙しいのか？

「再婚してるのか？」

「いや」

「働いてもいないんだよな？」

「もちろん」

「それで」黙っていたほうがいいとは思いながらも止められない。「じゃあなんでそんなに忙しいんだ？」

返事に少し間があったが、コールが静かに言った。「僕にもわからないね、ダーリン」

「昼食をとる時間もないのか」

「どうやらそうみたいだ」

あきらめたような静かな声が痛々しくて、コールを問いつめたことを悔やんだ。「悪かった」

コールがシアーを手離した。布が窓際で揺れる。

「同情しないで」

「なぜだ」

彼は肩をすくめた。「だって、すごくよくある話じゃない？　かわいそうなお金持ちの男の子って感じ」

コールは窓から少し離れたが、こちらを向かなかった。コールの横顔が見えただけで、相変わらず長い前髪で顔を隠している。コールの声はとても平坦で、いつもとは違っていて、どう考えればいいのかよくわからなかった。

「僕ってさ、何もかもが『よくある設定』なんだよ」

いつもと何が違うのか、わかった。作りものめいた態度がほとんど消え、歌うような話し方も鳴りをひそめているのだ。

これまでちらりとも見たことのないコールがそこにいた。いつも彼を包み込んでいる強力な魔法が消えてしまったみたいだ。ふだんは自信に満ち溢れているように振る舞っているが、本当はひどく脆いのだ。こんな姿を見せるつもりはなかったはずだ。二人のあいだの壁が消えていて、俺が彼に触れることができると知ったら、コールは後ずさり、俺を押し退け、腰をくいっと上げて前髪の奥からこっちを見やり、再び壁を築くだろう――媚びるようにウインクし、「ダーリン」と呼びながら。

コールを強く抱きしめたい。コールの悲しみをすべて溶かしてやりたい——だが、どうすればいい？　どうすれば俺は拒絶されることなく、コールに届くんだ？

声を出すのさえ怖かった。ただゆっくりと、手を差し出す。コールに触れたら、粉々に砕けてしまうか、さもなければ美しい髪を翻して消えてしまうかもしれない——。

コールの剝き出しの肩に、指先が触れる。コールは感じたそぶりを見せなかったが、指をゆっくり腕まで滑らせると、目を閉じ、息を止めた。俺はもっと近づいた。ゆっくりと静かに。コールの秘密の部分とつながり——何とかしてそれを分かち合いたかった。背中にそっと手を置くと、コールがこちらに顔を向けた。

その瞳に、すべてが映っていた。必死で涙を堪える瞳に——。何かを死ぬほど求めたいのに、それを求められないでいる。自分の弱さを恥じ、それをごまかすことに疲れ果てているのだ。

コールを怯えさせないよう、低い声で静かに言った。

「お前はありきたりの設定なんかじゃない」

コールが目を閉じた。息が震えている。コールの頰に触れ、もう片方の腕で抱き寄せる。コールの目が開く——涙で潤み、不安でいっぱいの瞳。

コールが俺の目を覗き込む。そして微かに囁く——たったひとこと。

「ジョナサン」

名前だけ。

今まで一度も口にしてくれたことのない言葉。

混じりけのない、温かな思いが噴き上がる。何ものにも変えがたい感情に圧倒される。コールを手に入れたいなんて考えることじたい、完全に間違っている――ふいに痛いほど確信する。もう遅すぎた。俺はあらゆる意味でコールのものだ。この瞬間まで、そのことにまったく気づいていなかった。コールはそれを知っているのだろうか。それを気にしているのだろうか。

コールを強く抱き寄せ、キスをした。

これまで何度も彼にキスをしてきたが、こんなふうなことはなかった。こんなふうに喉元まで心臓がせり上がり、手が震えたことなんかなかった。こんなふうにコールを求めたことはなかった。コールのすべてを味わいたい。コールが俺に触れたように、何とかしてコールに触れたい。

コールの唇は柔らかくて温かく、執拗だった。俺の首に腕を絡め、今まで見せたことのないような必死さで唇を重ねてくる。コールを半ば強引にベッドまで運び、押し倒した。二人ともブリーフを履いたままで、ローションはベッドの反対側の床に置いてあったが、気にしなかった。コールに触れている手を離したくなかった。少しでも離したら、今の二人の関係が変わってしまうんじゃないか――そう感じたからだ。今この瞬間に二人が感じているものを、失いたくない。ただひたすらコールの肌を自分の肌に感じ、コールの湿った頬を唇で味わい、コールの震える息遣いをこの耳で聞き続けたい。

体を押し付けると、コールが両脚を俺の腰に巻き付け、ぎゅっと抱きしめてくる。二人でともに揺れ、キスを交わし、体を絡め合う——二人のあいだの穏やかな刺激だけで二人がクライマックスへとだどり着けるように。絶頂が訪れ——俺の頬も湿っていた。コールの首に顔を埋めると、コールは俺に腕を回し、耳元で静かに囁いた——なだめるように。

俺がコールを慰めていたはずが、いつからか逆転して、コールが慰めてくれている。なぜそうなったのか、わからない——それが重要なことなのかどうかも。

なぜか、すべてが変わってしまっていた。二人は何かの境界を越え、決して破るつもりのなかったボーダーラインを突破してしまったのだ。

もう戻れないかもしれない。

だがコールは思うのだろうか——戻りたい、と。

4月3日
差出人：コール
宛先：ジャレド

僕は何をしてしまったんだ？

たった今起きたことがあまりにも強烈で、世界の軌道が変わったような気すらしたが、もちろんそんなことはなかった。しばらく抱き合って横になっていたものの、やがて現実が見えてきた。とりわけ、二人のもので濡れた下着がパリパリに乾き始める、という現実が二人を正気に——現実世界に戻した。

「シャワーを浴びる前にしろってことだよな、まったく」そう言うとコールが笑う——ゆっくりと俺の体を押しやりながら。俺はまた体を洗い、服を着た。ホテルのロビーにコーヒーショップがあったので、ベーグル（「ドーナツを持ってくるんじゃないぞ、ラヴ」）とラテを買いに降りた。

思ったより時間がかかった。部屋に戻ると、コールはすでにシャワーを終え、服を着ていた。ベッドに座って携帯電話でメールをしている。コールがよくメールをチェックするのに使っている電話だ。相手が誰なのか気になったが、聞かないことにする。聞いたところで教えてくれないだろう。

さっき消え去ったはずの壁が、また戻ってきている。コールの瞳にも、いつもの警戒するような色が戻ってきていた。それがコールのやり方なのだとわかってはいたが、そう簡単にコールから離れるつもりはない。もう一度、触れたい――。ベーグルをテーブルに置くと、コールに近づいた。そのままベッドに押し倒し、コールに覆いかぶさる。

「今日はどうしたい？」首筋に唇を這わせながら尋ねた。

コールは首を傾け、顎を後ろに倒して俺を迎え入れたが、反応はなかった。腕を回してもこない。

「きみがしたいことなら何でもするよ、ラヴ」

コールの耳の上を軽く唇で触れながら囁く。「今日はお前の誕生日だ」

「そのようだな」

そう言ったコールの口を――その唇を唇で塞いだ。

どうしてこんなにもこの唇に焦がれてしまうんだろう。確かに、柔らかくて美しい。だがなぜここまで心奪われるのか、自分でもよくわからない。コールの下唇にそっとキスをし、舌で弄ぶ。コールの目が閉じ、俺の脇腹に手が触れた。コールはまたリラックスしていた。

「お前がしたいことを何でもしよう」

俺がそう言うとコールは少し微笑み、目を開けて見上げてきた。

「きっときみは笑うよ」

「笑わない」

「いや、笑うね」

「笑わないと約束する」

「わかった」そう言ってコールが首に腕を回してくる。「買い物に行きたい」

コールは正しかった。気づくともう笑ってしまっていた。「本気か？」

「だから笑うって言ったんだ」そう言いながらコールも笑っている——ふう、気を悪くさせないでよかった。

「お前の望むとおり何でもするよ」

それは本心だった。

その日一日、俺はただコールについてまわった。ニューヨークには何年も前に一度来たことがあるだけで、道もよくわからなかったが、コールはもちろんかなり慣れていた。コールは俺のために劇場に近いホテルを選んでくれていたが、ショッピングの要ともいえる五番街からは数ブロック離れていたから、タクシーで一番奥まで行って、歩いて戻ることにした。

コールの買い物の仕方は、想像していたほど苦痛なものではなく、ほとんどがウィンドウショッピングだ。ただ、ギャラリーだけは別で、見つけた画廊には片っ端から入った。

こうして一緒にいながら、コールは俺に対してどんなふうに振る舞いたいのか決めかねているようだ。しばらくの間、二人の関係はすべていつもどおりのように思えた。通りを闊歩しながらコールはほとんど絶え間なく一人で話し続けた——通りで見かけた人たちや最後に行った街のこと、店のウィンドウに飾られていたジャケットのスタイルなど、頭に浮かんだことを片っ端から口にした。そして、いつも俺を笑わせるのだ。コールの警戒心がゆっくりと解けてきた。無意識なのだろう、だんだんと恋人同士のようにふざけたり体に触れてきたりした。こんな人通りの多い街角にいるのでなければ、俺がキスで返してもコールは嫌がらなかっただろう。だがやがて、自分の壁がなくなったことに気づくと、瞬く間にまたよそよそしくなってしまうのだ。まだ話を続けているのに目を合わせず、二人の体が少しでも触れるのをあからさまに避けるようになってしまう。いちばん混乱したのは、そうしているコール自身が悲しそうに見えたことだ。なぜ、そうする必要があるのか、まったく理解できなかった。

昼食のあと、別のギャラリーにふらりと立ち寄った。そこはプライベートギャラリーで、展示のほとんどが屋外で撮影された写真だった。なかにはソファーほど大きく引き伸ばされた写真もあった。これまでのギャラリーはさっと見てまわる程度だったが、このギャラリーは、コールがゆっくり時間をとった。

大きな一室で、キュービクル風の白い壁が、一見あちこちに通路があるかのように錯覚させる。そのせいか、空間全体が迷路のようで、囚われたネズミのような気にもなってくる。おまけに、墓場のように静かだ。小声で話したくなる。コールのすぐそばに立ち、コールにだけ聞こえる声で優しく話しかける。コールもリラックスしているのだろう、こちらに身を寄せてくる。

「買うつもりか？」

コールは首を横に振った。「いや、でも素敵だよね。僕は水中のやつが気に入った。とても静かだと思わない？」

どの作品について言っているのか、わかった。かなり浅い、澄み切った海の中で撮影されたものだ。砂とヒトデがフレームの底を埋め尽くし、上部にはキラキラと輝く水面が見える。

「俺ならそうは言わないな」

「へええ」コールが面白そうに見上げてくる。「じゃ、どんな言葉を使うわけ？」

「閉所恐怖症。息を止めないといけない気がしてくる」

コールが笑った。ギャラリーの静けさの中で、柔らかな笑いが大きく響くが、気負った様子はなかった。

「俺は雪のある写真のほうが好きだな。特にアスペン※の写真がいいね」（※ホワイトポプラ。白樺にも似た幹が白く見える木）

コールが震えて見せる。「僕が何か買うとしたら、ハンプトンの寝室に置くことになるけど、雪が降ってる絵は却下だな。寒くなるから」

俺は笑った。「そんな馬鹿な話があるか」そう返しながらも心の内では、見たことがないそのベッドルームにいるコールを想像し始めていた。目の前のコールが笑みを返してくる。俺の頭の中を覗いたみたいに。そして体を寄せてくる――髪の匂いを嗅ぐことができるほどに。コールの背中に触れ、唇で耳をさっと擦る。「俺が暖かくしてやるって言ったら、見え見えかな」

コールはまた笑ったが、俺を押し返しはしなかった。

「まあね、でもとにかく言ってみてくれない？　もうかなり誘惑されてるから」

俺はコールをまた少し引き寄せた。「もう買い物は終わり？」と囁く。「お前をホテルに連れ戻したい――」

「失礼します」誰かの声が大きく響き、二人とも固まった。反射的にコールから離れ、邪魔者が誰なのか、振り向いて見る。五十代と思われるスーツの男性で、その顔には明らかに迷惑そうな表情が浮かんでいる。

「何かお探しですか？」

俺は顔が赤くなるのを感じた。もともと人前でいちゃついたりするのは苦手なのだが、誘惑に負けてしまったことが恥ずかしかったのだ。謝ろうかと思った。だがコールをちらっと見ると、悪く思っていないどころか、怒っているようだ。いつもの挑発的なポーズになっている――髪をかき上げ、頭をそらしての、上から目線。

「ハニー、悪いけどきみの助けは何も必要ないね」

男の名札には「フランク」とあった。フランクがあからさまに語気を強める。

「ここはギャラリーで――」

「わかってるってば、ハニー」フランクをもっと苛立たせるためだけに、コールはわざとハニー呼ばわりしているのだ。「そんなの一目瞭然だ」

コールが片手を腰に当て、応戦態勢をとる。フランクはどうにか平静を保とうとしている。「パートナーと僕は、どの作品が寝室にいちばん似合うか考えていたところだから」そう言ってコールがこちらを向く。俺は「パートナー」と呼ばれたことで驚きを顔に出さないよう、努力した。「そうだろう、マフィン？」コールがウインクしてくる。「どっちがいいと思う？　雪か水か？」

コールの仰々しい振る舞いに笑いそうになり、「わからない」と口ごもった。「それはお前が決めることだろう。——マフィン」俺がそう言ったことで、コールは心くすぐられたようだ。

「おそらく」フランクは素っ気なかった。「お決めになる前に価格表をご覧になりたいのでは？」

「いい考えだ、ハニー」コールが言った。「取ってきてくれないかな？　ぼくたちはここで待ってるから」

フランクは、「価格表を見せる」と言えば俺たちを追い出すことができると思っていたのだろう。「さっさと持ってこい」と言われたのも気に食わないようだ。だが彼は、一応職務に忠実だった——偏見を隠しながら業務をまっとうするのは難しいようだが。

「承知しました」フランクが無理やり微笑みながら立ち去り、しばらくはまた二人だけになる。

フランクの姿が見えなくなると、コールの居丈高な態度が半減した。「なんて偉そうなんだ」

コールはつぶやいた。「さて、何か買わなきゃな」それからこっちを向く。「妥協して、さっきの水中写真を買おうかな」

「お前の家、お前のお金だ。好きなのを買えばいい」そうは言ったものの、実は写真のことはあまり考えていなかった。コールのことで頭がいっぱいだったのだ。

何ヵ月か前に二人で劇場へ行ったとき、芝居が終わったあと、コールの派手派手しい振る舞いのことで激しく言い合った。あのとき俺は、コールが仰々しさのレベルを上げたり下げたりしているのを見たような気がした。しかしどういうわけか、何を引き金にそうなったのかについては、今まではっきりとはわかっていなかった。あのときは、ただこう思っていたのだ――二人が人前に出るとコールの態度が大げさになるのはおかしい。普通なら、人前でこそ控えめになるものなんじゃないか、と。

なぜ今まで気づかなかったんだろう。コールのあの飾り立てたような態度は、自分を防御するためなのだ。自分が不快な環境にいればいるほど、鎧(よろい)を重ねるみたいに身にまとう。鼻につく身振りも態度も、自分を脅かす相手と距離を置くための手段なのだ。家にいるときに、そうした振る舞いが消えているのは、家では鎧をまとう必要がないほど快適だからだ。今みたいに自分を守る必要があれば、態度も仰々しくなる。父と過ごしたあの夜も、翌日の劇場での夜も、俺が否定的な言動をとったせいで事態が悪化してしまったのだろう。

そのとき、フランクが価格表を持って現れた。コールはそれを手に取り、目を通し始めた。

コールの肩越しにリストの値段を見て、顎がガクンと落ちそうになる。コールがフランクに言った。

「コミッションで仕事をしているのかな？」

フランクはその質問に不快な顔をしたが、「給料は一律ですが、売れた分だけボーナスが出ます、はい」と答えた。

「今日はほかに誰か働いている？」

フランクの頬が赤らみ、初めて少し不安げな顔になる。自分がまずい態度をとっていたことに、ようやく気づいたようだ。

「アリソンがおります」

「じゃ、アリソンを呼んでくれないか？」

フランクは「彼女はいま忙しいので」と言ったが、俺にも嘘だとわかった。

するとコールは、驚くようなことをした——叫んだのだ。「アリソン！　いるのか？」

「お客様！」フランクがたしなめた。「お声を小さくしてください。ここはギャラリーです！」

「わかってるよ、ハニー。でもさ、彼女を連れてきてほしいって感じよく頼んだのに、きみが拒否したんじゃないか」

ギャラリーの正面のほうから慌ただしい声が聞こえ、若い女性が部屋に飛び込んできた。まだ二十代で、顔を真っ赤にして慌てふためいている。

「はい？」

コールは彼女に最高の笑顔を見せると、握手を求めるため歩みよった。「アリソン、ダーリン、きみに会えてよかったよ」

そして彼女の腕をとり、水中写真がかかっている場所のほうへと連れていった。

「この絵を買いたいんだ」

彼女はちらりとフランクを見たが、少し怖がっているようだ。きっとフランクは楽しい同僚じゃないのだろう。

「フランクがお話をお聞きしているのでは？」

「いや、ダーリン」コールは取り乱したふりをし、二人して正面のほうへと消えていく。

「フランクは全然助けてくれないんだ！」

フランクの頬は赤く、こめかみが脈打っているのが見えた。俺は頬の内側を噛んで笑いをこらえ、コールとアリソンのあとを追った。こうしてコールは、ハンプトンの寝室に飾るために、さほど欲しくもなかった作品を手に入れた。コールは「マーガレットならどうするかわかるだろう」とだけ言うと、現地に送るよう手配した。

「哀れなフランクをただ困らせるために、あんなことまでするなんて驚きだよ」

帰り際にそう言ったら、コールは笑った。

「金があっても楽しめないなら意味がない、そうだろう、ラヴ？」

ゆっくりと歩いてホテルまで戻った。着いたころには夕食の時間になっていて、食後、着替えて劇場へ行く。演目は「ラ・カージュ・オ・フォール」だ。

「どのショーを選ぶか迷ったんだけど、これが妙にしっくりきてね」コールがウインクする。ストーリーは知っていたが、これまで見たことはなかった。タイトルすら発音できなかった。フランス語が堪能なコールは、これでまた俺をからかえるとでも思ったのだろう。気にしなかったが。

ミュージカルが終わって部屋に戻ると、コールはルームサービスのメニューを持ってベッドの上で体を伸ばし、俺はスーツを着替えた。コールはこちらに背を向けうつぶせになっている。

「ストロベリィとシャンパンを注文するのはひどく陳腐かな?」コールが言った。

俺はコールに覆いかぶさり、首筋の蝶に口づける。「いい考えだと思う」

シャンパンを飲み、イチゴを食べさせ合い、互いに触れながらゆっくりと服を脱いだ。全部脱ぐと、コールをベッドに押し倒し、首筋にキスをする。コールはその朝、珍しく髭を剃っていなかった。顎にはほんの少し、シナモン色の無精髭が生えている。

「ハッピーバースデー」

「来てくれてありがとう」コールが静かに言った。

「連れてきてくれてありがとう」

「誕生日を一人で過ごすのは嫌だし」

「もっともだ」

コールは少し肩をすくめ、物思いにふけっているようだった。片方の腕を腰に回してきて、もう片方の細い指先で俺の胸毛を弄ぶ。

俺はコールを見下ろした。今まで見たこともないくらいゴージャスな男。ヘーゼル色の瞳は、髪とほとんど同じ色だが、かすかにグリーンも混じっている。顎の無精髭とは対照的に繊細な顔立ち。そしてもちろん、唇。コールの唇には、いつも引きつけられる。

どうしてこんなにもコールを愛している？　それよりも、一体いつからこうなった？　というのも、俺はもう、否定できなかったからだ——コールにめちゃくちゃ恋していることを。やっと自分でも認めることができた。圧倒されそうだ。こんな気持ち、すっかり忘れていた。恐ろしくてエキサイティングで、爽快な気分。こんな気分は、いつ以来だろう——。

ザック以来だ。

本能的に考えを中断し、ザックを心から締め出す。思い出すのがまだつらいからではなく、今ここで、コールと一緒に感じていることを、過去の記憶で汚したくなかったからだ。ザックも俺もまだ若かったし、いろいろな意味で二人は軽率だった。残酷でさえあった。でも今のこれはどうだ？　新しくて純粋で、壊れやすくて、神聖な感じがする。

セカンドチャンスのような気がする。

この気持ちをこのままにしておくつもりなどない。今すぐコールに想いを伝えたい。そして知ってもらうのだ、どれだけコールを愛しているかを。そして言いたかった――もう二度と一人で誕生日を過ごすことはない、と。

「コール」口を開いたが、言い終わる前にコールが柔らかな指で俺の唇を塞いだ。瞳は大きく見開かれ、少し怯えていた。

「しぃぃぃ。何も言わないで、ジョニー」

「でも――」

コールが首を横に振る。そしてキスしてきた。俺を引き寄せ、コールの腕が俺を強く包む。唇は柔らかくて暖かく、口の中はさっき食べたイチゴの甘さで満たされている。コールが俺の腰に脚を絡め、その瞬間、コールが俺の世界のすべてとなった。自分の気持ちのすべてをコールに注ぎ込みたかった。

俺たちは時間をかけた。今朝のような緊迫感はなく、今は優しさだけがあった。コールにキスをし、その細い体が俺の下にあるのを感じ、コールの肌が俺の肌に触れるのを感じた。手と唇、あるいはその両方で、彼のあらゆる部分に優しく触れた。コールも軽く優しく触れてきたが、俺がコールの中に入ると、コールの指が肩に痛いほど食い込んだ。そこから先は――俺の腕の中にいるコール、俺に絡みつくコールの脚、混ざり合う俺たちの息、そして、俺たちの体がしっかり繫がっているときの恍惚とした喜びがあるだけだった。それらのすべてを通して、俺は知った――これ以上ないほどにコールを愛しているということを。

興奮が過ぎると、コールは黙った。いつもよりずっと長く俺の腕の中にいた。コールがベッドの反対側へと動き始めたとき、俺はちょうど眠りについていた。寝ぼけながら、コールが逃げられないよう強く抱きしめたまま言った。

「行くなよ。ここにいて」

コールがほんの一瞬迷ったのを感じたが、それからため息が聞こえた。不満でも苛立ちでもない、満足の響き。俺の腕の中でコールは再びリラックスし、俺はコールの背中に丸く体を寄せた。そして二晩続けて、イチゴの匂いを嗅ぎながら眠りに落ちた。

4月5日
差出人：コール
宛先：ジャレド

僕は愚かだし、臆病者だ。どっちが悪いかわからない。

誕生日が過ぎると、旅行までの二週間、コールを覆っていた憂鬱な空気は消え去った。とはいえ、完全にハッピーという感じでもなかった。少なくとも、いつもというわけじゃなかった。

一方、俺はといえば、これほど幸せだったことは記憶にないほどだ。長い間、こんな気持ちになったことはなかった。コールを愛していた。コールのすべてが好きなのだ。一緒にいるすべての瞬間、心からわくわくした。コールは気まぐれで明るくて、美しくて頑固で、コールのおかげで人生がどれほど充実したものになったかと思うと、驚嘆しかない。

コールもまた俺たちの関係が変わったことを受け入れてくれているようで、うれしかった。コールは二人の間に壁を作ろうとするのをやめた。俺にもっと触らせてくれるようになった。キスをさせてくれた。前よりもたくさん笑った。そしてほとんどの時間、彼は幸せそうに見えた──俺みたいに。だが、ときおり、太陽が急に雲の後ろに隠れるみたいな瞬間があった。コールの瞳の中の光が突然暗くなって、悲しげに見えた。

「どうしたんだ？」そんなとき、一度だけ尋ねたことがある。ベッドで愛し合ったあと、乱れた呼吸のまま、言葉にできないほど愛していると思いながらコールを見下ろしたとき、彼の瞳にそうした悲しみが浮かんでいたのだ。

コールは答えをためらっているようだったが、ようやく言った。

「そろそろ街を出るよ」

「わかった」

コールを引き寄せキスをした。もちろん行ってほしくなかったが、長いあいだ一つの場所に滞在しないようにするというのが、コールの流儀なのだ。

「まったくさびしくないね」とコールに言った。コールはため息をついたが、それ以上何も言わなかった。

数日後、父から電話があり、コールと俺を夕食に招待してくれた。二人をまた同じ食卓につけることにはまだ抵抗があったが、父がどうしてもと言い張ったのだ。

「ジョン、お前の生活を半分ずつ、彼と私でシェアすることはできない。もしこれが本気の関係なら——私はそう確信しているが——フルーツケーキと私はお互いに慣れるしかないと思う」

「わかったよ」俺は譲歩した。いつものように父が正しかったからだ。「土曜日はどう?」

「完璧だ」

「でもレストランはダメだ。彼は料理を作りたがると思う」

「なおさら好都合だ」

「それから父さん」

「ん?」

「彼をフルーツケーキと呼ぶなよ」

父との夕食のことを話すと、一瞬だけコールの目が曇った。だがすぐにそれは消え、笑みが浮かぶ。「きみが望むならそうするよ、ラヴ」

土曜日の午後、夕食に必要なものをコールと一緒に買いにいくことになった。車から降り、店に向かって歩き始めたとき、俺は告白した。

「緊張するよ。前回はうまくいかなかったから」

「もう二度とそんなことはない」コールが断言する。

「どうしてわかる？」

「きみが今は僕を信頼しているから」

コールが言った。まるでそれですべてが違ってくるかのように。

俺はこれまでコールを信頼していなかったのか？　コールが何を言いたいのかよくわからなかったが、コールのそばにいるとよくそういうことがあったので、そのままにしておくことにした。

「メニューは何にする？」食料品店に入りながら、コールに尋ねた。「チオッピーノをまた作るといいんじゃないかな。親父、この間すごく気に入ってたぞ。鍋に残ってたやつまできれいに食べ尽くしてた、お前が帰ったあと」

そう言ってすぐ、あの晩コールが早く帰った理由と、翌晩の芝居のあとでの喧嘩のことを思い出す。

「悪かったよ、あのとき――」

「きみはずっと前に許されてるよ、ラヴ」コールが俺を遮る。「でも急に悔い改めるなんて素敵だね。それからチオッピーノは作らない」

「じゃあ何を？」

「サプライズだよ」コールが答えた。これ以上の情報漏洩はなし、という口調だ。「パンはここで買う？　それともこの先の店まで行こうか？」

「ここで買ってしまおう。パイなんかも買わないと。親父はデザートが好きなんだ」

「デザートにはストロベリィを食べよう」コールが小さなプラスチックの容器に入ったイチゴを手に取り、匂いを嗅いだ。「完熟してる。匂いを嗅いだだけでわかるよ。ほら」

コールが容器を俺の鼻に近づけてくる。

イチゴの匂いはコールと強く結びついていて、匂いを嗅ぐとすぐ、コールの細い体を組み敷き、彼の中に入って、シナモン色の髪に鼻を埋めたときのことが思い浮かぶ。

そして、突然、猛烈に勃起した。

なんだこれは？　食料品店の真ん中にいるんだぞ。

窮状を隠すため、食料品の棚のほうを向いた。目をつむり、何かほかのことを考えようとした。野球、芝生を刈ること、何でもいい。だが、コールの匂いが、あのときに出すコールの声が——。

「おやおや、きみときたら」コールが、俺のエロティック過ぎる思考を中断させた。「僕の知らない変てこな果物フェチなのか？」

コールがこっちを見ている。予想どおり、その目は笑いに満ちていた。

「お前だよ」恥ずかしかったが囁いた。

「僕?」

「お前の髪」コールはまだよくわかっていないようだ。「お前の髪の匂いだ!」と打ち明けるしかなかった。

コールの目に理解の色が浮かぶ。そして、それがどれだけ彼を喜ばせたかもわかった。「ストロベリィか。それはとても興味深いね。ほかにも何かあるの?」

頬が赤くなるのを感じながら、コールの髪の色と肌のことを思った。「シナモン」俺は静かに認めた。「あと、キャラメル」

コールは心底面白がっているようだ。「足りないのはホイップクリームだけか」

その言葉でまた新たなイメージが湧いてきて――どれもこれもが股間をさらに刺激する。

「全然助けになってない」低く囁くとコールは笑った。

「助けるつもりなんかないし」コールが傍に寄ってきて、つま先立ちで俺の耳元で囁く。「ここで立ち往生しているなんて残念だよね。もし家まで待てたら、まずデザートを食べさせてあげるけど」

「まだ助けになってない」

「そうそう、まだ言ってなかったっけ? 最近、きみのネクタイのことをよく考えてるんだ。

あ、これタイミング悪かった？」

「ああ、くそ」俺が呻くと、コールは笑った。コールを押し退けると、笑い声がさらに大きくなる。コールからバスケットを奪い取った。うまくすればボトムスの前の恥ずかしい膨らみを隠せるだろう。

「急がないか？」

「きみがそう望むならね、ラヴ」コールは愉快そうだ。そのまま店の奥へと進み、俺はあとをついていった。コールの後ろについて通路を歩き回れば、妙な欲望から解放されると思ったからだ——これ以上イチゴと出くわさない限りは。シナモンにも。キャラメルにも。ホイップクリームも。

うん、これはうまくいきそうな——。

だが目の前にコールがいる。首の後ろの蝶や、丸みを帯びたやわらかい尻や背中のラインから目が離せない。気が狂いそうだ。そんな俺をコールは笑った。

必要な食材がようやく揃い、さらにイチゴも——また青果コーナーに戻らなければならず、難儀した——それぞれが食料品の袋を抱え、駐車場の奥に停めてあった車まで戻った。

「お前はマジで残酷だな」後部座席に荷物を置くなりコールに言った。コールがまた笑う。二人とも車に乗り込み、俺が車を発進させようとすると、コールにキーを取られた。「何するんだ」

コールが身を乗り出し、耳に唇を寄せてくる。彼の細い手が俺のジーンズのボタンに触れる。「残酷なことをした埋め合わせをするよ」囁きながら、コールの舌が俺の耳を舐める。

店内にいるほとんどの時間、俺はかなり勃起していた。だがここは駐車場だ——食料品店の。「ここではできない」掠れた声で囁くと、コールの笑い声が耳元で優しく響く。すでにジーンズの前を開け、手を滑り込ませ、俺を愛撫している。店での苦難のあとだったせいで、信じられないくらい気持ちよく、息が止まりそうだ。だが、やはり人に見られるのが不安だ。コールが俺のブリーフを引っ張り、硬く聳り立つものを露わにする。雫で濡れた先端を、コールが指で撫でる。

「ハニー」その声は優しかった。「きみっていつもホント堅苦しいよね。今だけはリラックスしてみて」そして俺が答える前に、俺の膝に頭を乗せ、その温かい口の中に俺を深く吸い込んだ。

ぐるぐると世界が回っている気がする。コールにされていることの快感と、見つかることへの不安とで引き裂かれそうだ。駐車場を見回した。すぐ近くには誰もいなかったし、離れたところにいる連中もこっちを見ていなかった。だが、隣に停まっている車の持ち主が、今まさに店から出てきたら？　そのとき——そのとき、コールが舌で何かした。ああもう、構うものか。コールを止めることはできない。

ハンドルを握っている手にぎゅっと力を入れる。目を閉じ、イチゴの香りを思い浮かべた。

そして、コールの濃い色の肌にのった生クリームを。それから、コールの細い体を自分の体の下で感じるときのことを。店内でコールの後ろを歩きながら感じていた欲望――もう抗うことをあきらめた――その欲望に身を任せ、コールが与えてくれる解放感を味わう。思わず「ああ……」と呻くと、コールが俺を含んで頭を上下に動かしながらスピードを上げる。柔らかな呻きが漏れ、コールも同じように興奮していることがわかり、さらに快感が深まる。コールが感度のいい声を上げるのを聞くことほど、興奮させられることはない。どうにかしてやりたいと思ったが、前の座席の狭い空間では、どうにも体が自由に動かせない。コールは俺の腰に腕を回し、指が背中に食い込んで痛いほどだ。もう片方の手は俺のボトムスを押さえ、行為の邪魔にならないようにしていた。俺はその手を押し退け、自分でボトムスを押さえた。片手が自由になると、コールはすぐに自分のボトムスのボタンを外し、中に手を差し入れる。自分のものを上下に摩ることまではできなかったが、俺のものを吸いながら手をうまく使い、喘ぎ声も大きくなっていく。

もう限界に近かった。誰かに見つかることがまだひどく心配で、早くすませないと――という思いもあった。だがこのままもっと、コールの温かく湿った口が俺の長さを上下に滑っていくのを感じ続けたくもあった。俺の呼吸が速くなるにつれ、コールがますます必死になる音を聞き続けたかった。もちろん、そんなこと、コントロールするなんて不可能だった。自分自身がいよいよピークに達するのを感じた――空いた手でハンドルにしがみつき、コールの頭を押し下げたい誘惑に駆られないようにする。コールの柔らかい唇が再び俺の先端に移動し――それがすべてだった。俺は激しく達し、コールの指が背中にきつく食い込むのを感じ、コールが俺のペニスの周りで出した小声で、彼もまた絶頂に達したことを知った。

息を荒げたまま、俺は目を開けた。車の目の前を怪訝そうな顔で通り過ぎていく女性がいた。六十代くらいだろう、ムームーを着てビーチサンダルを履き、髪にカーラーを巻いていた。俺はコールの頭に片手を添え、その瞬間にへたり込んでしまわないようにしながら、もう片方の手を振り、馬鹿みたいにニヤニヤしていた。彼女は頰を赤く染め、すぐに背を向け、隣の列の自分の車に向かって足を引きずりながら歩いていった。

自分でもどうしようもないくらい――笑っていた。こんなに気持ちいいだなんて、信じられない。

口でやってもらうこと、だけじゃない。もちろんそれも気持ちいいのだが、すべてがとても解放的に思えた。コールのそばにいて、コールを信頼し、自分をリラックスさせる。そして――笑う。笑うことは、セックスと同じくらい気持ちがよかった。

コールは正しい。たまには、なすがままになればいいんだ。

コールの頭から手を離すと、彼は体を起こした。そして俺の耳に唇をあて、からかうように囁く。「よくなった？」

「まったくもう……」息を切らし、ようやく笑いがおさまり始める。「もちろんだ！」

「やった！　もっとリラックスしたほうがいいよ」とからかわれた。

「そうかもしれないな」

コールは俺の頬に一度だけキスをすると、体を離し、座席の小物入れを探り出した。「どこかにナプキンがあるといいんだけど。そうじゃないと、きみの家に帰るまでにズボンが体にくっついてしまいそうだ。一生取れないかもしれない」

「それは残念なことだな」俺はまだ笑みを浮かべていた。

コールが微笑み返し、ウインクする。「そう思ってくれてうれしいよ、ラヴ」


父は早く到着した。テーブルのセッティングもまだしていなかった。「夕食は少しあとです」と、コールが席につく。「ジョニーがワインを用意してくれるって。そうだよね？　ラヴ」

父はちょっと緊張気味だ。コールが俺を部屋から追いやり、父と二人きりになりたがっているのが見え見えだからだろう。コールの望みどおりにしてやった。キッチンに行くとワインを開け、キャビネットからグラスを三つ取り出す。

「今年は少し休まないとな」

キッチンから戻ってくると父がそう言っていた。

「本当に？」驚いて聞き返す。「父さんは決して休みを取らないのに」

「ああ。だから有給がいっぱいなんだ。休みを取れって言われてるんだよ」

「どうするつもり？」

父が肩をすくめる。「まだ決めてない。旅行に行きたいが、金がかかるし、どこに行けばいいのかわからないし」

「ああ、ハニー」コールが話題に飛び込んできた。テーブルの下で、コールの足を蹴飛ばす
——親父を「ハニー」なんて呼ぶな。

コールは文句を言いたげな顔でこっちを見たが、気にせず続けた。「こういうことに詳しい人の助けが必要ですよね。まさに目の前にいます！」それから父に向かって、冗談めかして目を瞬かせる。「ジョニーから聞いたかどうか知りませんけど、僕はあちこちに家を持ってるんです。好きなところを使ってください。どこがいいですか？」

「そうだな」父は明らかに居心地悪そうだった。「よくわからんが——」

「パリはどう？」

「パリ？」

「ええ、そうです、ハニー。パリを愛していない人なんていないでしょ？」

コールが身を乗り出し、少しばかり父に近づく——まるで秘密を打ち明けるかのように。

「僕、夏の半分をそこで過ごすんです。あと、もちろんクリスマスも。ホテルより便利だし、

無料だからもっといいでしょ？　いつ行きたいか言ってくれたら――」

「コール」口をはさんだが無視された。

「――アランに連絡しておきます。狭いですけど、大宴会でもしない限りは大丈夫でしょう。隣の家のご婦人がビション・フリーゼを飼っていて、家の前を通るたびに馬鹿みたいに吠えるんで、ひどく迷惑なんですが、気にしないでください。バスルームにある雑誌も怖がらないでくださいね。シンクの下にでも放り込んでおいてください――」

「コール」ともう一度言ったが、また無視される。

「――雑誌を開いたりしないでくださいよ、ショックが大きいですから。もちろんキッチン付きだから外食もしなくていいし、毎晩レストランに行くより限りなく安いのは確かです。アランの電話番号を教えますから、彼に電話して買ってきてほしいものを伝えれば、全部用意してくれますよ。――あ、待って！　フランス語は話せますか？」

父は一方的なコールの話について行くのがやっと、という様子だったが、「いいや」と答えた。

「それならアランに電話しないほうがいいですね、ハニー。彼の英語はひどいから。わざとやってるんだと思うな、アメリカ人が嫌いだから。でも気をつけないと、キッチンがスパムでいっぱいになっちゃいますよ。食べたいものを教えておいてくれたら、キッチンに――」

「コール！」

このときばかりは、コールは俺を無視しなかった。「やれやれ、ジョニーときたら！」と憤慨してこちらを向く。「何をそんなにあせってるわけ？」

コールの注意を引いたものの、何を言っていいかわからないことに気がついた。

「パリのマンションを使っても親父を買収することはできないぞ」

「なぜダメなの？」

父は鼻を鳴らし——わかってる、笑いをこらえているのだ——咳払いをしてごまかした。

「だって」言い訳をした。「親父向きじゃない」

コールは驚いたふりをして——もちろん嘘に決まっている。それくらいわかる——「僕は無実です」という顔で父に向き直った。「パリは却下です、すみません。ジョニーは、僕の提案をひどく気取ってると思ったみたいですね。じゃ、ハンプトンはどうかな？　そこにも家を持っています。夏も近いし、いい選択かもしれない。プールはもうすぐ完成するはずだし、芝生もきれいです。花もたくさん咲いている。ぼくの庭師が——」

「コール！」俺はもう一度言った。コールは答えなかったが、手を伸ばしてきて俺の手首を細い手でつかみ、ほんの少し握った。そして話しながら、目の端で素早く視線を送ってよこす——口を閉じてろ、とばかりに。

「——ええと、庭師については、あなたは僕ほどには感銘を受けない気がしますけど、お隣にとても魅力的な未亡人が住んでるんです。確かマーサという名前だったかな、まあ僕の記憶はあてにしないでください。彼女、僕のことを恐ろしいと思っているようですけど、実はそれが面白くて。ときどき、ドラァグクイーンみたいに女装してみようかなんて思ってしまうんですよ、ただあの人が家に逃げ帰るのを見たいがためにね。でも、相手があなただったらどうだろう？　彼女もきっと気に入るんじゃないかな。そんなに料理が上手い人じゃないけど——少なくとも、うちのマーガレットはそう言ってます——でも、マーサは素晴らしいレモンメレンゲパイを作るんです」

父は笑みを浮かべていて、さっきよりは落ち着いて話を聞いている。ただ、コールの話をどの程度真剣に受け止めるべきか迷っているようだ。

「ゴルフはしますか？」

「それほどは」

「よかった。最寄りのコースがどこにあるかも知らないので。釣りは？」

「なぜ？」と聞いた父は、今度は心から微笑んでいた。「きみは釣りを？」

「とんでもない」コールは言った。「僕を見てくださいよ、ハニー。釣りをするように見えますか？　釣り針に餌をつけようとしてるなんて想像できますか？」コールがドラマチックに身震いし——

父が——笑っていた。

さっきの緊張した笑い方とは違う。本当の意味で、腹の底から笑っていたのだ。気を悪くしたんじゃないかと心配になってコールを見ると、コールも笑っていた。

そして、自分がいかに馬鹿だったかを思い知らされた。

初めて一緒に食事をしたとき、俺は父がコールを笑い、コールが気分を害するのではないか、コールが父の前で恥をかくのではないかと、とても心配した。どうしてコールはそんなに大げさなことをするのだろうと、食事中ずっと考え、嘲笑から二人を守ろうとしていた。だが、今になってようやくわかった――コールは俺の助けなんか一切必要としていないってことを。それればかりか、助けを望んですらいなかった。コールにはコールなりに父を安心させられる方法があり、たとえそれが父に笑われることであっても、まったく気にしていないのだ。俺が不器用に口出しすると、事態が悪化するだけなのだ。

「――で、車でちょっとかかりますけど、その店の出すロブスタービスクは最高です。今まで食べたなかでも――」

そしてその瞬間、俺はコールを心底愛おしく思っていた。

どうしてコールも父も、俺から溢れ出てくるこの愛を感じないのだろう――というくらいに。

コールはまだ話していたが、俺は彼にキスをした。コールはまったく気にせず、話をやめようともしない。俺のキスはコールの左のこめかみのあたりに着地したが、それでよかった。父は少し顔を赤らめていたものの、コールが言ったことに笑い、俺たちから目を逸らしたりはしなかった。

コールの耳元で「親父はスキーをするんだよ」と言うと、今度は本当に驚いた顔をした。

「やれやれ、ジョニーときたら、今ごろになってそんなことを言うわけ？」コールは俺を戯れに押し退けた。「前もってそう言ってくれれば、僕の時間を大幅に節約できたのにな。ねえジョージ、言わせてもらいますけど、あなた、ジョニーの育て方を誤りましたね。実は僕、ベイルにコンドミニアムを持ってて――」

俺は立ち上がり、夕食に必要な食器を取りにキッチンへ行き、二人に話をさせたまま――いや、厳密に言うなら、コールに父の耳を塞がせるままにしておいた。数分後、コールもキッチンにやってきたので、近づいてきたコールの腕をつかんだ。

「このあいだの食事のときは――悪かった」

「許してあげよう」

「心配だったんだ、親父がお前を怒らせるんじゃないか、お前が親父を怒らせるんじゃないかって――」

「僕はそんなに簡単には怒らないよ。それにさ、人は笑えないとリラックスできないんだ。お父さんには僕が馬鹿だと思ってもらえればいい。それできみと僕が一緒にいるのを見ても、お父さんが苦にならないならね」そこまで言うと、コールの瞳がまた悲しげになる。

「お前はすごいな」

コールが少しだけ笑う。「ああ、ホントにそうさ。気に食わないのは、きみが今ごろようやくそれを理解したことだね」

「お前を愛――」

コールがすぐさま俺の唇に指を当てる――瞳にパニックの光をたたえながら。「言わないで」コールが首を横に振って囁く。それから、コールの唇が俺の唇に重なる。コールが片手を俺の腰に回し、もう片方を首にしっかりと巻きつけ、俺を強く引き寄せる。

それは、これまでコールがしてきたなかで、いちばん積極的なキスだった――信じられないほど刺激的な。

激しくて情熱的で、いつもなら二人がベッドルームまで直行してしまうようなキスだ――もし父がいなければそうなっていただろう。そして、もし父がまさにこの瞬間を選んでキッチンへ入ってこなければ。

「おいジョン、お前――おっと。まずい」父はすぐさま背を向けて出ていき、コールは笑いながら俺を解放した。

「大丈夫ですから、ジョージ」と声をかけながら、コンロの上の鍋に向き直る。「入ってきていいですよ。あなたが帰るまで、ジョニーの服を引き裂くのは待つって約束します」

テーブルに料理が運ばれてくると、コールが今まで作ったことのない料理だったので驚いた。ビーフストロガノフとエッグ・ヌードル。父は料理を自分の皿に盛りながら、妙に黙りこくっている。コールは気づいていないようで、父の椅子の横に立ち、ワインのボトルをもう一本開けていた。ひと口食べてみると、それは素晴らしく舌に馴染んだ味だった。一気に衝撃が走る。

「これは母さんのレシピだ」思わず言うと、コールがにっこり微笑む。

「そうなんだ」俺が言い当てたことを喜んでいる。

とてもささいなことで――たったひと口食べただけで、母の姿が蘇る。

それから、数え切れないほどの夕食の思い出――俺たち全員が一緒に食卓を囲んだときのことも。今まさに母が俺たちと一緒にいるような――目には見えなくても母がすぐそばにいるような気がした。

「完璧だ」俺は言った。「父さん――」だが父を見たとき、すぐさま言葉は途絶えた。父はまだ皿の上の料理を見つめていて、頬に涙が流れている。「父さん――」俺はもう一度言いかけたが、まったく同じタイミングでコールが父のほうを振り向いた。

「ああ、ジョージ」コールが動揺する。「ごめんなさい。本当に、本当にごめんなさい！」

コールが、父を泣かせてしまったことにどれほど恐怖を感じているかがわかった。

「とんでもないことをした！　何を考えていたんだろう？　気づくべきだったんだ。こんなふうにあなたを驚かせるんじゃなかった。代わりに外に食べにいきましょう」そう言って、コールは父の皿を取り上げようと手を伸ばした。「この通りの先にできた新しい店に行ってもいいですし――」

その言葉を言い終わらないうちに、父が立ち上がった。父はコールのほうを向いた。

「ジョージ」コールがもう一度言う。「本当にごめんなさい」

父が手を伸ばし、コールのシャツの前をつかむ。

俺は慌てて立ち上がった——父がコールに殴りかかるかもしれないと思ったのだ。だがテーブルの反対側にいたので、父を止めるのには間に合わない。

次の瞬間——父がコールを引き寄せ、腕を回して強く抱きしめた。

「ありがとう」父の声は掠(かす)れていた。

もし父が泣いていなかったら、すべて笑っておしまいになっていたかもしれない。

コールは父の腕の中で完璧に硬直していて、恐怖の表情を浮かべている。助けを求めているようにも見えた。片方の腕は父にしっかり抑え込まれていたが、もう片方の腕は自由になっていて、こちらに向かってバタバタ振っている——このハプニングを全部巻き戻し、最後のぎこちないハグをしない形で再生してくれ、と言わんばかりだ。コールがじたばたするのを見て、笑わないようにするのが精一杯だった。

父はようやく手を放した。それから、何事もなかったかのように一歩下がって椅子に腰を下ろす。

「もともとは」ナプキンで目を拭きながら父が言った。「これは私の母のレシピだったんだ。でもキャロルが少し違うふうにアレンジしてね」

コールはまだ少し震えているようだったが、どうにか口を開いた。「キャロルはシェリー酒を足したんです」

父は驚いて顔を上げた。「それだけか？」コールがうなずく。父は首を振って笑った。「母はキャロルが味を変えたことを決して許さなかったものだよ」

さっきまでどんな感情に襲われていたにせよ、父はふだんの自分を取り戻し、ストロガノフを夢中で食べた。

コールは明らかにまだ少し動揺している様子で、物問いたげにこちらを見た。「本当においしいよ」と俺が言うと、また少しリラックスする。

「驚かせたかったんだ。気づくべきだった――」

「大丈夫だよ」

「わかった」コールが震えながら言った。「ちょっと……バターを取ってくるよ」そしてキッチンに引っ込んだ。

バターなんか必要なかった。コールもまた、自分を取り戻すために少し時間が欲しいだけなのだ。

「コールは父さんを動揺させるつもりはなかった」俺は父に言った。「彼はレシピを何度も読んでいる。レシピから、コールが母さんのことをどれだけ理解しているか聞いたら、きっと驚くと思う」

「素晴らしいことだな、ジョン」父が言った。「母さんも素晴らしいと思っただろう。母さんは彼を気に入ったと思うね」

「本当にそう思う？」

「実のところ確信があるんだ」父が訳知り顔の笑みを見せる。「母さんは、私が知っているなかで本当にフルーツケーキが好きな唯一の人間だからな」

5月9日
差出人：コール
宛先：ジャレド

自分のしていることが間違っているんじゃないかと不安になる。もしかしたら、残酷なことかもしれないとさえ思う。僕は嘘の世界に生きていて、そのせいで自分を憎んでいる。ジョナサンに、これが続くと思わせている――無理だとわかっているのに。彼を騙すつもりはなかった。ただ、ニューヨークではとてもいい感じだったから、フェニックスに帰っても、そのまま続けるのはとても簡単なことだったんだ。避けられない運命を先延ばしにしているような気がしたけど、彼に会い続けるのはとても自然なことだった。

これほど長い間、一つの場所にいたことはない。僕のなかの厄介な子どもが落ち着きを失い始めている。いつものように、どこかへ行け、どこかへ行けと急かす。そいつは常に支配的で、そいつの言うことを聞かなきゃならないのは時間の問題だ。

僕が旅立つとき、それが終わりの始まりになることはわかってる。全身全霊でそれを理解している。ジョナサンも何かがおかしいって感じているはず。説明したとしても、結局のところ、何かが変わるわけじゃない。ジョナサンには理解できないよ。きっと僕を信じてくれない。僕たちはきっと、最後の日々を言い争いながら過ごすんだ。彼は誓うだろう――僕たちはうまくいくって。彼は実現不可能な約束をするだろう。本気でそれを僕に与えようとさえするだろう。きっと。でもそれはたいしたことじゃない。どうせいつものように終わるんだから。ジョナサンは僕の落ち着きのなさに嫌気がさして、去っていくんだ。

だから僕は黙っていることにした。少しでも長く二人が幸せでいられることを選ぶよ。それって間違っているのかな？　頭のなかの恐ろしい声が無視できないほど大きくなるまで、ここにいることは間違っているんだろうか？　彼に愛されるのは悪いこと？

答えないで。

本当いうと、ほかに選択肢はないんだ。彼をあまりにも愛している。

水曜日の朝、オフィスに着くと、マーカスからすぐに会いたいというメモが来ていた。出張がなくなった今、以前ほど頻繁に顔を合わせる理由はなくなったが、それでも前例がないわけではないので、あまり気にせず二階の角にある彼のオフィスへ向かった。しかし、ドアを開けてマーカスの顔を見ると、何かがおかしかった。普段の陽気さは消え、粛々とした面持ちだ。

「さっそく来てくれてありがとう、ジョン、ドアを閉めて」それも珍しい要求ではなかったので、心配しないよう自分に言い聞かせた。言われたとおりに、いつもの向かいの席に座る。

「何かあったんですか?」

マーカスは俺と目を合わせず、俺の頭上のどこかを見ていた。そのまましばらくそうしているので、心のなかで五つ数えた。続けてまた五つ。マーカスは深く息を吐くとようやくこっちを見た。

「ジョン、きみを解雇するつもりだ」

——え?

ぐるぐると部屋が回る。世界が崩れていく。俺は息をするのを忘れた。まるでカーニバルか何かの只中(ただなか)にいて、床が抜け落ちるような感覚。耳元で轟音が響く——恐ろしいほどの眩暈(めまい)がする。

「——今、何と?」

「会社は苦しんでるんだ、ジョン。赤字寸前だ。シニアリエゾン・アカウントディレクターを州外に移したのが少しは功を奏したものの、まだ充分とは言えない」

「でも、誰も仕事を失うことはないとおっしゃいました！　あなたは私に――」

「きみに言ったことは覚えている、ジョン。本当にそう思っていたんだ。そうでないと疑う理由はなかったからな」

「何があったんです？」

「モンティがコスト削減をしようとしている。役員会で決定したのはつい月曜のことだ」

「なぜ私なんです？」

「きみだけじゃない。ジュニアリエゾン全員。合計十人だ」彼はため息をつくと目を伏せ、頭をさする。「私は役員会で縮小に反対した――たった一人でな。それなのに、私の部署だからという理由で、この役目を――今日、十人の部下に職を失うことを伝えなければならないという役目を――負うことになったのさ」

俺は頭を抱えた。ちゃんと息をしろ。冷静になれ。マーカスのせいじゃない。

それはよくわかっていた。マーカスが俺の敵だったことは一度もない。だが、心の中に湧き上がってくる怒りを抑えることができなかった。

「このことを話すのはジョン、きみが最初だ。一ヵ月の退職金を用意している――」

「一ヵ月？　私は九年ここにいるんですよ！」

「ジョン」マーカスがいらいらと厳しい口調になる。「すまないと思っている。この件についても私が決めたことではない。きみにはそれを知っておいてほしい」

俺は深呼吸をした。「わかりました」

マーカスがまたため息をつく。「一ヵ月の退職金と、未使用分の有給休暇の消化だ」

実のところ、それは助かる。有給休暇をかなり多くため込んでいたからだ。

俺は立ち上がった。「すぐに手続きをしないといけないんでしょうね」

マーカスは額をこすりながら、また目を伏せる。「ああ、人事課で書類を全部用意してある。まずそっちに立ち寄ってくれ」

ドアを開けたが、出ていく前にマーカスに呼び止められた。

「ジョン、きみのあとに九人の同僚が控えている」

マーカスの言いたいことはよくわかった——解雇されるということを、誰も人づてに知りたがらない。このことは口外しないように、ということだ。

「はい、わかっています」

マーカスが立ち上がり、机の向こう側から出てきた。「すまない、ジョン」そう言って、手を握ってくる。「本当に残念だ」

「私も残念です」としか言えなかった。

俺は自分の机を片づけた。最初は目立たないようにしていたが、そうするあいだにも同僚が次々とマーカスとのミーティングから戻ってきた。五人が机の上を片づけ出すころには、ほかのメンバーも何が起こるか大体想像がついた。ある者は落ち込んだ。怒っている者もいた。ある者は、ほっとしたようだった。

俺は？　何よりも、裏切られたと思った。

帰宅したのは午後二時で、家には誰もいなかった。コールにはまだ言わなくていいんだと思うと、がっかりしたのか、ほっとしたのか、よくわからなかった。ネクタイとジャケットを床に投げ捨てた。靴も蹴飛ばした。そして、ソファに横たわり、宙を見上げた。

どうしてこんなことが起こるんだろう？　そんな思いが何度も何度も脳裏をよぎる。

どうしてこんなことが——？

九年ものあいだ、会社のために懸命に働いてきた。仕事のことで一度もノーと言ったことはない。休暇もほとんど取っていない。模範的な社員だった。それなのに、こんな仕打ちを受けるだと——？　一ヵ月の退職金と握手、そして謝罪だけ？

降格を受け入れなかったほうがよかったんだろうか？　ヴェガスかユタに異動したとしても、仕事はある。あのとき異動しておけばよかった——とっさにそんな思いがよぎる。だが、コールと過ごしたこの数ヵ月のことを考えると、こっちが正しい選択だったんだということはわかる。コールとの時間は何にも代えがたかった。

それで、最初の問いに戻った。

俺は正しいことをした。なのに、どうしてこんなことに？　何度も何度も頭の中で考えを巡らせたが、どこにもたどり着けなかった。ひどく腹が立ち、ひどく落胆した。

どれくらいの時間が経ったのだろうか——ただ、腹が減ったことだけはわかった。空腹というより、飢えに近い。昼飯を食っていないのだ。時計を見ると、もう四時近い。コールに電話しようか、それともクソみたいな酔っ払いになるか——迷った。

コールがやってきたとき、俺はまだ決めかねていた。

俺はソファから動かなかったし、ドアはソファの後ろ側にあったので、コールの姿は見えなかった。だが、コールが鍵を使う音を聞き、コールが入ってくるのを聞いた。紙袋のカサカサする音がしたので、店に寄ってきたこともわかった。

「ヘイ、ラヴ。なぜこんなに早く帰ってきたんだ？　病気なの？」

俺は答えなかった。コールが視界に入ってくる。茶色の紙袋を片手で抱え、心配そうに見下ろしてくる。

思ったより簡単に言葉が出た。「失業した」

「なんだって！」紙袋をコーヒーテーブルにどさりと置くと、コールが隣に腰を下ろす。「何が起きたんだ？」

コールの顔を見ることができなかった。同情にあふれたコールの目を見るのがつらくて、ずっと天井を見ていた。

「会社が縮小している。俺の部署は全部切られた」

「ジョニー、残念だ。本当に——本当に残念だ」コールが俺の手を両手で握る。「ありきたりの言葉しか出てこない——ほかにどう言えばいいんだ」

「大丈夫だ」

「何をしてほしいか言ってくれ、ラヴ」

「ちょっと……」口から言葉が出てくるまで自分でもよくわからなかった。「ちょっと一人にしてくれないか」

茫然としたような沈黙が続き——コールが言った。「わかった、帰ってもいい」コールが立ち上がる。だが、俺は彼の手を強く握った。コールがこっちを見下ろす。そのとき、ようやくコールの目を見ることができた。

「そんなに長くはかからないから。もう少しだけ、待ってくれ」

「わかった」コールが心配そうに座り直す。まだ俺の手を握っている。

「夕食を作ろうと思ってたんだ、もし僕が——」

「そうしてくれると助かる」

「コーニッシュ・ヘンのスカリオン添え——」

「ワインはどうする？」

「ジンファンデル」

「二本必要だな」

「わかった」コールが身を乗り出し、キスしてくる。彼の唇は柔らかく少しためらいがちで、とても甘かった。喉元に何かがせりあがってくる。唇を離すと、コールが俺の顔を覗き込んでくる。「きみが望むものは何でもね、ジョニー」

ディナーは素晴らしかったが、俺には感謝する余裕がなかった。とんでもなく酔っぱらってしまい、コールがテーブルを片付けている間にベッドで気を失ってしまった。翌朝は二日酔いで、その日じゅうずっと惨めな気持ちだった。コールは限りなく忍耐強かった。ずっとそばにいてくれた。コールには珍しく異常に静かだった。そして、一度も彼の瞳にあの翳(かげ)りを見ることはなかった。

5月18日
差出人：コール
宛先：ジャレド

彼の不幸に、僕は希望を見出した。それって僕がひどい人間ってことだろうか？　彼が打ちのめされているのはわかってる。それでも、今の僕が考えているのは、これで彼とずっと一緒にいられるってことだけ。答えはこんなにも明快だ——彼がそれを受け入れてくれさえすれば。

二週間ほど、惨めな日々を過ごした。誰にでも八つ当たりした。ジョギングも髭剃りもしなかった。ずっと不機嫌で怒っていて、知性のある人間ならだれも近づきたくなかっただろう。だがコールは、嫌な仕事を好んで引き受けてくれた。ずっとそばにいて、食事を作り、俺の振る舞いにも我慢し、そのうえベッドでは愛し合ってくれた。

二週間たってようやく、こんなふうに拗ねていても何も始まらない、と受け入れることができた。自分を奮い立たせるときだ。十年くらいぶりに履歴書を作り、職探しを始めた。それでもまだ、やり場のない怒りと倦怠感を抱いてもいた。人生の大半を仕事に賭け、充分な見返りを当てにしていたのに、クソにされたのだ。穏やかでいろと言われても、できない相談だ。

就職は難しい。多くの企業が規模を縮小し、市場には老若男女が溢れ、わずかな職を取り合って奔走していた。何度か面接を受けたものの、俺には能力が足りないか、あるいはありすぎるかといった具合だ。自分にできることがない、ということを受け入れるのはつらかった。そんなこんなで、信じがたいほどのストレスが溜まる毎日でもあった。

そのうえ、コールと俺の関係も熱くなったり冷めたりで、どうしたらいいのかまったくわからなかった。俺はコールに狂おしいほど恋をしていた——ほかに言いようがないくらい。コールもまた同じように感じていると思っていた。俺たちはだいたいいつも一緒に過ごした。言い争いもほとんどせず、たとえ言い合ったとしてもすぐにおさまった。セックスはこれまでにないほどの激しさにまで達し、息もつけないほどだった。すべてが完璧に思える時期もあった。

それでも、コールの瞳にますます翳りが見えるようになった。コールを抱き寄せようとすると、以前みたいに、押し退けられることが多くなった。コールは悲しそうで、落ち着きがなかった。何度か問いただしてみたものの、そうすると苦笑いを浮かべてこう答えるのだ——「気のせいだよ、ラヴ」と。コールの言葉が嘘でないことを、ただ祈るばかりだった。

ある日の午後、なかなかうまくいかない面接から戻ると、コールがソファにいた。こちらに背を向けていたので、いつもみたいに丸まって本を読んでいるのだと思った。ところが俺がドアを閉めたとき、コールが飛び上がった。一瞬だけ——たぶん反射的に——こっちを向き、それからあわてて背を向けた。両手で顔を覆いながら。だが、俺にはしっかり見えた。コールの目が赤く、涙で濡れていたのを。

「ハイ、スウィーティ」コールは立ち上がったが、こちらを見ようとしない。手で頰を拭っている。「面接はどうだった?」

「ひどかった」でも、そんなことはどうでもいい。「どうしたんだ?」

「何でもない！　居眠りしてたんだ。疲れたんだと思う。眠ってる場合じゃなかったね。夕食を作るよ。お腹すいた？　作ろうと思ってたんだけど――」

「コール」俺はコールの言葉を遮った。嘘をついているのがわかった。一分間に一マイルの速さで無意味なたわごとについてしゃべるのは、何かを回避しようとするときの戦略なのだ。

「話してくれ。どうしたんだ？」

「何もないってば。本当に」

「信じないぞ」

「すごく疲れただけ。でももう大丈夫。ちょっとだけ待ってて……」

そう言いながらコールはキッチンへと逃げていく。もちろん俺もついていった。コールは冷蔵庫から物を出しているが、相変わらずこちらを見ようとしない。

「どうして嘘をつくんだ？」そう聞くとコールは固まり、うなだれた。「俺のことを怒っているのか？　お前を怒らせるようなことをしたのか？」

「違う」コールが首を横に振る。その口調は誠実そうに聞こえた。

「じゃあ、何が？」

コールが両手で目を覆う。また泣かないようにとこらえているのだ。

「少し時間が必要だ――」コールの声は震えていた。「――自分を取り戻すために。このままでは、きみと向き合えない」

何よりもコールを抱き寄せたいと思った。だが手を伸ばすと、コールはじたばたと俺から離れていく。コールの作り上げた壁の外にいることが耐えられなかった。壁がいっそ目に見えたらいいのに——そうしたらこの手で思い切りぶち壊してやる。

「お願い」コールが懇願するように囁く。「夕食後に話そう、ジョニー。約束する。でも、今は僕をそっとしておいてくれないか」

「わかった」

そう言ったのは、本心からじゃない。コールにまた拒絶されたことで傷ついていた。だが、コールの意思を尊重することが今の自分にできる唯一のことだとわかってもいた。スーツを着替え、しばらく悩んだ末、キッチンに行くことにした。最近ではほとんどの夜、コールの料理を手伝うようにしている。といっても何もできないから、ただコールの邪魔をしたり、ワインを飲んだりするだけだったが、それでも楽しいひとときだった。今夜もそうだ。コールの後ろから腕を回し、髪に顔を埋めると、コールが体を預けてくる。首筋にキスをすると、コールが軽く息を吐いた。

夕食後、コールが何を言うのか少し気になったものの、深刻には考えていなかった。コールは俺と一緒にいてだいたいは幸せそうだったし、心配はしていなかった。二人で食事をし、そのあとすぐにコールが何も言わなかったときも、驚かなかった。コールがソファで本を読んでいるあいだ、俺は皿洗いをした。キッチンから出ると、コールにベッドルームに連れていかれ、地球を揺るがすようなセックスをした。それが終わると、コールはベッドの反対側に移り、俺には触れなかった。そして暗闇に横たわりながら、ようやく本題に入った。

「僕と一緒にパリへ行こう」

何を期待していたのか自分でもわからなかったが、少なくとも今のコールの言葉じゃないことは確かだ。つい笑ってしまった。

「本気か？」

コールは笑わなかった。「そうだよ」

「どうして？」

「なぜダメなの？」

そのとき、なぜか気づいた――これは、さっきコールがソファで涙を流していたことと関係のある話なんだ、と。よくはわからなかったが、コールには大きな意味がある話なのだ。俺は笑うのをやめ、コールの言葉の意味するところを考えた。

パリだって？

「そうしたいよ、コール、いつか――」

「今、という意味だよ、ラヴ。今すぐ」

「ああ――」コールが本気だとはまだ信じられなかった。「俺にはできない」

コールはしばらく黙っていた。暗闇の中でこういう会話を始めると、いつも思うことだが、無性にコールの顔が見たい。

「どうしてダメなの？」

「仕事を探さないと。もうすぐ退職金が出る。そのあと休暇手当が出るが——」

「仕事が見つかったらここで足止めを食うよ。何ヵ月も休暇が取れなくなる。行くなら今しかない」

もちろん、休暇についてはコールの言うとおりだ。また働き始めたら、一週間の休暇が取れるようになるのに丸一年はかかるだろう。今、小旅行してもまずいわけじゃない。帰ってから仕事を探す時間もある。

「そうだな、二、三日なら——」

「違うよ、ジョニー」コールがこちらに転がってくる。そして俺の上にぴったり体をのせると、暗闇のなか、じっと見下ろしてきた。その瞳に何が映っているのか——知りたくなる。

「数日なんていう話をしてるんじゃない。そんな短い旅行の話じゃないんだ——すぐにまたフェニックスに戻ってくるような」コールは少し黙り、それから勇気を振り絞るように言った。

「きみに頼んでるんだ——一緒にパリに来てほしい。無期限で」

「コール、そんな金はない。長くても二週間くらいかな。だが——」

「ジョニー」

コールが次の言葉を言うのに、また間があった。続きを聞いたとき、コールがなぜこれほど躊躇しているのかがわかった。

「お金なんていらない」

コールが金の話をするときはいつもだが、まず苛立ちを覚えた。その直後に怒りが湧いてきて——それを打ち消そうとした。だが、答えたときの俺の声は、思った以上に険しかった。

「お前の援助を受けろってことか?」

また沈黙。それから——「うん」

「ノーだ」

「僕にはお金がたくさんあるんだ。何も恥ずかしいことじゃない。四ヵ月後か半年後に戻ってきたら——」

「半年だって?」

「——それなら仕事も見つかるし、僕たちは——」

「ダメだ!」思わず大声になる。コールは急に黙った。そして離れていく——まるで俺が平手打ちでもしたかのように。

「いや」今度は優しく言った。「それはできないよ、コール。二週間だけ行ってみよう。それくらいなら——」

「そしてきみはまた働くことになって、僕たちはそれ以上何もできなくなる」コールは普通を装って話しているが、涙をこらえているのがわかる。

なぜなんだ？　コール。俺には理解できない。このことがどうしてそんなに大きな意味を持つ？

「コール」――なんて言えばいい？「でもできないんだ。すまない」

コールは黙っていた。暗闇のなかで、うなずくのが見える。

「わかったよ」あきらめたような静かな声。

「本当に？」コールが動揺しないようにと願いながら聞き返す。

「いや」コールが言った。「本当を言えば違う。でも、きみはそう言うだろうって思ってた」

コールは俺から離れたが、驚いたことに、いつもみたいにベッドの反対側に戻ったりはしなかった。俺の隣に寄り添い、肩に頭を乗せてくる。俺はコールに腕を回した。

「コール」

どれだけ愛しているか、伝えたかった。だがコールはそれを予期していたかのように指を伸ばし、唇に触れてくる。柔らかな指先で俺の言葉を遮る。

「しいぃぃ、ジョニー。言わないで」それから手を離し、俺に腕を回してぴったり体を寄せてくる。「おやすみ」

それ以来、パリの話題は出なかった。

それから二週間というもの、コールの瞳に翳りが見えることが多くなっても、気づかぬふりをすることに全力を尽くした。

6月19日
差出人：コール
宛先：ジャレド

　ようやく僕は、依存症がどんなものかを理解したよ。以前はまったく理解できなかったんだ。自分だけじゃなく、愛する人たちをも傷つけていることを知りながら、どうして男（女でもいい）はこんなにも自己破壊的なことができるんだろう——ってね。次の一杯を飲まなきゃいいだけなんだから、とても簡単じゃないか。ただ、やめればいい。すごく簡単だ、本当に。でも僕が傲慢なせいで（いつものことだよね）、この問題についての真実とちゃんと向き合っていなかったんだ。

　今ならわかる。

　毎日、これが最後だと自分に言い聞かせてる。毎晩、彼のベッドで眠りながら自分に言い聞かせてる——明日、パリかハワイかニューヨーク行きの飛行機を予約しようって。ここでなければ、どこでもいい。フェニックスから——彼から離れなければならないんだ。今の関係があと一歩でも深まってしまうのを避けるために。

でもまた彼に触れられて、僕の信念は消え失せてしまう――風に漂う煙みたいに。

いい結果になるはずがない。肝心なのはそこだよ、スイーツ。前にも同じようなことがあった。最後は心が痛むだけ。ハッピーエンドはないんだ――きみとマットみたいにはね。このまま彼といたって落ち着かないし、むしゃくしゃするだけ。すでにもうそうなっていて、止めることはできない。苦々しい態度をとって、不機嫌になってる。遅かれ早かれ耐えられないことになって、彼は僕のもとを去っていくだろう。でも、僕が態度を改めても、本心に従って素直に振る舞ったとしても、やっぱりハッピーエンドにはならないんだよ。どちらにしても、彼はいなくなる。そうなる前に今、終わらせたほうが賢明だとは思わないか？　今のこの幸せはやがて滅びるってことを受け入れたほうがいいんじゃないのか？

明日、僕は旅立つよ。明日こそ、避けられない運命に歯止めをかけるのをやめる。明日こそ、自分自身と彼に嘘をつくのをやめるよ。

明日。

今日はどうなんだって？　今日はもう遅いんだ。彼はもうすぐ帰ってくるし、コンロの上には夕食の準備ができていて、冷蔵庫にはワインが冷えている。そして彼は帰ってくるなり微笑みかけてくるだろう。そして僕は――僕たちの間に生まれたこの壊れやすく危険なものが、永遠に続くかのように装うんだ。

最後にもう一度だけだ、スイーツ。最後にもう一度だけ——それだけでいいんだ。

ほらね。僕は今、依存症をよく理解しているだろう？


真夜中、コールに起こされた。柔らかい手で腕を掴まれる。今までそんなふうにされたことはなかったから、何が起こったのか理解するのに一分くらいかかった。

「コール？」部屋は真っ暗だった。目の前に横たわるコールの姿がかろうじて見える。顔は影になっていた。

「どうかしたのか？」

コールは答えず、すぐ俺の腕の中に入ってきた。セックスには躊躇しないたちだから、もしそのためだけに起こしたのなら、すでに始めているはずだ。だが、これは違う。俺は混乱した。すべてがいつもと違っていたから。コールはあまりに静かで、あまりによそよそしかった。

「どういうことだ？」俺は囁いた。

コールが両腕を回してくる。震えているようだ。彼の唇が俺の唇にそっと触れる。「もう一度だけ」コールが囁く。

それはゆっくりと優しいキスだった——コールのあらゆる部分に触れたくなるような。コールはずっと静かで、聞こえてくるのは息づかいだけ。柔らかくて細い手が俺をうながし、両脚で俺の尻にしっかり絡みついてくる。そしてもう一度キスをしたとき——涙の味がした。

勘違いだろうか——思わず動きを止める。頬を指でなぞると、濡れている。コールの息が詰まった。

「何かあるなら言ってくれ」

だがコールは何も言わなかった。頭を振って俺の胸に顔を埋め——何かと戦うのをやめた。コールが何を思い悩んでいるのかはわからなかったが、それに屈し、静かに泣き始める。悲しみに震えながら。

どうしたらいいのかわからなかった。ただコールを強く抱きしめた——眠りに落ちるまで。コールの頬は俺の胸の上でまだ湿っていた。

ずいぶんたってコールの呼吸がゆっくりになると、不吉な予感で胸が痛くなってきた。何でもない——自分に言い聞かせた。きっと大丈夫だ——。

眠ったのは五時近くだった。二時間して目を覚ますと、コールはもういなかった。

最初は、コールが買い物に行ったのだとばかり思っていた。だいたいいつも朝食を作ってくれるからだ。卵かベーコンを切らしていたのだろう。でなければ、今日は料理をしないと決め、ベーグルとラテを持ってすぐに戻ってくるのかもしれない——と。

ジョギングに出かけ、家に帰るとコールがキッチンにいるんじゃないかと思った。だが、いなかった。まだ帰っていないのか——と疑問に思ったものの、心配はしていなかった——そのときはまだ。だがシャワーを浴びているとき、ゆうべのことを思い出した。コールがどんなに静かだったか。そして唇で触れたコールの涙。コールの静かな囁き。

「もう一度だけ」

その瞬間、ようやく何かがおかしいと気づいた。

コールを腕に抱いていたときに感じた不安が、激しい恐怖に変わる。コールの家に電話したが、出ない。携帯電話にもかけたがボイスメールになっている。急いで服を着て、彼の家に向かった。

ドアを開けたコールの瞳は悲しげで、少し赤かった。すぐにこちらに背を向ける。「ワインでも飲む？」無理矢理な気軽さで聞いてきた。まるで何事もなかったかのように。俺のふらついている足元なんか知らない、とでも言うみたいに。

「まだ九時にもなってない」

「時間くらいわかるよ、ラヴ。オレンジジュースで割ってあげようか？」

「ずっと電話していたんだぞ」

コールは頑としてこちらを見ようとしない。俺の胸の中にあった恐怖の種は、今や本格的なパニックへと花開いた。

「何か問題があるのか？」

「いいや」コールの声が奇妙に響く。緊張している。少し静かすぎる。張り詰めた沈黙ばかりが続き——コールはまだこちらを見ない。

「何が起きているのかわからない、コール。俺をこんなふうに脅かさないでくれ。どういうことなのか教えてほしい」

答えるのにちょっとだけ間があった。ほんの一秒、そして深く震える息。それから——「簡単なことだよ、ダーリン。僕は出ていく」

パニックが大爆発を起こし、空気を奪って胸を締めつける。窒息しそうだ。心臓がばくばくと鳴り、痺れるようなショックで立ち尽くす——世界が高速で回り始め、吹き飛ばされないよう、ソファの背もたれにつかまらなければならなかった。

「俺を置いていくのか？」やっとの思いで尋ねる。

「フェニックスを出ていくよ」

——息をしろ。

自分にそう言い聞かせる——五つ数えろ。考えるんだ。

フェニックスを去ることは、必ずしも別れることではない。つまり二人が終わったと考えなくてもいいはずだ。

「どのくらい行ってしまうんだ？」自分の声がそう言っていた。

「まだわからないよ、ダーリン」

「どこに行く？」

「まずはハンプトン。あとでパリに行くかもしれない」

一瞬にしてパニックは消え去り、もっと悪いものに取って代わられた——醜いものに。「ラウルのところへ？　そいつのところへ行くってことか？」

「違う」コールが囁く。その声には涙が滲んでいた。

「俺じゃ不満ってことか？」思わず吐き捨てる。我ながらひどい言いざまだ。コールの肩が震え始める。

「そうじゃない」

コールにそう言われ、怒りは一瞬にして溶けた。あとに残ったのは、ショックと混乱、そしてもうひとつ、譲れない思いだけ——俺はコールを失うわけにはいかない。

ぎゅっと目を閉じた。瞳の奥で燃えるように熱くなっている涙をこらえた。喉の奥にあるしこりをなんとか飲み込んだ。どうしてこんなことが起こるのだろう。今のコールは俺と同じくらい傷ついてみえる。なら、どうしてこんなことを言う？

「コール？」目を開けてそう言うと、コールはやっとこちらを向いた。頰は濡れていて、その目を見れば、俺が間違っていないとわかる。コールはあと少しで崩れんばかりだ。「コール」

俺はもう一度言った。「話してくれ」

「行かなくちゃだめなんだ」コールが声を荒げる。

そっとコールに近づき、その顔を両手で包むと彼の目を覗き込もうとしたが、コールがぎゅっと目を閉じる。俺は頬の涙にキスをした。

「なら、行けばいい。でも、いずれは俺のもとに帰ってくると言ってくれ。お願いだから、これで終わりじゃないって言ってくれ」

「終わらせないといけない」

「なぜ?」

コールが震えるみたいに深呼吸をする。目を開けると、瞳は涙でいっぱいだった。

「ジョナサン」コールが言った。それは彼の本当の声だった。普段使っている軽快な調子ではなく、その下にある静かな声。いつもより低いというわけではない。どちらかといえばまだ少し女性的だった。だがいつもと違い――もっと柔らかくて、恐怖に満ちていた。そして、そのひとことが――俺の名前だけを呼んだということが――思った以上に胸に刺さった。なぜなら、つまりそれはコールが死ぬほど真剣だということだからだ。

「僕がここを離れるあいだ、誰とも付き合わないと言ったら、きみは信じてくれる? 僕の言葉を信じてくれる? 二ヵ月か四ヵ月、あるいは六ヵ月いないかもしれない。僕が過去にどう生きてきたか、きみもよく知っているはずだ。もし今、僕がきみ以外の恋人を持たないと言ったら、きみは僕を信じてくれるか？」

「イエス」と答えたかった。信じると言いたかった。だがそう言い切れるだろうか。半年もの間、コールは合衆国の反対側や地球の裏側に行ってしまう。そんなコールがどの晩も一人きりで過ごすと信じられるだろうか。

「それに、きみはどうだろう？」コールが緊張した囁くような声で続ける。「今から四ヵ月、僕が街を離れたとして、きみは僕を待つ？　それとも、ベッドをともにする別の誰かを見つける？」

「わからない」俺が認めると、コールの目から涙がどんどん流れてくる。

「僕にはわかる」コールは俺の手を押し退け、目をそらして拭った。「きみは僕が浮気をしていると思い込んで苦しくなったり怒ったりするか、僕を待つのに疲れてほかの人を探す。いずれにせよ、僕が家に帰ったときには、きみはもういなくなってるんだ」

「どんなふうになるかなんて、わからないだろう」

「わかってるよ、ジョン。いつもそうなんだ」

「試したことすらないって言ってたじゃないか」

「嘘をついたんだ。こんなのもう耐えられないよ、ジョン。もう二度と」

俺はコールの腕を取り、こっちを向かせた。「終わらせたくないんだ、コール。お願いだから、こんなことをするな。愛して――」

「言わないで！」コールが俺の唇に指先を当てて遮った。目にはパニックの色が浮かんでいる。「それは言わないで」懇願するような声だ。

「コール」

「こんな深い関係になるべきじゃなかった」

「行ってほしくないんだ、コール。これで終わりにしたくない。頼むからやめてくれ。ほかに選択肢がないなんて信じられない」

涙がさらにぽろぽろとこぼれ落ちていくが、コールはもう隠そうとも拭おうともしなかった。

「一つだけ方法がある。聞きたい？」

「もちろん」

「きっと気に入らない」

「そんなのわからない」

コールは信じていなかった。だが深く息を吐いてから言った。

「一緒に来てほしい」

「一緒にってどこに？」

コールは一瞬ためらい、「どこでもいい」と言った。

コールの言っている意味が最初はよくわからなかった。だがようやく腑に落ち——怒りが湧いてくる。コールから体を離す。どうやら予想どおりの反応だったらしい。コールの目がそう物語っていた。

「仕事を忘れて、一緒に旅をしようってことか?」

「そう」と答えた

「この話はもうしたぞ、コール。お前に飼われて施しで生きていくつもりはない」

「施しなんかじゃない、ジョン」

「みんなにはそう見えるだろう」思わず声を上げる。

「他人は関係ない——」

「そんな状態でどうやって頭をあげて生きていけるっていうんだ? コール」

「もし僕がストレートなら、妻を養うわけだろ。これってどうなんだろう——」

「妻だと?」俺は即座にキレて叫んだ。コールはうろたえたが、自分を止めることができない。

「それが望みなのか?」

「違う、きみは誤解してる。僕が言いたかったのは、ただ——」

「お前が帰ってくるのを待って夕食を食べろと? それとも、それはまだお前の仕事か? じゃあ、お前を妻と呼ぼうか?」

それを聞いてコールが怯んだ。コールを傷つけてしまった。だが怒りがひどいせいで、今さら引っ込むわけにはいかなかった。

コールが恐る恐る近寄ってくる。「僕は多くの人がうらやむような生活をしているんだ、ジョン。どこにでも行けるし、何でもできる。お金も使い切れないほどある」コールの手が伸び、俺の頬に触れる。その手は痛々しく震えていた。「僕が望んでいるのは、それをきみと共有することだ。きみはイエスとだけ言ってくれたらいい」

俺はコールを愛していた。ああ――そうだ、どうしようもないほど愛している。激しすぎてこの胸が破裂しないのが不思議なくらいだ。

それでも、コールの望むとおりにするなんて想像できなかった。自分は何も持っておらず、すべてをコールに依存すると知りながら一緒に生きていくなんて。

「そんな生き方はできない」優しい声を出そうとしたが、コールをひっぱたいたようなものだった。コールがこみあげてくるものを必死でこらえている。目を閉じ、俺から顔を背けたが、そのときコールが隠そうとしていた感情に気づいた。コールは恥じていたのだ。

「コール――」コールに手を伸ばしたが、彼はたじろぎ、手を上げて俺を止めた。

「なぜ僕がいつもあんなふうに振る舞うのかって聞いてきたことがあるよね。これが理由だよ、ジョン。派手でエキセントリックであることこそが、僕に求められているからだ。みんなは笑うかもしれないけど、僕の能力にはある種の敬意を払っている――他人がどう思おうと関係ないように振る舞える能力にはね。でもそれを捨てたら、これしか残らないんだ――愚かで臆病者。そして、弱い僕しか。それはゲイに許されないことなんだ」

「俺にはわから――」コールがまた手を上げ、俺を止める。

「きみには、今すぐ出ていってほしい」悲しみに引き裂かれたような声。本物のコールの声だ。柔らかく静かで——涙交じりの。だがその声の調子が、だんだんと変わっていくのがわかる。わざと軽快に振る舞おうとしている。こちらに背を向けたままテーブルに向かうと、コールはグラスを手に取り、残っていたワインをすべて飲み干した。

「まだ話は残っているよな？　コール。頼む」

「もう何も言うことはないよ」

コールがこちらを向くまでまだしばらくかかったが、振り向いたとき、いつもの仰々しさが戻ってきていた。壁がしっかりと築かれている。コールはテーブルによりかかり、頭を右に揺らして瞳を露わにした。頬にはまだ涙が残っていたが、その瞳は乾いていた。

「僕の飛行機は五時間後に出る。出口はわかってるよね、ダーリン」

6月22日
差出人：コール
宛先：ジャレド

終わったよ。ついにやった。正しい決断だったと確信してる。ただ、こんなに胸が痛くなければいいんだけど。

彼が恋しい。

誰かが玄関のベルを鳴らしたので目を覚ました。あれから幾日もたっていた。今日が何日なのか見当もつかない。時計を見ると午後四時だ。俺はまだベッドの中にいた。頭まですっぽり布団をかぶり、また眠りに戻ろうとした――自分がこんな状態になっている原因が何だったのかを思い出す前に。

またドアベルが鳴った。それには答えたくなかった。

だがもう手遅れだった。現実にまた打ちのめされる――これまで目覚めるたびにそうなったように。

コールはもういない。

だからこうしてベッドに横たわり、ぽっかりと穴の開いた胸を抱え、忘却の彼方へ戻りたいと願っているのだ。玄関先で俺を目覚めさせた人物が誰であれ、コールじゃないことはわかっている。そして、この世でコール以外に会いたい人はいなかった。

再びベルが鳴る。

誰なのかはわからなかったが、しつこかった。そしてすっかり目が覚めてしまった。呻き声を上げつつベッドから体を引きずり出す。床に散らばっていたスウェットとTシャツを見つけて着た。玄関に向かう途中、鏡に目をやった。

ひどいものだ。

それしか言いようがない。何日も髭を剃っていなかった。それよりも長いことランニングをしていなかった。指で髪をなでつけ、平らになるようにした。昨日シャワーを浴びたかどうか——思い出せない。

またベルが鳴る。

「今行く！」髪のことはあきらめた。自分がズタボロじゃないと誤魔化すには、櫛で整えるくらいじゃ到底無理だったからだ。ようやく玄関までたどり着き、ドアを開けた。

ジュリアだった。片手にキャセロール皿を持ち、もう片方の手には六本入りの缶ビールのパックを抱えている。

「お願いだから、ジョン」ジュリアは俺を押し退けて家に入り、「これをオーブンに入れる間に体をきれいにしてきて」と言った。

「ジュリア、俺は本当にそんな気分じゃ——」

「家に籠(こも)って惨めな気持ちで一人もがくしかないわけ？」

「そのとおりだ」

「まったく残念だわ。私と一緒に憐れみパーティーを再開してちょうだい。まずは人間に戻ってからだけど」

反論する気力もなかった。俺はシャワーを浴び、ジーンズときれいなシャツを着た。髭を剃ろうか迷っていたら、ジュリアが「準備できたわよ」と声をかけてきた。

俺はベッドルームからふらりと出て、ダイニングルームのテーブルについた。

「最後に食べたのはいつ？」ジュリアは何か得体の知れないものを入れたボウルを俺の前に置くと、そう尋ねてきた。

「わからない。昨日だったはずだ」

ジュリアに髪を撫でられた。まるで子ども扱いだ。「食べなさい。洗濯物を入れておくから」

「そんなことしなくていい」

「わかってるから、ジョン。黙って食べて」

俺はボウルの中にある何かを見た。最後に誰かが俺のために料理をしてくれたときのことは考えないようにした。ロブスターのソテーパスタやチオッピーノ、それぞれにどんなワインが合うのか、考えないようにした。テーブルの反対側——誰も腰かけていない椅子に目をやり、コールがどこにいるのか、何をしているのか、考えないようにした。俺はまた泣きたくなり、それを押し殺し、我慢し——一口ほおばった。

美味しかった。チキンと米、ほかに何が入っているのかはよくわからなかったが、三口目にして腹が減っていることに気づいた。ボウルの分を全部食べ終え、お代わりをしにキッチンに行った。ジュリアはそこで皿洗いをしていた。

「本当にそんなことしなくていい」と言うと、彼女は俺のボウルにキャセロールの中身を盛ってくれた。

「今日だけよ。あなたを立ち直らせるために来たんだから」

チキン・マッシュのお代わりを食べ終わるころ、ジュリアがキッチンから出てきた。

「ほら」ジュリアがビールをよこしてきたので、彼女についてリビングルームに入った。ジュリアは自分の分のビールを開け、パックの残りをコーヒーテーブルに置いた。

俺がソファに腰かけると、ジュリアがテーブルをはさんで反対側のアームチェアに座る。

「何が起こったのか話して」

その言葉を口にしようとすると、喉にしこりができたみたいになる。五つ数え、あとまた二回数えてようやく言うことができた。

「コールが行ってしまった」

「何をしたの？」

「なぜ俺のせいだと決めつけるんだ？」

「だって、行ってしまったのは彼のほうでしょ」

　確かに。ビールを開け、一気に半分飲み干した。地ビールですらない、大量生産の安物の弱いビールだ。六本全部飲み干せば、すべて忘れることができるだろうか。もう一晩だけ。

「どうなの？」と言われ、俺はため息をついた。

「正直なところ、わからない。喧嘩したわけでもない。何も問題なかった。順調すぎるくらいだった。なのに……つまり……」それ以上続けられなかった。泣き出してしまいそうだったからだ。気持ちを落ち着けようとビールを飲み干す。二本目を開けながらようやく言えた。「コールはこの街を離れる必要があった」

「それで、戻ってくるの？」ジュリアは意味がよくわからないという顔だ。

「いや。少なくとも——俺のところには戻ってこない」

「理解できないわ」

「俺もだ」

「嘘でしょ、ジョン。話しなさいよ」

　二本目のビールも飲み干した。食べ過ぎたことを後悔し始めた。空腹でも、安っぽいビールが二本あれば簡単に俺の口を割らせることはできただろうに。

「コールは落ち着きがなくて一ヵ所に長く留まることができないんだが、自分が街を離れて俺がここに残ると、すべてが終わると思っている。俺が待ちくたびれたり、コールを疑ったりすると言うんだ」

「それで、コールは街を出ていったわけ？」ジュリアは不審げだ。

「ああ」俺は三本目を開けた。これで最後にしよう――と言い聞かせながら。「コールは今すぐ終わらせたほうがいいと思ったんだろう。いつまでも固執して、すべてが崩壊するのを見るよりも」

「ほかに選択肢はないの？」

俺は笑いそうになった。「それこそ俺が頼んだことさ」

「それで？」

「コールが言うには、ほかの選択肢は、俺がコールと一緒に街を出ることだって」

「じゃあ」ジュリアが鼻を鳴らす。「どうしてそうしなかったわけ？」

「彼のような生活をする余裕はないよ、ジュリア」

「それに対するコールの答えは？」

「生活をサポートすると言ってくれた」

「それでいったい何が問題なの、ジョン？」

「問題はだな」俺はいらいらして言った。「それが馬鹿げてるってことだ！　いくらコールがお金を持っているからと言って、プライドを捨ててペットか何かみたいにつき従わなくちゃならないのか？」

「ちょっと、はっきりさせてもらっていいかしら。彼はあなたをとても愛していて、二人が一緒にいられるようにあなたを支えるって申し出たわけね」

「そうだな、でも――」

「でも、あなたはプライドが高いから、イエスとは言えない」

「毎朝、鏡の中の自分とどう向き合えばいいんだ？」

「愛する人に支えられていることが、そんなに不名誉なこと？」驚くほど毒のこもった声が返ってくる。

「自分のことは自分でできるのに、支えてもらわなくちゃいけないということか？　そうだよ、恥ずべきことだ。まったくもって屈辱的だ」

ジュリアは手にしていたビール缶をコーヒーテーブルの上に叩きつけると立ち上がった。

「へえ、そう！」そしてさっき脱いだサンダルを探し始める。

「なぜ怒ってるんだ？」

「私のことをそんなふうに見下してるとは思わなかったわ、ジョン！」ジュリアはこちらを見ようともしない。彼女のサンダルはどういうわけか椅子の下に落ちていて、それを取り出そうと腰をかがめている。

「きみをか？　俺の話をしてると思ったのに！」

「うちの夫は私を経済的に支援することを選んだ。それは私にとって恥なわけ？　ジョン？　屈辱を感じなければならないってわけ？」

まずいことになった――。ジュリアが俺の言葉を自分のことのように受け取るなんて。崖っぷちにふらふらとさまよい出てしまったような気がする。落ちないようにするにはどっちに体を傾ければいいんだ？　ジュリアは今にも帰ろうとしている。考える時間がない。

「それはまた違う話だろ、ジュリア」

彼女がこっちを向く。片方のサンダルを履いていて、もう片方は手に持ったままだ。「なぜ？」

「なぜってきみは女だから」

ジュリアの顔を見て、すぐさまそれが間違った答えだとわかった。

「なんですって」ジュリアが声を荒げる。「今、なんて言った？」

「いや、つまり、きみは女じゃないんだ！　あ、いや、つまり、きみは女だけど、普通の女とは違う！」大きく見開いたジュリアの瞳は怒りで燃え、その激しい熱でこちらが蒸発してしまわないのが不思議なくらいだった。「待って、そういう意味じゃない！」

ジュリアがサンダルを凶器のように向けてきた。「あなたはクソ野郎よ」

「ジュリア、全然違うよ！　そういう意味じゃない。きみが女だからじゃなくて、きみが……」言葉が思いつかない。崖っぷちから転げ落ちている気がする。

「なんだっていうの？」ジュリアが凄んだ。頭に浮かんだ言葉は「主婦」だったが、そう言うべきかどうか迷った。「主婦」は政治的に正しい言葉なのか？　もっといい言葉がないか――

と迷ううちに反撃された。「ブリーダーだとでも言いたいわけ?」氷のような声。「それがあなたの探している言葉?」

「え?　まさか!　俺ははそんなつもりじゃ——」

右手にサンダルを持ったまま、ジュリアが「くたばれ!」と言いながら近づいてくる。「私よりずっと偉いと思ってるの?　そう思ってるわけ?」

「違う!」

「このクソ野郎!」そう叫ぶとジュリアがサンダルの底で腕を強く叩いてくる。

「うわ!　ジュリア、なんだよ、そんなこと言ってないだろ!」

「愛よりくだらないプライドが大事だっていうの?　それなら惨めになって当然ね」

ジュリアがやっともう片方のサンダルも履いたので、もう叩かれることはないだろうとほっとした。彼女は片手でテーブルにある六本パックの残りをつかみ、もう片方の手を伸ばして俺の手からも缶をもぎ取った。

「あなたは馬鹿よ」そう言い残し、ジュリアは出ていった。

いったい何が起こったっていうんだ——?

一分くらいそのまま座り込んで考えてみた。そして、あきらめてベッドに戻った。

ジュリアがどん底から引き上げてくれたのをきっかけに、穴倉みたいな生活はもうやめた。翌朝、起きると一週間ぶりに走りに出た。そのあとシャワーを浴びて髭を剃り、街に出て二人分のドーナツとコーヒーを買った。

ジュリアの家のドアをノックしたとき、少し緊張していた。また靴で殴られるかもしれない——と覚悟した。だがドアが開くと、申し訳なさそうな顔をしたジュリアが立っていた。

「あなたがまた人間界に戻ってきてくれてうれしいわ」

「きみのおかげだ」そう言うとジュリアは肩をすくめた。「ドーナツはどうかな？」

ジュリアは少し微笑んだ。「よさそうね」

「ジュリア」腰を下ろしながら俺は言った。「悪かったよ」

「私も悪かった」

「怒らせるつもりはなかったんだ」

「わかってる」

「きみも働いているから違うっていう意味で言ったんだ——給料はないかもしれないけど、きみの仕事は容易なことじゃないと思ってる」

ジュリアがまた肩をすくめた。「同情を求めているわけじゃないのよ、ジョン。私はいい人生を送っている。でも——誤解しないでほしいんだけど、ときどき、片手を後ろに縛り付けられているように感じることがあるの。家にいられることがどれだけ幸運なことか、わかっているけどね」

「誓って本当だ、ジュリア。あんなことを言うつもりはなかった」

「あなたのせいじゃない」とジュリアが言った。「トニーのせいなの」

トニーというのはカリフォルニアに住むゲイの兄だ。「一昨日電話で話したとき、トニーが同じことを言ったの。ショックで何も言えずに電話を切った。でも、考えれば考えるほど、腹が立ってきてね。そうしたらあなたまで、働かない人はみっともないって言い始めて――」

「ジュリア、ごめんよ。そんなつもりじゃなかったんだ」

「わかってる」

「トニーとは、そのあと話した？」

「いいえ」ジュリアは肩をすくめた。「不公平だわ」ジュリアが拗ねたように言う。「私はいつもトニーの味方なのに。ほかの家族は口もきかないのよ。トニーのこと、いろいろ応援してきたのに、あんな仕打ちをされるわけ？　ひどく罵られて」ジュリアが頭を振り、こちらを見ずに続ける。「理解できないわ。兄も私も自分のことをどうすることもできないでいるのに、どういうわけか兄は、私が兄とは違うという理由だけで軽蔑されて当然だと思ってる」

「すまなかった」ともう一度言った。ほかになんて言えばいいかわからなかった。

「ゲイだからなんて罵倒したら、彼は私を許さないでしょうに」

「ジュリア」俺は慎重に口を開いた。「ここで馬鹿なことを言うつもりはないが、今の社会でストレートな女性であることは、ゲイであることほど難しいとは思わない」

ジュリアが馬鹿にしたような目でこちらを見る。「そんなことは言っていないわよ、ジョン」

確かに。「でも、それでトニーが偏屈なクソ野郎であることを正当化できるとも思えない」

どう答えたらいいか、本当にわからなかった。何を言っても火種を増やすだけだろう。結局また「すまない」と言うにとどめた。

ジュリアの顔に笑みが浮かぶ。「私も悪かったわ」

「許してもらえるのかな?」

「まあね」そう言いながら、ジュリアが袋からドーナツを取り出す。「でも、やっぱりあなたは馬鹿よ」

三日後に父と夕食の約束があった。コールが俺のもとを去ってから、俺は父を避けていた。コールのことを聞かれるのはわかっていたし、それに耐えられるかどうかもわからなかったからだ。

「コールが来ると思っていたよ」席につくなり父が言った。

その言葉は信じがたいほど胸を刺したが、心の準備はできていた。

「コールは俺を捨てた」

しばらくの間、父は何も言わなかった。ただそこに座って俺を見ていた。

「それは残念だ」ようやく父が口を開く。

「コールのことをフルーツケーキとか言ってたくせに」

父は肩をすくめた。「彼はまさにそうだ。でも、だからといって嫌いだったわけじゃない」

「母さんのストロガノフを作ったから？　それともベイルにマンションを持ってたから？」

「どちらでもないよ、ジョン」父の声は優しかった。「なぜ好きだったかというとな、お前を幸せにしてくれたからだ」

俺は俯くしかなかった。泣いているところを父に見られたくなかったのだ。

「そうだな」俺の声は小さかった。「そのとおりだよ」

8月2日
差出人：コール
宛先：ジャレド

スイーツ、きみはひどく憤慨してるだろうね。何度も何度もメールしてくれたのに返事をしなかったんだから。友だちにあるまじきことなのはわかってる。でもだからって僕を責めないでほしい。だって正直になれるのはきみだけなんだから。きっと長い付き合いだからだろうな。でもいちばんの理由は、きみとは面と向かって話さないですむからかもね——だから、どれだけひどく彼に会いたいか、正直に認められる。

この数週間、ニューヨークに滞在してる。もうすぐパリに行く、と自分に言い聞かせているんだけど、なかなか実行に移せない。

大陸を隔てるだけならまだしも、海を隔てるとなると、どうにも耐え難い。

彼は何度も電話をかけてきたけど、一度も話してない。彼を避けたかった……。いつまでかって？　わからない。彼のことを考えても胸が痛まないようになるまで、かな。でも、そうも言っていられなくなりそうだ。あることが持ち上がって、思ったより早く彼と向き合わないといけなくなった。そのことを考えるだけで、恐怖で気分が悪くなる。彼は強いから、僕のほうがいつものように弱くなるのはわかっている。そんな自分が嫌になる。

つまりね、スイーツ、これが解決策になるかもしれないってこと。わざと仕組んだわけじゃない。僕が計画したわけでもない。幸せな偶然の一致だ。そしてそれはすべてを解決する。彼がわかってくれさえすれば。

俺は仕事を見つけた。大手会計事務所での新人職だった。給料はそれまでの半分で、職場の同僚はみながむしゃらに働いていたが、十歳以上年下のやつばかりだった。そうした連中が、少しでも有利な地位を得るにはどのビジネスパートナーに恩を売ればいいのかと画策しているのを横目で見ていた。みな残業をしていたが、残業代は支払われていなかった。まさにかつての自分を見るようだ。馬鹿げている。

俺のポジションは昇進の可能性も大きかったが、そんなことはどうでもよかった。ずっと下っ端でいれば、過剰な期待をされないですむ。ささやかな出世のために戦い、頭を下げて回るなんてことは喜んで若い連中に譲った。もう、出張で長旅に出る必要もない。ラスヴェガスのコンドミニアムを売り払って、せいせいした。四六時中、携帯電話が鳴り続けることもない。週四十時間の労働。それ以上働くこともしなかった。ここ数年なかったことだ。毎日もちろん日付が変わる前に帰れる。五時に会社を出たら、翌朝八時に出社するまで仕事のことは考えない。なんだかものすごく開放的な気分だった。

新しい仕事を始めて三週間目の土曜日、携帯電話が鳴った。驚いた。コールと別れたのと失業とで、電話が鳴ることはもうほとんどなかったからだ。画面を見て誰からかを確認したとき、もっと驚いた。

最初は着信を受けることさえできなかった。心臓がばくばく言い、手のひらには汗がにじんだ。コールがなぜ今電話をしてくるのか——頭のなかをさまざまな可能性が流れていく。二人の関係にとっていい話であってくれ——だが、勝手に期待値を上げてしまうとあとがつらい。

「もしもし?」それだけ言うのに、心臓が喉元までせりあがってくる。

沈黙。しばらくして、「僕だよ」という声。いつものあの軽快なしゃべり方をしたいのになかなかうまくいかない——そんな感じだ。

「わかってる」

涙があふれそうになり、それきり黙った。コールに言いたいことは山ほどあった。会いたい、愛している、家にいるのか?　帰ってきてくれ——でも、何から話したらいいのかわからない。

「連絡してくれてうれしいよ」

ようやくそう言えた。自分でも声が震えているのがわかる。また沈黙。もしかして電話を切られてしまったとか——?　表示を見ると、回線はまだつながっている。

「コール?」電話越しにコールの息遣いが聞こえる。泣いているのか、必死に泣くのをこらえているかのどちらかだ。

「わからない」コールの声もまた震えている。「どうしてこんなにつらいんだろう」

それで限界だった。涙があふれる。「俺もつらい。コール——とても会いたい」

コールが荒く息をついた。鎧を一つ一つ身につけるみたいに、少しずついつもの気取った雰囲気を取り戻していくのが目に浮かぶ——からかうような表情、腰を突き上げるようなポーズ、髪を目に落とす仕草。コールが再び話しだしたとき、口調が変わっているのに気づいても驚かなかった。

「スウィーティ、ちょっとだけ時間を作ってくれないか?」

心臓が跳ね上がる。「もちろん。街に戻ってきたのか?」

どうかイエスと言ってくれ。

「ほんの短い時間だけどね」

「こっちに来ないか?」——ああ、もう一回だけこの腕にコールを抱きしめたい。

「それはいい考えじゃないね」

「コール、俺は——」

俺はお前なしで生きるのには耐えられない。

そう言いたかった。でも遮られた。

「二時にコーヒーショップで会えるかな。きみの家の近く、食料品店のそばの」

「もちろん」戸惑いつつ答えた。なぜ、コーヒーショップで会う?

「ありがとう、スウィーティ。じゃあまた」

コールよりも先にコーヒーショップに着いた。店内には従業員以外誰もいなかった。二人分の注文をし、飲み物を受け取ったときコールがやってきた。コールを見ただけで、頬を平手打ちされたような気持ちになる。すぐにでも抱きしめなかったのは、両手に熱い飲み物を持っていたからだ。それと、コールが二人のあいだに絶妙な距離を置いているせいもある。少し頭を下げているから、髪が顔にかかって表情が読めない。

「チャイだよな？」と差し出すと、コールがどうにか微笑む――かろうじて。

「ありがとう」

俺たちはテーブルについたが、どちらも飲み物には手をつけなかった。俺は、目の前のコールのあらゆる部分をひたすら見つめた――コールのすべてを取り込むみたいに。こんなふうに距離を置かれることはとてもつらかったが、こうやってコールを目に焼き付けることで悲しみが和らぐような気がしたのだ。コールはどう感じているんだろう。俺と同じ痛みを感じてくれているのか――？　だがコールは顔をあげようとはしなかった。

「コール」とうとう俺は口を開いた。「お前が恋しい」

テーブル越しに腕を伸ばし、コールの手に触れようとしたが、すぐさま引っ込められた。

「やめて」コールの言葉が胸の奥まで突き刺さり、身動きできなくなる。コールが深呼吸をした。「これは個人的な訪問じゃないんだよ、スウィーティ。仕事の話だ」

コールの言葉が唐突すぎて、ついていけない。こんなふうに再会してまたコールに突き放されたことがつらくて、ほかに何も考える余裕がなかった。

「よくわからないんだが」

コールがもう一度、深く息を吐く。まだ顔を上げず、テーブルの上で両手を固く握りしめている。自分が震えているのを見せたくないのだろうが、声は微かに震えてしまっていた。

「きみに仕事を頼みたいんだ」

「仕事?」馬鹿みたいに聞き返す。

「僕には会計士がいる。チェスターだ」そこで言葉を切り、コールが初めてこちらを見た。目を合わせたわけじゃない。だが、長い前髪の奥からのぞく瞳にはユーモアの気配があり、なるべく気楽に振る舞おうとしている緊張感もあった。

「本名はウォーレン・チェスターフィールド、僕がチェスターと呼ぶのを嫌がっている」

「だからそう呼ぶんだな」

コールは俺の言葉を無視して続けた。「僕がお金を持っていることは知ってるだろ、スウィーティ。それについて僕が全然興味がないってことも、きみはよくわかってるはず。僕は複数の口座を持っている。いくつあるかわからない。株式仲買人もいる。もしかしたら何人もいるのかも。実を言うとそれもよくわからない。僕の認識が正しければ、彼らは僕のためにお金を稼いでくれている。定期的に慈善団体にもお金を寄付してる。あと、きみにも話したとおりあちこちに家があって、それぞれに少なくとも一人のスタッフがいる。フェニックスの家以外は、一年のいろいろな時期に別荘として貸し出していて、わずかだけれど収入を得ている。それからもちろん養うべき母がいる」

コールが少し言葉を切ったが、俺は待った。まだ話が続くとわかっていたからだ。

「実を言うと、このお金が俺のものになる以前から、すべてチェスターが管理してくれてたんだ。僕は毎日の生活で必要なものを買い、好きなことをする。そして何か問題があればチェスターが教えてくれる」

また言葉を切ったので、少し口をはさんだ。「それが俺と何の関係がある?」

「三週間前、チェスターから引退したいと告げられた。それ以来、後任を探せと容赦なくせっつかれてる」コールは黙り、再び話し始めたときその声は小さかった。「きみに電話する勇気が出るまで、ほんとに時間がかかったよ」

「俺に仕事を依頼するのか?」

「今、そう説明しなかったかな、スウィーティ?」

「これは俺たちにとってどんな意味がある?」

答えが返ってくるのに時間がかかった。コールはこちらを見ようとしない。

「何の意味もない——僕たちの関係には」静かな声。だが腹を殴られたような威力だ。「仕事だよ。それ以上の何ものでもない」

「それならなぜ俺なんだ?　百万もの会計士から選べるだろう」

そのとき初めて、髪をかき上げたコールの目と目が合った。まっすぐな眼差し。

「きみを信じているからだよ、ジョン」コールの口から自分の名前がこぼれるのを聞き、また気持ちが動揺する。目を閉じ、ただ呼吸することに集中しなければならなかった。

「その気になればいくらでも僕の財産を掠め取ることができる。そんな仕事なんだ。でも、きみならそんなことはしない。とても簡単なことさ」

筋が通っていたが、そんなことはどうでもいい。また心が折れそうだ。俺が欲しいのはコール、お前だけなのに――。

「コール」腕を伸ばしてコールの手を取る。今度は許してくれた。「お前の望むことは何でもする。だから帰ってきてくれ」

コールが目を閉じる。震えているのがわかる。そしてゆっくり――とてもゆっくりと、俺の手を離した。「お願いだからやめて、ジョン」コールの声は震えている。「お願いだから、ここで泣かせないでくれ」

そのときわかった。だからこうして家の外で会う約束をしてきたのだ――距離を置いて、壁を作るために。俺も涙をこらえ、目の前のテーブルを見つめる。

ようやくコールが口を開く。湧きあがる感情を必死でこらえているような声だ。「僕のことを雇い主と考えるのは奇妙に思えるかもしれない。でも、そんなふうに感じることはないよ。今でもチェスターと僕が話すのはせいぜい年に一、二回だし、それも何か僕が知っておく必要があるときだけだ。きみは自分自身のボスになるんだ。僕がきみの上司みたいに仕事ぶりを監督することはない」

俺はどれだけコールが恋しいかばかり考えていて、そこまではまだ頭が回っていなかった。だがコールの話は、当然予測できていいことだった。コールの申し出た仕事に就いたとしても、こんな気まずいミーティングは滅多にしないですむ。そう思うと少しほっとする。自分には耐えられそうになかったからだ。

「受けてくれるかな？」

特に考える必要もなかった。「もう何年も経理をやってないんだ。ブラッシュアップしないと」

「それはイエスという意味？」

「いくらになる？」俺は聞いた。給料のことを聞くのは安っぽい気がしたが、仕事は仕事だ。今の仕事はそれほど高給ではなかったし、貯蓄は恐ろしく少なくなっていた。コールがポケットから一枚の紙を取り出し、テーブル上を滑らせてくる。紙に書かれた数字に驚き——再びコールを見上げた。俺が前の職場で九年働いていたときの給料よりも多かったのだ。「これは高すぎる」

俺の言葉に、コールが微かな笑みを浮かべる。「チェスターに払っていた額より三十パーセント安いよ。わかるかな、ラヴ」——ああ、コールに「ラヴ」と呼ばれるのがこんなに甘く切ないとは——「きみはもう僕のためにお金を節約してくれてるってわけ。チェスターに電話させよう。一度はきみに会いたいと思うだろうから。やつは傲慢で同性愛を嫌悪するクソ野郎だけど、仕事ぶりはとても徹底している」

「電話を待つよ」

「ありがとう」

コールが立ち上がった。反射的に腕を伸ばし、コールの手を掴む。「頼む。行かないでくれ」

「行かなくちゃいけない」だがコールは俺の手を引き離さなかった。

俺はコールを見ることさえできなかった――コントロールが効かなくなりそうだ。自分の手のなかの、コールの細い指先を見つめた。

「コール」俺の声も震える。「こんなことには耐えられない。愛して――」

だが言い終わる前に彼の指が俺の唇に触れ、言葉を遮る。「しいぃぃ」コールの片方の手はまだ俺の手のなかにあった。唇に触れていたほうの手がゆっくりと頬を撫でる。思わず目を閉じた。コールの指が俺の髪をかき分ける。俺はもう一方の手を握りしめ、コールを引き寄せる。コールが近づいてくる。俺はコールの体に腕を回した。コールの腹のあたりに顔を寄せる。コールの手が俺の髪を掴み、俺を抱きしめ――なんとか保とうとしていた自制心がぷつっと切れた。ここがどこであろうと、誰が見ていようと構わない。俺は泣いた。

「お願いだ、もう置いていかないでくれ。離れているのは耐えられない。とてもさびしい」

数秒だったのか、一時間だったのか――。コールがずっと俺を抱きしめていてくれた。

「僕もきみが恋しいよ、ジョン」そして囁く。「でも、何も変わりはしない」

コールが離れていく。そのままコーヒーショップを出ていき——俺の人生からも去った。もう一度。

どうにか気持ちを落ち着けて、顔を上げたときにはもうコールの姿はなかった。

8月6日
差出人：コール
宛先：ジャレド

彼は僕がどこにいるのか知っている。僕を見つける方法を知っている。でも彼はそうしない。僕は彼を愛している、ジャレド。言葉にできないくらいにね。彼も僕を愛していると言った。でもまだこうして僕を放っておいている。

俺は喜んで会計事務所を辞め、コールの会計士として、新しい仕事に没頭した。チェスターと何度も打ち合わせをしたが、コールの言葉は嘘じゃなかった。チェスターは本当に傲慢で、同性愛嫌悪のクソ野郎だった。だが仕事は徹底的だし、驚くほど正直な人物でもあった。そこは称賛に値すると言っていいだろう。

個人資産の会計知識を復習しなおし、コールの資産の流れを把握するまで少し時間がかかった。複数の口座を持っていたものの、コールがよく使うものは一つだけ。その口座には、突発的な買い物や旅費をまかなえるだけの残高が必要だが、デビットカードを紛失したり盗まれたりしたときに困るような額には設定していない。母親のための口座もあった。毎月一日に決まった額が振り込まれるが、彼女は毎月一セント残らず使ってしまっていた。

それから、家政婦たちの口座。彼女たちは屋敷の清掃だけをしているのではなかった。どちらかというと資産管理人と言ったほうが正しいかもしれない。給料はなかなかのもので、たぶんコールはそんなことまで知らずに払っているのだろう。家政婦たちは自分の口座を使い、必要に応じて自分が担当する屋敷の経費を支払っていた。俺の仕事の一つは、そうした費用をカバーするのに十分な資金があるか、そして彼女たちがコールの資金に勝手にアクセスしていないかを確認することだった。

別のことにも気がついた。コールは本当に、莫大な財産を持っていたのだ。それにコールの言葉は正しかった。誰にも気づかれず、コールの金を横領するのは恐ろしいほど簡単だった。もちろんそんなことをするつもりなどまったくなかったが。

数週間が過ぎた。些細なことでコールが恋しくなる日が続いた。一緒に夕食をとったり、コールに笑われたり、毎朝隣で目覚めることが恋しくなった。だが、コールのことを思い出して笑顔になれば、胸の痛みにどうにか耐えられる――そんな日もあった。

セックスも恋しかった。こちらは必ずしもコールと結びついた恋しさではなかったが。何度もバスハウスに行こうかと思っては、結局やめた。新しいパートナーを見つけるのは――たとえそれがバスハウスの中でだけの見知らぬ相手だとしても――越えてはならない最後の一線のような気がしたのだ。それは敗北を認めることであり、コールを永遠に失ったという事実を受け入れたということだ。俺にはまだその準備ができていなかった。

コールの口座を使って彼の日常を追体験できることにも気づいた。コールは何でもデビットカードで決済していた。請求が来るまでに数日かかったが、コールが何をしているのかがだいたいわかった、どの街にいるのかもすぐわかる。ニューヨークのギャラリーで八千ドルの買い物をしたときは、「何を買ったんだろう」と想像した。パリの行きつけのレストランで食事をしているのを見ると、一人で来ているのだろうかと考える。

健全じゃないことはよくわかっていたが、つらい心の支えにはなった。こんな細い糸でもコールとつながっていられるのだから。

俺はいわゆる規則正しい生活を送る必要がなくなった。俺の時間は自分だけのものだった。こんな自由を得られたのは大学時代以来だ。開放的で心地がいい。毎日好きな時間まで眠った。

スーツはほとんどグッドウィルに寄付したが、コールが買ってくれたネクタイはすべて手元に残した。ジーンズや短パンが日常スタイルになった。髭も毎日剃ったりはしなかった。

家にいて墓場にいるような気分になったときは、ノートパソコンを手にコーヒーショップへ行き、仕事をすることもあった。ほとんど毎日ジョギングをしていたが、アリゾナの暑さをしのぐために朝五時に起床するのではなく、日が沈んだあと、夜九時か十時まで待つことが多くなった。

そして、誕生祝いに例の商品券もらってから一年が過ぎたころ、ついにスカイダイビングに挑戦した。これまで生きてきてこんなに恐ろしいことはなかったが、同時にいちばんエキサイティングな体験でもあった。やっぱりコールの言ったことは正しかった——俺は空を飛ぶことを——自由になることを渇望していたのだ。

この仕事に就いて六週間が過ぎた。今日は家で仕事をする気分じゃなかったから、ノートパソコンを持ち、自宅近くの無線ＬＡＮが無料で使えるカフェに行った。コブサラダとワインを一杯注文する。ランチにワインが飲めるというのも、ささやかだが新しい生活の証だった——昼食にワインを飲めるんだぞ。会社に戻ることもなく、クライアントの機嫌をとることもなく、誰からも顰蹙（ひんしゅく）を買うこともない。ソーヴィニヨン・ブランを注文したとき、俺は微笑んでいた。ここでキャンティを注文したら、コールがどんな顔をするか想像できたからだ。

食事を待つあいだ、ネットでコールの口座を調べた。すると、二日前にパリからニューヨークへのフライトを予約していることがわかった。航空会社のホームページで便名を確認するのは難しいことではなかった。ニューヨークには明日の昼過ぎに到着する。そのあいだはラウルのところに泊まるのだろうか――そう思うと、胸の奥で眠っていたあの痛みが蘇ってきてきそうになる。

「予約はもうしちゃったのよ！」

その言葉が俺の注意を引いた。隣のテーブルで若いカップルがランチをしている。男はスーツ姿で、ブリーフケースを椅子の脚にもたせかけている。女は涙を浮かべていた。話していたのは彼女のほうだ。声を抑えようとしているのだがうまくいかず、小声にもかかわらず力がこもっていた。

「私たち、何ヵ月も前からこの旅行を計画してたのに！」

「俺にどうしてほしいんだ？　俺がここで引いたら、大事な案件をコナーに持っていかれるんだぞ」

「持っていってもらえばいいじゃない！」

「クレア、きみって話がわからないやつだな。俺はこのチャンスを待っていたんだ。いや、俺たち二人でずっとこの機会を待っていた――」

「私が待ち望んでいたのは私たちの記念日だけよ！」

「たぶん来年は――」

「去年もそう言ってたし！」

「それなら行けばいい、クレア。チケットを使えよ」

「一人で？」

「もちろん。それの何が悪い？　きっと楽しいよ。キャリーが一緒に――」そこで男の携帯電話が鳴り、話が中断する。

そのバカ男は、よりによってこのタイミングで電話を取った。クレアは椅子に深く座り、怒ったように頰の涙を拭う。

あのときの俺は、なんて馬鹿だったんだろう、目先の仕事に追われ、食事を楽しむことさえできなかった。電話が鳴りっぱなしでデートの雰囲気をぶち壊してしまったのに、コールは自分の番号を教えてくれたばかりか、「電話して」とまで言ってくれた。

初のデートを思い出す――途中でコールが出ていってしまったあのデートを。「マイクです」コールとの最
もし、あのときコールがセカンドチャンスをくれなかったら？

もし、俺があのチャンスをふいにしていたら？

マイクはまだ話していた。「もちろんです。まったく問題ありません、保証します」

クレアは立ち上がり、バッグをつかむとそのまま出ていった。

マイクは追わなかった。

そのとき――何かに打たれたかのように気づいた。痛いほどはっきりと。

俺は正真正銘の馬鹿だ。

ジュリアが言った。親父もそう言った。二人の言葉を理解するのに、なぜこんなに時間がかかったんだ——？

十年以上も前、コロラド州のアパートメントでバッグに荷物を詰め、俺はザックのもとを去った。飼っていた猫を連れていかなかったのは、置き去りにするつもりなんかなかったからだ。すぐ戻れると高をくくっていた——ザックはきっと戻ってきてくれと言うにきまっている、と。だから俺は待った。ひたすら待った。ずっとザックを恋しく思いながら。

だがザックからの連絡はなかった。

自分の馬鹿な振る舞いのせいで、それまでに愛した唯一の男を失ってしまったのだ。だが俺は、そこから何か教訓を得たのか？　どうやら違うようだ。今もまた失敗をおかそうとしている。コールが気づいてくれるのを、俺は待っている。俺がコールを愛しているのと同じくらい、コールも俺を愛している——そう気づいてくれるのを、ただ待っている。二人は運命の相手なのだとコールが気づくのを。コールが電話をかけてくるのを。

もし、コールがそうしなかったら？

こんなふうに二人の関係が終わってしまうなんて、認めたくない。だがコールが自分の誤りを認めたり、生活スタイルを改めたりするのを待っていたら、俺の一生を使っても足りないくらいだ。

カフェを出る前に飛行機の予約を入れた。帰宅してすぐジュリアの家に向かう。

「しばらく、俺の家を見ておいてほしいんだ。お願いできるかな？」

「もちろん」最近では長いこと家を空けることもほとんどなかったが、ジュリアにはまだ合鍵を渡したままだ。「どのくらいかかるの？」

「まだわからない。電話するよ」

「どこに行くつもり？」

「コールを追いかけに」

ジュリアが微笑んだ。「そろそろそうしてもいいころよ」

フライトは六時間。ありとあらゆる結末を考え抜くための六時間だ。

これまで飛行機には数えきれないほど乗ってきたが、これほどひどい不安に襲われたのは過去に一度。自分の意思で快適な飛行機からわざわざ飛び降りた、あのスカイダイビングのときだけだ。あのときは、自分がこれから一生もののスリルを体験するのだということがわかっていた――はるか下に広がる地面に叩きつけられ、とんでもない結末を迎えるかもしれないということも。

今も同じような気分だ。

一分一秒が試練に次ぐ試練だった。優先搭乗が始まると、心臓がばくばく言いだした。自分の座席番号を見つけると、手のひらがじっとり汗ばんだ。離陸したときには、もう後戻りはできないのだ――と、ほとんど過呼吸状態になった。機内サービスでは、プレッツェルをひと袋（ピーナッツの提供は禁止になった）と、氷入りスプライトの小さなコップを渡された。そんなものより必要なのはバリアムだったが、キャビンアテンダントがガタガタ押している小さなカートの中にバリアムなどあるはずがなかった。

これまでしてきたすべての選択が、俺をここに――この飛行機に導いた。俺が世界に望んでいるものはすべて、この信じられないほど恐ろしい長距離フライトの先にある。

もし、すべてが間違っていたら？　もし、コールが俺を必要としていなかったら？

空港でレンタカーを借り、ハンプトンズの彼の家に向かった。あれほど緊張したフライトのあとで家に到着してみると、誰もいない。妙に拍子抜けしてしまった。

コールは、彼の家はハンプトンズにしては小さいと言っていた。確かにこの辺りのほかの家みたいな豪華さはないが、それでも少なくとも百万ドル以上の価値はあるだろう。感じのいいランチ様式※（※アメリカ西部の牧場スタイルを模した家）で、部屋はどれも広く開放的。キッチンときたらそれは見事で、たぶんコールの意向で改装されたのだろう。リビングルームには、ニューヨークで一緒に過ごしたときに買った水中写真が飾られていて――少し驚く。ベッドルームに飾っているのだと思っていたからだ。ベッドルームに向かい、思わず笑みがこぼれる。

夏だというのに、ベッドには厚い布団がかかっていた。そして壁には、同じギャラリーの別の写真——葉の落ちたアスペンに雪が積もっている写真が飾られていた。

裏庭にはプールもあり、芝生の庭は手入れが行き届き、華やかな花々が咲き乱れている。

庭師も見つけた。

コールは「会えばわかる」と言っていたが、そのとおりだった。二十代前半、よく灼けた肌に真っ黒な髪。キャンバス地のテニスシューズに、驚くほど短いカットオフ・ジーンズを履き、膝をついて花壇の雑草を抜いている。たくましい筋肉質の体ときたら、息をのむほどだ。古代ギリシャ神みたいな顔で見上げてきたので、思わず立ちすくんだ。

「やあ」彼が微笑みながら言った。

こっちも微笑み返したいところだったが、惨めな失敗に終わる。

「きみがラウルだね」

「あなたはボーイフレンドでしょう」軽い調子で返ってくる。

「なぜそう思う?」

ラウルが親しみやすい開放的な笑みを浮かべたかと思うと、肩をすくめて花のほうに向き直る。

「芝生以外の手入れは長いこととしていない——とだけ言っておくよ」

ふと気づけば、そんなラウルに微笑んでいる自分がいた。

コールが入ってくるのが聞こえたとき、俺はキッチンで精一杯料理の真似事をしていた。コールがリビングで何かしている音を聞きながら、いよいよだ——と、自分を鼓舞する。コールと会うのだ。

勇気を出せ。このためにはるばるニューヨークまで来たんだろう？　今さら引き下がるわけにはいかない。

コールがキッチンまで来てくれれば、こんなふうに決断する手間が省けるのに——と、少しばかり期待したものの、そうはならなかった。リビングで何をしていたのかは知らないが、物音はまったく聞こえなくなった。俺は覚悟を決めて静かに玄関を横切り、リビングルームに足を踏み入れた。

コールはこちらに背を向けていた。すでに靴を脱ぎ、裸足になっている。ドアのそばのドレッサーにマーガレットがまとめておいた郵便物の束があって、それをチェックしているようだ。何か言わないと——と思ったが、うまく声が出ない。最後に会ってからまだ六週間なのに、何年も経っているような気がした。会わないあいだに、コールがどこか変わってしまったのではと思ったが、そんなことはなかった。服装も、髪型も、ほっそりした体つきも同じ。香りも同じであってほしい——狂おしいほどそう思う。

何と声をかけたらいいか見当もつかないが、コールに触れたくてたまらない。ためらいながらゆっくりとコールのほうへ歩み寄る。四歩目くらいで、足元の床がほんの少し軋んだ。

でくる。

「マーガレット、きみかい？」そしてコールが振り返り、勢いでそのまま俺のほうに倒れ込んたのは、それが壁際にあったからだ。

コールは三十センチくらい後ろに飛びのき、ドレッサーにぶつかった。ひっくり返らなかっ

「何だよジョン！　びっくりするじゃないか！」

「驚かせるつもりはなかったんだ」コールが俺の名前を呼ぶほど動揺していたので、思わず笑ってしまう。コールもそれに気づいたようで、頬を赤らめ、すぐに顔を背ける。

「いったいどうして僕がここにいることがわかったの？」

「お前のアカウントにアクセスできるからな。飛行機を予約したときの請求書を見た」

「で、この家のドアが開いているのに気づいたってわけ？　それともピッキングの技術を磨いたとか？」いつもの軽い口調が戻ってきている。自分の壁をまた築こうとしている。

「俺はマーガレットの給料明細にサインしているからな。家に入れてもらえるよう説得するのは難しいことでもなかったよ」

コールはしばらく黙っていたが、再び口を開いたとき、その声は小さかった。

「どうしてここに？」

コールにそっと近づく。逃げられはしなかったが、腕に触れると緊張が走ったのがわかる。少しためらった――コールをこんな早いタイミングで逃がしたくなかったからだ。だがこれま

で長いこと待っていた。コールに触れないわけにはいかない。髪に鼻を近づけた。コールが使っているイチゴシャンプーの匂いがする。馬鹿みたいだとはわかっているが、その匂いを嗅ぐだけで涙が出そうになる。話すのがつらかった。

「もう俺から逃げるのはよせって言いに来た」

「僕がしてきたのはそういうことだったわけ?」

「そうだ。そうさせた俺が馬鹿だった。でも、もうそうじゃない。俺たちは離れられない。お前にもわかっているはずだ」

「とんでもない考えだよ、ダーリン」コールの声は震えている。「本当に。絶対にうまくいかないよ」

「とんでもなくはない、わかっているはずだ。そんなに頑固になるな」

「きみは僕に飽きるだろう、ラヴ。そして――」

「そこまでだ!」そう言ったら、本当に黙ってしまったので驚いた。「出会ってからずっと、お前のやり方でやってきた。いつも主導権を譲ってきた。だがお前が怖いからって、大事なこの関係を壊すわけにはいかない」コールが震えているのを見て、俺は腕を回した。「俺は――」

「言わないで!」

「――愛してる。一緒にいたい。離れているのは嫌だ。お前に触れられないのは嫌だ。お前がどこにいて何をしているのか、なんて考えるのが嫌だ。そして何より、いつ戻ってくるかわからないのが嫌なんだ」

「僕も離れているのは嫌だ」コールが震えながら囁く。「でも、ずっとフェニックスにいるわけにはいかないんだ、ダーリン。いつもはいられない」

「わかってる」

「僕が街を出たらどうする?」

「ついて行く」

コールはまた黙った。だが再び口を開いたとき、その声には希望が感じられた。

「どこへでも?」

「どこまでも」

コールの息がひくつき、腕から逃れようとしたが、そんなコールを強く抱きしめた。コールの動きが止まったかと思うと、息を荒げてまた離れようとする。俺の前で泣きたくないのだ。

「放して」コールが囁くが、俺はもっと強く抱きしめる。

「抵抗するな、コール。俺に抵抗するのはやめてくれ」

「こんな姿、きみに見られたくない」

首の後ろのアザに唇を当てると、コールが震えるのを感じた。「俺は気にしない。俺から隠れる必要はないんだ、コール。仮面なんかかぶる必要はない。お前が世間に見せている顔も、その下にある顔も知っている。隠さなきゃいけないと思ってるのかもしれないが、そんなお前だからこそ、もっと好きになったんだ」

まだ震えてはいるものの、コールの体から力が抜けていく。二人の間にあった壁が崩れ落ちた。コールがようやく壁を手放し——そして、泣いた。

「僕はやっかいだよ」冗談交じりに言うが、本気の口調だ。「要求が多くて気性が荒くって、メンテナンスが大変なんだ」

また笑ってしまう。「そんなこと、俺が知らないと思ってたのか？」

「じゃあどうして僕を愛せるっていうの？」

コールを固く抱きしめ、首筋にキスの雨を降らせる。「どうして俺には愛せないと？」

こんなふうにコールに触れるのはいつ以来だろう。一晩中でもこうしていたい。いや、ベッドルームに引きずり込んでコールの服を引き裂き、ベッドに押し倒して永遠に愛し合いたい。

「コール」俺は囁いた。「お前なしでは生きられない」

「それってなんだかありきたりな台詞じゃないかな、ダーリン？」

「でもそれが真実なんだからしかたない。お前が必要だ」

「なぜ？」

「真面目すぎる俺を笑い飛ばしてほしいから。人生には出世よりも大切なものがあるって思い出させてほしいから」

「僕がいなくてもきみは全然平気だと思うけどな、ラヴ」甘い呼びかけを聞いて、心底うれしくなる。コールが降参したということだからだ。

「お前のほかに、俺がロブスター・アルフレドを食べるとき、キャンティを飲まないよう注意してくれるやつがどこにいる？」

コールが笑う。

「愛してるんだ。何度でも言うぞ――お前に止められようとな」

深く震えるような息をひとつ吐き――コールが言った。「きみを止めたいなんて思わない」静かな声――「ほんとに思わない」

喉元に熱いものがこみ上げてくる。コールを強く抱きしめた。首の後ろの蝶に唇を寄せ、もう一度言った。「愛してる」

そしてついに、コールが腕の中で完全にリラックスした。降参したような柔らかいため息をつきながら、もたれかかってくる――俺は自分の勝利を確信する。

「ジョナサン――僕もきみを愛してる」

ここに来るまでの恐怖と不安、コールと再会したときの緊張感、再び彼を抱きしめることができた安堵感、そしてやっとその言葉を聞き、コールが自分のもとに戻ってきたことを知ったうれしさ――すべてが大きすぎた。突然、泣きたくなって必死でこらえた。コールはそれを察したに違いない。こちらを振り返ると、俺をぐいと引き寄せた。

「全然さびしくなかったけどな」掠れた声で、どうにかそう言った。

「僕も全然さびしくなかった」コールが静かに言った。「毎日毎日、毎分毎秒、まったくね」

コールの腕にぎゅっと抱かれ、俺もコールをしっかりと抱いた。コールの肌は柔らかくて温かく、髪からはいつものようにイチゴの香りがした。すべてが正しいところにおさまった——そんな気がした。

「もう二度と、俺を置いていくな」とぎれとぎれになりながらコールにそう言った。

「きみと離れたくなんか、全然なかったんだ」

「ならなぜ？」

「ずっと留まってはいられなかった。でもきみはプライドが邪魔をして、一緒には来てくれなかった」

「だが……」少し黙って頭を働かせる。そのおかげで気持ちも落ち着いた。コールの言うとおりだ。一緒に来てくれ、と二度も頼んできた。それなのに俺は自尊心が高すぎて、コールの差し伸べた手を取ることができなかった。あのまま普通の会社員として働いていたら、今ごろはまだフェニックスに縛られたままだ。コールのために働いていなければ、こんなふうに追いかけてくる自由もなかっただろう。俺はコールの顔が見える程度に体を離した。「だが、お前は仕事をくれた——」

「本当にラッキーなタイミングだったんだよ。あんなふうにチェスターが引退を決めるなんてね。それできみの気持ちが変わってくれたらいいな、と思った」

「なぜそう言わなかった？」

「きみ自身の考えじゃないとダメな気がして」コールが肩をすくめる。「愚かだったかもしれない。でも、僕がきみを操るために仕事を利用したと思われるのが怖かった。それとこの仕事は本気できみに受けてほしかったんだ。きみくらい信頼できる人はいないからね――僕を追いかけて来るか来ないかは、まあ別として」そして俺の首に腕を回し、唇を重ねてくる。「僕はずっときみを待っていた――でももう、ほとんどあきらめてた。一体全体なんでこんなに時間がかかったわけ？」

　笑うしかなかった。「俺が馬鹿なのか、お前が本気でコミュニケーション能力を磨く必要があるのか、どっちかだな」

　コールも微笑む。「両方かもね」

「今日ラウルに会ったよ」

「それで？」

「彼を解雇しなければならないかもしれないな」

コールが笑った。それがとてもうれしかった。二人の関係がもとどおりになったような気がする――すべてが完璧だったころのように。コールに腕を回し、抱き寄せる。首筋に唇を這わせると、その柔らかな部分にキスがしやすいようにとコールが頭を傾ける。

「夕食を作っておいた」キスをしながらコールに囁く。

「うわあ、へえ」冗談交じりの口調で返ってくる。「冷凍ピザ？」

「ロブスターのソテーパスタ、と言いたいところだけどな。スロッピージョーだ」

「ワインは？」

「アーバーミストピーチ・シャルドネを買った」

「ふん、それはひどいな、ダーリン。ブラックベリー・メルローのほうがいいに決まってる」

「売り切れてたんだよ」

　俺の手はコールの体じゅうをさまよっていた。シャツを引っ張り上げ、滑らかな背中に触れる。そのまま体を押し、コールを後ろのドレッサーに座らせた。コールが両脚を俺の腰に足を巻きつけ、ぎゅっと抱きついてくる。

「死ぬほど腹がすいているだろうし、食わせてやらないといけないのはわかる。でも早くこの服を脱がせたくてたまらない」

「うーん、言葉に困るな」コールが言った。「お腹はすいてるんだけどさ、きみのスロッピージョーの焦げる匂いがしてるよ。もう食べられないんじゃないかと思うけど」

　俺はキスをしながらコールのボトムスのボタンをはずした。開いたチャックに手を押し込み、彼のブリーフの中の膨らみを撫でる。

「そうなったら冷凍ピザがあるさ」

　コールが息を止め――次の瞬間、乱れた息で囁いてくる。

「夕食はパスして、そのままデザートに行くのはどうかな？」

「ストロベリィとか？」

「完璧な選択だよ、ラヴ」

「お前がいなくなってから、イチゴが食えなくなった」

「で、今でも同じ効果があるのかな――ストロベリィには」コールが小悪魔のような笑みを浮かべる。

「実は――そうなんだ」

コールが俺の首に腕を回し、ぐいと引き寄せて笑った。「その言葉、あり得ないほどうれしいね」

9月30日
差出人：コール
宛先：ジャレド

おいおいスイーツ、そんなに自惚(うぬぼ)れないでくれるかな？　これ以上ほくそ笑むと見られたもんじゃなくなるぞ。一緒に住んでるデカくて怒りっぽい警官に謝っておいてくれよ、僕のせいで可愛い相棒が知ったかぶりになったってね。また嫌われちゃうなあ。

ああ、わかったよ、きみの言うとおりさ。ジョナサンと僕はまた一緒になって、すべてが桃色（とイチゴ色）だ。白状すれば、今までになく幸せだよ。そして、いや――それについて、きみに感謝することはないね。きみはもう充分耐えがたいやつになり下がってるし！

僕たちは今フェニックスに戻っていて、少なくとも二週間はここにいる予定。ジョージの誕生日のために戻ってきたんだ。誰も誕生日を一人で過ごしちゃいけないっていうのが僕の信念だからさ。ジョージにはダイヤモンドバックスのシーズンチケットを買ってあげようと思ったんだ。クラブハウスのボックス席がよかったんだけど、ジョナサンが仰々しすぎるって言うんだよね。内野席で充分だって。ところで内野席と外野席――いったいどんな違いがあるんだろうね？　ジョージが実際にフィールドにいる選手たちを近くで見られるほうがいいと思って（まあ、僕にしたらそれがどうなんだって話だけど）、代わりに三塁側のボックス席を買ったんだ。ジョージはすごく喜んでたよ、ほとんど泣いてたね。ジョナサンはって？　ハニー、それがもうカンカンでさ！　でも、すべてのボックスがそんな大層な席だなんて、僕にどうしてわかる？　ジョナサンはもっと具体的に説明すべきだったと思わない？　あの男は本当に腹立たしいやつで、僕が我慢できてるのが不思議なくらいだ。

まあ、とにかく、心配するようなことじゃないよ。謝ればジョナサンも許してくれるだろうし。それに、ジョージのために僕がお金を使ったっていいだろ？　僕にも家族ができたんだ。小さな小さな家族だけど――ジョンと僕のあいだにはたったひとり、本当の親がいるだけだから――それでも、家族だ。僕はジョージを絶対的に愛しているし、正直言えば、ジョージも僕を好いてくれていると思う。ボックスシートのおかげ、だけじゃなくてね。

もう行かなくちゃ、スイーツ、でもその前に言いたいことがある。今まで言えなかったことなんだけど。自分でもなかなか認めることができないでいた。なぜって、不可能だと思ってたから。

でも、もう違う。

もちろん、勇気が出たらジョナサンに話すつもりだ。彼ならわかってくれると思うから。でも、最初にここで言うよ、きみにね。言葉を形にすることがどんな感じなのか知りたい。それが現実のものとなるのはどんな感じなのか知りたいし、いつかこの願いも叶うかもしれないと思えるようになりたい。それは何かっていうとね、ジャレド……。

僕はずっと思ってたんだ。

父親になりたいって。

デザートにはストロベリィ

2023年2月25日　初版発行

著者　マリー・セクストン［Marie Sexton］

訳者　一瀬麻利

発行　株式会社新書館
〒113-0024 東京都文京区西片2-19-18
電話：03-3811-2631
［営業］
〒174-0043 東京都板橋区坂下1-22-14
電話：03-5970-3840
FAX：03-5970-3847
http://www.shinshokan.com/comic

印刷・製本　株式会社光邦

Printed in Japan　ISBN 978-4-403-56050-7

■ジョシュ・ラニヨン
【アドリアン・イングリッシュシリーズ】全5巻 完結
「天使の影」「死者の囁き」
「悪魔の聖餐」「海賊王の死」
「瞑き流れ」
【アドリアン・イングリッシュ番外篇】
「So This is Christmas」
〈訳〉冬斗亜紀 〈絵〉草間さかえ
【All's Fairシリーズ】全3巻 完結
「フェア・ゲーム」「フェア・プレイ」
「フェア・チャンス」
〈訳〉冬斗亜紀 〈絵〉草間さかえ
【殺しのアートシリーズ】
「マーメイド・マーダーズ」
「モネ・マーダーズ」
「マジシャン・マーダーズ」
「モニュメンツメン・マーダーズ」
〈訳〉冬斗亜紀 〈絵〉門野葉一
「ウィンター・キル」
〈訳〉冬斗亜紀 〈絵〉草間さかえ
「ドント・ルックバック」
〈訳〉冬斗亜紀 〈絵〉藤たまき

■J・L・ラングレー
【狼シリーズ】
「狼を狩る法則」「狼の遠き目覚め」
「狼の見る夢は」
〈訳〉冬斗亜紀 〈絵〉麻々原絵里依

■L・B・グレッグ
「恋のしっぽをつかまえて」
〈訳〉冬斗亜紀 〈絵〉えすとえむ

■ローズ・ピアシー
「わが愛しのホームズ」
〈訳〉柿沼瑛子 〈絵〉ヤマダサクラコ

■マリー・セクストン
【codaシリーズ】
「ロング・ゲイン～君へと続く道」
「恋人までのA to Z」
「デザートにはストロベリィ」
〈訳〉一瀬麻利 〈絵〉RURU

■ボニー・ディー＆サマー・デヴォン
「マイ・ディア・マスター」
〈訳〉一瀬麻利 〈絵〉如月弘鷹

■S・E・ジェイクス
【ヘル・オア・ハイウォーターシリーズ】
「幽霊狩り」「不在の痕」
「夜が明けるなら」
〈訳〉冬斗亜紀 〈絵〉小山田あみ

■C・S・パキャット
【叛獄の王子シリーズ】全3巻 完結
「叛獄の王子」「高貴なる賭け」
「王たちの蹶起」
【叛獄の王子外伝】
「夏の離宮」
〈訳〉冬斗亜紀 〈絵〉倉花千夏

■エデン・ウィンターズ
【ドラッグ・チェイスシリーズ】
「還流」
〈訳〉冬斗亜紀 〈絵〉高山しのぶ

■イーライ・イーストン
【月吠えシリーズ】
「月への吠えかた教えます」
「ヒトの世界の歩きかた」
「星に願いをかけるには」
「すてきな命の救いかた」
〈訳〉冬斗亜紀 〈絵〉麻々原絵里依

■ライラ・ペース
「ロイヤル・シークレット」
「ロイヤル・フェイバリット」
〈訳〉一瀬麻利 〈絵〉yoco

■KJ・チャールズ
「イングランドを想え」
〈訳〉鷲谷祐実 〈絵〉スカーレット・ベリ子
「サイモン・フェキシマルの秘密事件簿」
〈訳〉鷲谷祐実 〈絵〉文善やよひ
【カササギの魔法シリーズ】
「カササギの王」
「捕らわれの心」
「カササギの飛翔」
〈訳〉鷲谷祐実 〈絵〉yoco

好評発売中!!